ダブルダウン勘繰郎《かんぐろう》

JDC TRIBUTE

Author
NISIOISIN

Cover Design Veia

講談社文庫

ダブルダウン勘繰郎《かんぐろう》

西尾維新

講談社

芽生えつつある才能にとってシェイクスピアを読むことは危険である。シェイクスピアは否応なしに彼らをして自分を模作させる。

——ゲーテ

ダブルダウン勘繰郎《かんぐろう》

探偵。名もなき猫にすら高利貸しと並んで下種《げす》な職種と評されるこの生業《なりわい》を、しかし愛する者はやまない。高利貸しなくして世の中は成り立たないが探偵業など存在しなくともそのせいで路頭に迷う者などいるはずもないというのにだ（極《ご》珍しい例外として推理《ミステリ》専門の作家業が挙げられる可能性もわずかながら否定できないかもしれないがその程度は無視しても構わない程度の例外であることは万人の意見を俟《ま》たない）。とかくに物事の裏側、他人の背面を知りたがるは人の業《ごう》というべきで、表があれば裏を見たがり前があれば後ろを覗《のぞ》く、結果探偵稼業の行く先にはわずかなる闇雲すら窺《うかが》えない。それは未知を求める知識欲というよりも無知を咎《とが》める知識欲、下世話な好奇心とでも称すべき動物本能、あるいは保身の気持ちから生じる上品でない類《たぐい》の警戒心であろう。軽蔑《けいべつ》されることと愛されることはことの本来において寸分たがわぬ同義であり、ゆえに人間がもう少しばかり上等な種にならない限りは、世にはびこる探偵達（並びに推理《ミステリ》専門の作家達）は安泰というものだ（この場合、『安泰』という言葉を『暗澹《あんたん》』と言い換えて意味いつもりなので、控えておくことにしよう）。

　さて、ここで私はこの短い、戯言遣《ざれごとづか》いですら羞恥《しゅうち》を覚えて口にするのを憚《はばか》るような荒《こう》唐無稽《とうむけい》の文章を綴《つづ》るにあたって、まずは主要なる登場人物の紹介を済ませておこうと思う（それが何であれ、面倒臭《めんどうくさ》いことは一番最初にさらっとさりげなく済ませておくのが冴《さ》えたやり方だ。これを称して『マニフェスト・ディスティニーの手口』というらしい。言い得て妙だが危険な比喩《ひゆ》だ）。主要なる登場人物、その一人は、探偵を志す者。その一人は、かつて探偵だった者。その一人は、かつて探偵を志した者だ。主要といって主要といえるのはこの三人だが、とはいえこの内真実に主要なのは前の二つであって、最後の『かつて探偵を志した者』に関しては、ここだけの話、さして主要であるとも重要であるともいえない。脱落者の歴史など語ったところで耳を傾ける数寄者《すきもの》、数えるほどの数は存在しないだろうから（これを分かりやすくいえば『零』ということだが、分かりやすいことが優先されるばかりが世の常ではないと、私は思う）。だからこれは探偵を志す虚野勘繰郎《むなしのかんぐろう》という十五歳の少年と、探偵を唾棄《だき》すべき存在と定義した逆島《さかしま》あやめの物語だと言い切ってしまったところで恐らく不満の声は一条としてあがらないだろう。隠しておいても詮《せん》がないので明かしてしまうと、この『かつて探偵を志した者』というのが私のことである。今となっては恥ずかしい赤面多汗の限りだが、私にはホームズに焦がれエラリイに憧れた、小五郎を愛惜し耕助に恋慕した、そんな咲き狂う華のような十代が圧倒的に存在したのだ。だからせめてもの自己主張（あるいは意地、そして見栄）として『主要なる登場人物』に自らを加えてみたのだが、実のところこの行為にはさして大した意味がない。今回の件において私などたまたまその場に居合わせただけで、私がいなかったところで虚野勘繰郎も逆島あやめも、それぞれ好きなように好きなことをやっていたことだろうから。とはいえ、たまたまでも偶然でも幸運でも不幸でも幸いでも災いでも、その場に居合わせてしまった以上、この物語は私が語るしか術《すべ》がない。勘繰郎は間違っても小説など綴るタイプではないし、逆島あやめだって記録を好む類種ではない。私の他に唯一その資格を有するのは逆島あやめの相棒だった椎塚《しいづか》鳥籠《とりかご》だろうが、しかしいくら雑文とはいえいやしくも人様の尊眼に触れようというものを犯罪者側の視点で描くわけにはいくまい。表現の自由とは本来表現する資格のある者だけに与えられる権利である。誰も彼もが好き自由に思いの丈《たけ》を暴露し放題なら、それこそ探偵など御役御免だろう（自由だの権利だの、そんなことを微に入り細を穿《うが》ち喋々《ちょうちょう》するつもりはこれっぱかしもないが、この辺りの問題については、各人誰もにじっくり考えて欲しいところである。いわゆる『自由の限度』『制限ある自由』というものの正当さについて）。

人殺し。連続殺人。密室。屋敷。館。孤島。遭難。閉じられた輪。つながらない輪。

陰謀。首切り。解体死体。暗号。秘密の抜け穴。物理的仕掛け。心理的仕掛け。双子。入れ替わり。古い一族。死者からの伝言。意外な犯人像。意外な動機。そして名探偵。形骸しているほどに類型的なこれらコード類を期待している読み手には頗《すこぶ》る申し訳のない話で頭を下げる他ないのだが、虚野勘繰郎と逆島あやめ（そして私と椎塚鳥籠）の物語にはこれらは登場しないことをここら辺で断っておこう（無論これは後に予想される苦情を最小限に抑えるための手法である）。どの道私は推理小説を展開していくつもりはない（当たり前の話で一体何を今更《いまさら》と思われる向きもあるかもしれないが、信じられないことに、こういうことを書いておかないと後で文句をいう人がいるのだ）。人を騙《だま》して悦《えつ》に入ろうなどというのはそれこそ他人の裏側に興味を抱き覗かんとする探偵趣味と下種を同じくする恥ずべき行為だ。現実の記録という行為には何かしらの恥辱が伴うものだが（『奥の細道』は素晴らしく芸術的な記録書だが、それにしたって恥ずかしいものであることにいささかの変わりはない。もっと大きな視点でいえば、恥ずかしくない芸術など存在しない。芸術活動はおしなべて露出趣味と露悪趣味のスパイラルである）、ことさら自ら望んでその恥辱の量を増やす努力をする必要はあるまい。などとこんなことをいうと勘繰郎辺りから「『恥ずかしい』なんて感情は結局自分の不出来に対する言い訳なんだよ、むつみ」と指摘《してき》を受けるかもしれない。あまりにも真っ直ぐであまりにも真っ白な勘繰郎は自らに恥じるところなど一切ないらしいのだから、そう、仮に勘繰郎ならば堂々と自信たっぷりにこの手柄話を語ることだろう。とはいえ私はあくまで蘿蔔《すずしろ》むつみその人であって虚野勘繰郎ではないので、こればかりは私のやり方でやらせてもらう。それでは前置き（あるいは臆病という名の警告文）としての冗語《じょうご》はこのくらいで切り上げて、私と勘繰郎が出会った、京都府京都市中京《なかぎょう》区、河原町《かわらまち》通りと御《お》池《いけ》通りの交差点の辺りから、事件を始めることとしよう。

地獄を否定することでしか天国を知り得ない人間は不幸である。かといって天国を知っているという理由から地獄を否定する人間があるとすれば、それはただの阿呆《あほう》でしかないだろう。何にせよ自分の知っている場所だけが唯一の世界だと思っていると思わぬところで痛い目を見る。もっとも大抵の人間は幸いにして地獄も天国も体感していないので痛い目も痒《かゆ》い目も見ないままにそのささやかな人生を終えることになるのだが、とはいえ本人の与《あずか》り知らぬ間にとんでもない勘違いをしていることはよくありがちな凡なるお話である。気がつけば私も二十五年という歳月月日を生きてきたがとてもそれが実りのある毎日だったとはいえない。いやことさら『私』などと断るまでもなく、今現在この地球に存在する生命の中で二十五年を存在した上で『実りのある毎日だった』などと臆面もなく言える者は一匹としていないだろう。言える者があるとすれば、それは虚言癖を有する者なので特に勘定する必要はないと思われる。もっとも私だって他人からそんな質問を受けたら『実りのある毎日を送っている』と見栄を張らぬ保証はないわけで、彼ら嘘つきを責めるのは酷《こく》な話だし、そもそもそんなつもりは毛頭ないが。

日本探偵倶楽部のビルディングは見上げるような背の高い八階建て、小綺麗なその外観はまるで建物というよりは一個の芸術品のような仕上がり具合で、初めてこの交差点を通る者は必ずその脚を横断歩道の真中で止めることとなる。私はここが仕事場への通り道なので既に何度となくこの交差点を使っている身、探偵倶楽部のビルも今や見慣れたものなのだが、しかしそれでもその度《たび》に脚を止めてしまうことになる。理由の半分は一見《いちげん》さんの観光客達と同様、その芸術っぷり具合に敬意を示して。そしてもう半分は、諦観《ていかん》と悔悟《かいご》を込めて。

今を去ること十年前、中学生の頃だったか高校生の頃だったか、そこら辺りはどうも判然としないが、とにかく少女と形容して何も問題のなかった頃のこの私には夢があった。否《いな》、それは夢と呼ぶにはいささか壮大すぎたかもしれない、野望というのには幾分不足していたようだけれど。仮にその夢を志したのが中学生の頃だったとするのなら、私は卒業文集に微塵《みじん》の照れもなく記したはずである——『私の夢は名探偵になることです』と。根暗な文学少女だった私のこと、当時から日本探偵倶楽部の噂《うわさ》は聞いていたから、ひょっとするとその文面は『日本探偵倶楽部の第一班で活躍できるような探偵になりたいです』だったかもしれない。無論今の私にとって、それがそれでどっちだったところにしても同じなのだけれど、その頃の自分の向こう見ずには目を覆いたくなるものがある。若気の至り。日本探偵倶楽部のビルは、そんな痛い記憶を私の裡から呼び覚ますのである。それゆえの諦観と悔悟。もうあんな無謀な夢を見ていた頃には戻れないという諦観と、あの頃もう少しだけでも私に考える脳があったならという悔悟である。

ただし今日このとき、私が交差点の市役所側で脚を止めたのはそれらとは全く理由を別にした。三日間に亘《わた》る出張を終えて後は勤め先に軽い事後報告を済ませ、愛すべき自宅に帰ってビールでも一杯御機嫌ようという私の脚を止めたのは、敬意でも諦観でも悔悟でもなく、ただの、一人の子供だった。黒い髪の毛は伸ばしっぱなしの伸び放題、洗髪していないのか艶《つや》がなくへにゃへにゃっとした感じ。ジーンズに無地の白シャツという飾り気ないファッション。唯一お洒落《しやれ》かと思われるのは右耳を彩《いろど》るピアスくらいだ。華奢《きやしや》な感じで線が細く、薄汚れてはいるが肌は女の子のように白い。年のころは十五、十六。十七歳ではないだろう。ただし高校に通っているような種類には見えない。その少年は双眼鏡でもって、日本探偵倶楽部のビルの方角を、一心不乱に眺めていた。時折薄ら笑いを浮かべつつ、時折唇《くちびる》を引き締めて。にやにやとへらへらと、しゃきっと不敵に。

はっきりいって、弩《ど》級の弩がつく第一級不審人物だった。交差点を挟んでいるとはいえ、これではビルの警備員達は職務怠慢《たいまん》の誹《そし》りをまぬがれまい。三十メートルにも満たない距離にこんな人間を放置して何が警備なものなのか。いや、あるいは物好きな観光客がビルを観察しているくらいに捉えているのかもしれない。けれど私が見るにその少年は、とてもそんな温穏な空気を持ってはいない。にやにやとしてこそいるものの、それは見る者に油断を許す表情とはとてもいえなかった。まるで、そう、狩猟者が獲物を発見して、こみ上げる笑みを抑えつつも確実に狩る方法を模索している——そんな剣呑《けんのん》な空気のみが、ただそれのみが、その少年の周囲を支配していた。より正直にいうのならその少年がお綺麗な顔立ちをしていたことも、私の脚が固定されてしまった理由の一つだと思われる。今でこそ薄汚れてはいるが、髪や肌にきっちりとした手入れをし、順調に育てば、二十歳を過ぎる頃には白眉《はくび》の美青年へと（一番最初に思いついた表現はもう少し俗っぽいものなのだが、しかし私の品性を疑われては話の進行上ささやかにまずいので、その表現はひそかに思うだけにとどめてやめておこう）変貌を遂げるはずである。とはいえ私に青田刈りの趣味があるわけもなく、重要なのはやはり先に述べた『空気』の問題だ。その空気に私はいささかの不審と——そして、懐かしい何かを、感じてしまっていた。そうだ、ひょっとして昔の私、十五歳の頃の私はこのような空気を持って、そしてこのような視線をして、あのビルを見ていたのではなかったか——

「俺は虚野勘繰郎っつーんだけど」と、突然にというべきか唐突《とうとつ》にというべきか、少年は、双眼鏡をぐるりとこちらに向けて、私の顔をロックした。「お姉さんは誰子さん？」

てっきり相手はビルの観察に余念がないと思っていただけにこのいきなりの質問に私は驚いた。だからというわけではないが、「蘿蔔むつみ、だけど」と、ほとんど即答で答えてしまった。

「え、ええと――ムナシノ、くん？」

「おうよ、虚野勘繰郎」と、相手はにやりと笑って私に答える。「めちゃめちゃ格好いい名前だろう？　俺が自分で考えたんだぜ。とはいえあれだな、俺には遠く及ばないにしてもお姉さんの蘿蔔むつみってのもなかなかいい名前だと思うな。なんか罪がなさそーでさ。あれかい？　お姉さんも俺と同じで自分で考えた口？」

「いや、私のは本名だけど……」

普通名前を自分で考えたりはしないだろう。勘繰郎はひひひっ、と下品な笑い声をあげて、私の方に近づいてきた。勿論《もちろん》――当たり前の話として、ここで私に選択権がれっきとして存在したことは否定できない。つまり私はここで、この危険な空気をまとったままでこちらに近づいてくる虚野勘繰郎から逃げるという選択肢を、ちゃんと認識していたということだ。つまりこの奇妙な少年と係わり合いになることを避け、いつものようにいつものようで、現実に逃避することは可能だった。その程度の判断力は、私にもあった。さっと背を向けて横断歩道を走って渡り、そのまま新京極《しんきょうごく》通りの商店街にでもまぎれてしまえばそれで済む。まさか勘繰郎だって追いかけてきたりはしなかっただろう。もし追いかけてきたなら、そう、そのときこそ日本探偵倶楽部のビルディングの前に鎮座する警備員の方々にお仕事をしてもらえばいいだけの話だ。けれど私は逃げることも背を向けることもせずに、正面から勘繰郎が近づいてくるのを、ただ待っていた。だからこの後の展開にも多少なりとも責任があったのだろうと、後からなら思えた。

「お姉さんさっきからずーっと俺のこと見てたでしょ？　気付いてたよ」

勘繰郎はあと一メートルという微妙な距離で脚を止めて私を見据える。表情はへらへらにやにやした締まりのない顔だ。

「別に見てなんか、ないよ」

後ろめたさから否定する声も語気が弱い。そんなところを見抜いているかのように勘繰郎は「誤魔化したって駄目駄目駄目！」と笑う。

「別に取って食おうってんじゃないからさ、そんな警戒心バキバキにしないでよ。キレーなお姉さんにそんな眼で見られるのって、俺くらいの多感な年頃にしてみりゃ結構傷つくもんなんだぜ。自分の外見が他人に与える影響を考えてみたことはないのかい？」

明らかに冗談と分かる調子で綺麗とか言われても嬉しくない。どころか、まるでこの私が勘繰郎に対して恐れを抱いているかのような言い方が気に障《さわ》った（というとまるでこの私は勘繰郎に対して恐れを抱いていないかのような言い方だが、無論、図星を言い当てられたからこそ、気に障ったのである）。私は精一杯目一杯の虚勢を張って「きみに言われたくないよ。そんなことよりきみ、こんなところで何してるんだよ」と全身全霊で話を逸らした。

「さっきからずっと、あのビル見てたじゃない。あのビルがなんだか、きみ、分かってるの？」

「俺は『きみ』なんて名前じゃないぞ」

「……勘繰郎くん」

「『くん』はいらない。失礼なお姉さんだ」

「……勘繰郎、分かってるの？」

「ああ、勿論分かってるさ」何かこだわりでもあるのかどうなのか、散々《さんざん》呼称を訂正した挙句にようやく、勘繰郎は頷《うなず》いた。「日本探偵倶楽部だとかいう犯罪者集団の本拠地だろ？」

間違いを訂正するのに躊躇《ちゆうちよ》してしまうほど堂々と、勘繰郎は胸を張ってそう言った。

「……日本探偵倶楽部なんだから、探偵の組織に決まってるでしょ」

「うん？　あ、そうか。そうだったな。ま、どっちでもいいんだけど」自分のミスを指摘されてもどこ吹く風、勘繰郎は全く悪びれる様子もなく、双眼鏡をビルの方に向け直した。「とにかくさー。あいつら、何かとんでもねーすっげー組織らしいんじゃん。そういう格好いいーっつーか、いけてるーっつーかのって、惹《ひ》かれちゃうよねー」

まるで格好いいか悪いかというのが全ての価値における判断基準であるかのように、勘繰郎はそんなことを言う。その『格好いい』というのが双眼鏡でビルを観察していた理由なのだろうか。けれどそのあまりにもこともなげな言い草が、少し私の気に障った。私の気の、どこかに触った。

「『格好いい』とか簡単に言うけどさ。中で働いてる人は大変なんだよ。色んな試練や試験を経験して、やっとあそこで働いているんだから。それに探偵って職業そのものにしたって簡単なものじゃないし。それを『格好いい』なんて簡単な言葉で称するのは失礼だと思うけど」

「ん？　なんだむつみ、詳しいな。ひょっとしてあそこに勤めてる人なのか？」

「んなわけないでしょ。私はただのＯＬだよ。あそこが勤めてる会社」

言って私は眼の届く範囲に存在するビルを指さす。日本探偵倶楽部のビルより数段見劣りするが、一応は大手と呼ばれる種類の会社。ちなみに名前を呼び捨てにされたことは、不覚にもあまりにも自然過ぎて、気付けなかった。

「はん。『ただ』だって？　ただのＯＬなんているもんかよ。どいつにしろ頑張って働いてる人間ってのはどっか格好いいもんなんだ。あのビルで働いてる探偵ってのがそれだけ試練や試験を経験してやってきたってのは、それだけで格好いいじゃねーかよ。ただのＯＬ？　それじゃむつみは頑張ってないってのか？」

　自然のように投げかけられたその質問に、私は答えることができなかった。答えようと思ったのだけれど、言葉が何も出てこない。仕事に対して頑張っているのかどうかと訊かれたなら——かつて抱いていた夢と全く違う、ノルマをこなすだけのルーチンワークのような仕事に対して頑張っているのかどうかと訊かれたならば、そんな解答は明瞭であるはずなのに。いや、いやいや違う、頑張っている。それは当然の話じゃないか。現に今だって数日に亘る出張で、心身ともにへとへとで、本来ならこんなわけの分からない子供相手に口をきく余裕すらないくらいなのだ。これをして頑張っていると言わず何をして頑張っていると言うのか。しかし私はそう主張することはできなかった。何かが私の口の邪魔をした。とはいえ否定することもできず、「それでなんであのビルを見ているわけ？」と勘繰郎方面に話を戻した。君のことをやたら訊いてくる者があればそれは自分について語りたくない者だという箴言《しんげん》があるが、このときの私が正にそうだった。無論勘繰郎の奇行の理由にも興味があるのに嘘はないが。

「三日前の話なんだけどさ」と勘繰郎は言う。「手持ちの金も尽きてどうにか働かないことには口を糊《のり》することもできねー有様《ありさま》でな、俺」

「貧乏なんだ」

「そういうこと。で、バイト探してた。あるだろ？　なんていうのかアルバイト情報誌。まー普段なら日払いの奴とか選んで適当に稼ぐんだけどさ、そこに運命ってのか、結構な広告が載ってたわけよ」

アルバイトといって、労働基準法のもと、勘繰郎は働いてもいい年齢に達しているのだろうか。微妙な風に見えるのだけれど。

「結構な広告って……」

「探偵募集中、って広告さ」

日本探偵倶楽部は広くその門戸を開いて、新人探偵を集めている——ということは、かつてその組織に入らんと試みた私が知らないわけのない事実だった。けれどここで通ぶっても仕方ないので「ふうん、そうなんだ」と興味なさげに答えるにとどめた。そんな私に構うことなく勘繰郎は、「んで、ちょいと調べてみたらよ——さっきも言ったけど、ここの連中、なかなか格好いい生き様を送ってるんだよな」と続ける。「となるといわゆる三段論法だ。格好いい連中がいる。そしてこの俺、虚野勘繰郎がいる。ならばこれはいったいどういう事実を指し示す羅針盤なんだ?」

そしてきっと私に向かって、

「この俺を誘ってるってことじゃないかよ!」

と、大見得を切った。

切られたこっちとしては最早呆然《もはやぼうぜん》とする他ない。開いた口がふさがらない、どころか閉口してしまう。

「な——どこが三段論法だよ。全然論理が通ってないじゃない」

「論理い？　今論理って言ったのか？　へん、下らない。論理なんて存在しないさ。あるのは素敵な夢だけだ」

「…………」

力強くそう言い切ってしまえる勘繰郎のその姿は——正直、惚《ほ》れ惚《ぼ》れとするほど見栄えしていた。そういえばここまで堂々と何かを断言できる人間には、ついぞ会ったことがない。私にしたってその例外ではなく、物事を曖昧《あいまい》にしたりあやふやにしたりすることを常とし、誤魔化すことばかり考えている。否——昔はそうではなかったはずだ。勘繰郎と同じくらいの年の頃、私は——この勘繰郎と、同じことを口にしていたはずだ。ここまで堂々としてはなかったかもしれないけれど。だけれど。誇り高く。はっきり明《めい》瞭《りょう》に。限度なき向こうっ気の強さを十分に。ひたむきな姿勢で。自信たっぷりな笑顔と共に。恐れず。怯《ひる》まず。慄《おのの》かず。めげずくじけず。不敵に。不遜《ふそん》に。照れることなく。まぶしく。輝いて。煌《きらめ》いて。

自分の夢を語ったそんな時代があったはずだ。

「んー？　どうしたむつみ？　いきなりぼーっとしちゃって」

「ん——ううん。ごめん」

「?」

私が謝った意味が分からなかったようで勘繰郎は不思議そうに首を傾げる。当たり前だ、私は別に勘繰郎に謝ったわけではない。ただ、誰に対してでも頭を下げたいような、そんな情けなくもみっともない気分になっただけだ。酷《ひど》く自分はつまらない――くだらない、生きている意味なんてない存在に思えてきた。

「それじゃ、私、これから会社に戻らなくちゃならないから――。うん、きっときみならなれるかもしれないよ。いわゆる一つの名探偵って奴」

そのためには国家I種並みの難度を誇る入部試験に合格しなければならないが、何の根拠もなく、それすらも、この勘繰郎ならなんとかするのではないかと思われた。

「待てよ、むつみ」

敗北者の気分で立ち去ろうとした私を、勘繰郎はぴたりと止めた。見れば再び、勘繰郎は双眼鏡を覗いていた。

「むつみは別に――俺と同じことを考えていたわけじゃないんだな?」

「……どういう意味?」

半ば思考を言い当てられたような気分になったが、しかし勘繰郎の言わんとするところはそういうことではなかったようだ。

「いや、だからさ。純粋に俺を見ていただけで――俺と同じように、あのビルを観察していたわけじゃ、ないんだよね?」

「そりゃそうだけど」

今の私に日本探偵倶楽部のビルを観察しなければならないような理由はない。ないはずだ。

「じゃ、むつみは、あそこにいる奴とは無関係なんだな?」

勘繰郎が顎《あご》で示したのは——河原町通りを挟んでの向こう側に停車している黒い、普通免許ではとても運転できなそうな、大きなサイズのバンだった。神経を疑うようなペイントがされていて(車体のあちらこちらにデフォルメされた眼球が絵描《えが》かれ、サイドに大きく『殺眼』と記されている)、窓にはスモーク、中を窺《うかが》うことはできない。バンのそばに男が立っているけれど、この距離だとその風貌までは分からない。

「はい、これ、使って」

察したのか、双眼鏡が手渡された。覗いてみれば、それは如何《いか》にも怪しい雰囲気の不気味な男だった。バンに合わせているのか妙に若者ぶった格好をしているけれど——その、日本探偵倶楽部のビルに向けられている眼は只者ではない。

「知らないよ、あんな人——言ってるでしょ? 私ただの……ただじゃなくても、OLなんだから。あんな危なそうな人、知るわけないじゃない」

「そっか。知らないか。そうか。だろーな。そう思ってた」双眼鏡を受け取り、折り畳んでポケットにしまう勘繰郎。「俺、今日一日ずっとここでビルを張ってるんだけどさー、あいつ、一時間くらい前に現れて、ずっとああしてるんだ。ああやって、俺と同じようにビルを見張ってる。だからむつみに気付いたとき俺はてっきりあいつの仲間なのかと思ったけど、話聞いてると違うみたいだしな」

勘繰郎は一心不乱にビルを見ていたようでいて、しっかりと周囲にも気を配っていたらしい。そういえば私の存在だってこちらを見ないままに気付いていたし、勘繰郎は自分の周りの気配に対してかなり敏感なようだ。それは——格闘技、それもかなり実戦的な格闘技を習得してでもいない限り、不可能なことだと思う。いや、あるいは、実戦的な探偵術、でも……。それはつまり、この少年、口だけじゃない、ということなのか。

「むつみはあれ、何だと思う？」

「何って——知らないよ、そんなの。勘繰郎、探偵志望なんでしょ？　それなら勘繰郎が推理しなさいよ」

「うん。そうだね、その通りだ」

私の逃げ口上にあっさりと賛成し、勘繰郎はくるりと反転し、点滅している信号の横断歩道を駆け足で、「おーいそこの怪しい人ー」と陽気な調子で呼びかけながら、渡っていった。

「…………」

——それはつまり何だろうか。本人に直接訊こうと、そういうことだろうか。問うは一旦の恥問わぬは末代の恥とはよくいったものだが、唖然《あぜん》とせざるをえない。そりゃまあ自分が訊かれたときに逃げた私が言っていいことではないのかもしれないが、解答を訊きに行くその前に推理の一つでも披露《ひろう》するのが、探偵（少なくともそれを志す者）としては当然というものではないだろうか？　破天荒《はてんこう》な若者。向こう見ずな子供。それだけならまだ珍しくはない。期間限定的なそういった魅力のようなものは元来誰の身にも等しく備わっているものである（それはこの私すらをも優しく例外とはせずに）。けれどあの虚野勘繰郎はそういうのとも少し違う気がした。少し会話をしただけだが、それは明瞭だった。あんな少年と言葉を交わして何も感じない者があるとすれば、それはよっぽど感受性に乏しい人間だろう。私の感受性は既にぼろぼろだけれど、それでもまだ虚野勘繰郎を見過ごせない程には、残っているらしかった。

あれは若さなのだろうか。

あるいは幼さなのだろうか。

それとも青さなのだろうか。

いや——白さか？

そのとき、スーツの上着にいれておいた携帯電話が震えた。街中なので呼び出し音は切ってある。番号通知を見れば、それは勤め先の上司からだった。向こうに渡ってしまった勘繰郎の背中を眼で追いつつ、私は通話ボタンを押す。

「はい、もしもし。私です」

『おい、何をやってるんだ？　トラブルか？　もうとっくに戻ってきているはずの時刻だろう』

口調こそ乱暴だが、非難するのではなく心配するような感じの上司の声は、こんなときでなければ有難く聞けたかもしれないけれど、今は何より勘繰郎のことが気になった。ああも自信たっぷりにああも笑顔でああも夢を語る。そんなの、なかなか出会えるものじゃない。なんていうのだろう（私は決してこれが大袈裟《おおげさ》な物言いであるとは思わない——）、これが、今この時間この瞬間こそが私の人生にとって、最後の機会であるような気がしていた。かつて夢見ていた位置から程遠い現在。つまらない仕事。上司との会話。そしてこんな私自身。こんな——私。

「……はい、少しトラブルがありました。いえ、大したことではありません……また、折り返し連絡しますので——」

会話もそこそこに携帯電話を電源ごと切ってしまい、私は横断歩道に向かう。都合の悪いことに色は赤。ああもう誰だ、赤信号とか作ったのは。赤なんてのはロクな色じゃない。見れば勘繰郎は、早くも例の怪しい男と接触を持っている。今時の若い者にありがちな対人恐怖症の持ち合わせはないらしく（そもそもそんな心配はしていないけれど）、あの無邪気な、しかしどこか野心にあふれた不敵な笑顔で、なにやら話しかけているようだ。どうせ私のときと同じようにまずはいきなり自慢のお名前を名乗って、それから相手の名前を訊いて、そんな感じなのだろうけれど。しかしそんな暢気《のんき》な私の考えを正面から否定するかのように、突然、そこで、男は勘繰郎に向かって殴りかかった。

　信号が青に変わり、私は二人に向かって走る。勘繰郎は繰り出された拳《こぶし》を上半身を反《そ》らすだけで避けて――避けただけでなく、瞬時に相手の懐《ふところ》に入り込み、相手の顔面にグーでパンチを決めた。あの華奢《きゃしゃ》な身体のどこにそんな力があるのか、男はぐらりと大きくよろめく。そこを勘繰郎は逃さず、何とかという格闘技の技のように（――そう、確かテコンドー。この間のオリンピックで見た――）大きく脚を振り上げて、その踵《かかと》を男の脳天に炸裂させた。私が横断歩道を渡り終えたときには、もう全てが終わっていた。これだけの大立ち回りをやらかして平然としている勘繰郎と、地に伏した怪しげな男。勘繰郎は追ってきた私に気付いて「おうっす！」とぶんぶん手を振った。私は走る脚を止め、ゆっくりと勘繰郎に寄って行き、「勘繰郎、強いんだね……」と月並みな感想を漏らす。周囲の気配に敏感なのはやはり探偵術ではなく格闘技の方か。

「テコンドーなんて生《なま》で見たの、初めてだよ」

「ん？　違う違う。今のはカポエィラの技だよ」

「カポエラ？」

「カポエィラ。きっちり発音しようぜ。もっとも、それに関しては見様見真似《みようみまね》なんだけどね。空手なら少しやったことがあるよ」

そして「押忍《おす》！」と拳を突き出して格好つけてみせるが、よく見ればその拳にメリケンサックと呼ばれる凶器によく似た金具が付着していた。更に更によく見れば、男を地に伏せさせたその脚が履いているのは、いわゆる安全靴という、遣い方によっては危険極まりない代物《しろもの》にそっくりだった。……これ以上ないくらいに勘繰郎は武装していた。

なるほど、華奢な身体でも相手を圧倒できるわけだ。しかもここで重要なのは私と話していたときには少なくともメリケンサックは装着していなかった、という点である。にもかかわらず男に殴りかかられてすぐの反撃、その時点では装着していたわけで、つまり、それは最初から対策していたということであり、何と言うか、非常に抜け目がない。

「どうした？　呆れ果てたみたいな顔して。若者のやんちゃは嫌いってタチ？」

「別に……でも、何かあったの？　やんちゃっていうか、いきなり喧嘩なんて」

「うーん」小首を傾げる勘繰郎。「さあ。あんた何してんのー、って質問しただけなんだけどね、俺。大丈夫かな。蹴り、滅茶苦茶《めちゃくちゃ》綺麗に入っちゃったよ」

そう言いながら、勘繰郎が心配そうに、自らが踵を決めた男の介抱をしようとしたそのとき。男はバネ仕掛けのように起き上がり、勘繰郎に対して掌底《しょうてい》を繰り出した。それは人体急所の一つである顎に入る。さしもの勘繰郎もこれは予想外だったらしく避けきることができなかった。それは何の武強もしていないただの掌底だったが、それでも勘繰郎の小柄な身体を吹き飛ばすには十分だったようで、勘繰郎は背中からコンクリートの地面に叩きつけられる。その際頭を打って意識を失ってしまったらしく、起き上がってこない。男は用心深そうに勘繰郎を靴の先でつついてから、そして、私の方を見た。ぎろりと、睨《にら》みつけるように。

「え。あ。ちょっと……」

私はその、無関係というか——いや無関係ではないのかもしれないけれど。言い訳が色々と頭に浮かぶ。けれど何一つとして、こちらに手を伸ばしてくるこの男を説得できうる言葉は思いつかなかった。大体この男、さっきから一言も喋《しゃべ》っていない。それが強い恐怖を喚起した。およそ何が怖いかといってコミュニケーションを取れない相手ほど、怖いものはない。雄弁なる犯人よりも沈黙を守る犯人の方が度し難いというのは何も文献を紐解《ひもと》くまでもない。底の知れない未曾有《みぞう》ほどに恐怖を喚起するものはなかろう。どうしたものか。男に背を向けて横断歩道を渡ることさえできれば（それだけの距離を逃げ切れば）そこには日本探偵倶楽部のビルがある。助けを求める、というのは悪い選択肢ではないだろう——男の足元に、勘繰郎が倒れてさえいなければ。あれじゃあほとんど人質に取られているようなもので——と、そこで。勘繰郎がもう、そこに倒れていないことに気付く。どこに行ったのかと視線を泳がすと、勘繰郎は男の真後ろに立っていた。私の視線から男もそれに気付き、慌《あわ》てたように振り向いたが——その前に、勘繰郎は相手の顔をがっちりと、いつの間にか嵌《は》めていたスタングローブでロックした。そして瞬時にばちばちばちばち、と、嫌な、電撃音が響いた。

「——まあ狸《たぬき》寝入りはお互い様ってことでね」

そんな台詞《せりふ》を笑顔で語り、勘繰郎は手を放す。男は今度こそ本当に気絶したようで、その場にうつぶせに倒れた。

「うわあ……」

それにしても、スタングローブと来たか。そこまで行けばもう抜け目がない、どころの話ではない。たまたまそばに立っていただけの私すらをも囮《おとり》に使うとは。機転が利く、とでもいうのだろうか。それも一応、探偵には必要なスキルの一つではあるのだろうけれど。

「ん？　んーん。ふうん。なるほどな」

勘繰郎のそんな声で正気に返る。見れば勘繰郎は、バンの中を覗き込んでいた。どうやら鍵は開いていたようで、その身体を半ば車内に乗り入れている。他に伏兵がいるのかどうかを確認しているのかと思ったけれど、中に何か興味を引かれるものでもあるのか、何度も「ふーんふんふん」などと呟《つぶや》いている。「何しているの？」という私の質問もどこ吹く風だ。そしてようやく顔を出したかと思うと、

「ふふん。こいつはなかなか好都合かもしれないぜ？　さすがはこの俺、虚野勘繰郎。運が向いてきた感じ？」

そんなことを言って、バンの反対側に回り込み、その運転席へと乗り込んだ。

「ちょ、勘繰郎――」

「ん？　なんだむつみ、まだいたのか」どうやら既に勘繰郎の中で『蘿蔔むつみ登場場面』は終わったことになっていたらしく、運転シートに座ってこちらに向けたその視線は酷く意外そうなものだった。「会社に戻らなきゃ駄目なんじゃないの？　上司の人とかに怒られるぜ。人に迷惑をかけちゃいけないぞ」

「あ、まあそりゃそうだけど……、それより勘繰郎、何やってるの？」

「見ての通り。この車を、奪取する」

堂々と言い切るその様は、やはり、格好いい。けれど今回ばかりは黙って聞き逃すわけにはいかない。

「奪取って……それって泥棒だよ！　大体勘繰郎、免許なんて持ってるの!?」

いや問題は多分そんなところにはなくて、こんな状況でなぜ車を盗む必要があるのか、という点だ。それではまるでこちら側こそ悪党である。今現在、あくまでいきなり

勘繰郎に殴りかかったこの男のほうが悪役なわけであって、ゆえに全然論理が通っていない。……しかし、そんなことをいえば、勘繰郎からどんな台詞が返ってくるのかは、もう経験済みである。

「勘繰郎、ねえ――」

「ん。なんならむつみも一緒に来るか？　最高に格好いい生き様を、特等席で見せてやるぞ」

ぽん、と――勘繰郎は助手席を叩いた。

助手席を、叩いた。

愚かな者は幸せである。彼はその生涯、自分の愚かさを知ることはないだろうから。こんな言葉は私が今でっち上げたもので、たぶん聖書のどこを繰っても載っていないだろうけれど、しかしこの世の真実を全て記してあるという聖書にこの言葉が載っていないという事実はなかなかに驚きである。してみればこの世で一番幸せなのは己の愚を知らない程度のお利口さんということになるのだろう。しかしてこの私は自分の愚かさ加減については十分に自覚しているつもりで、逆説的にそこまで極まった愚人ではないわけだが、けれどもこの時点での自分の立ち位置を認識しているとはいいがたかった。そもそも私が普通人以上に賢明であったなら（無論この『賢明』を『懸命』と言い換えたところでワードプロセッサの変換機能による誤植と思われることはないだろう）バンのサイドに記された文字『殺眼』を見た時点で、なんらかに気付いていたはずなのだ。くだらない雑学を披露していい気になれる時代は一部の考えの浅い技術者達がワールドワイドウェブという素晴らしい技術をこともあろうか大衆に与えるという大いに良識に欠けた真似をした時点で終わりを告げたが、古きよき時代を懐かしむ意味も込めて、ここで『凶眼』という概念を紹介することにしよう。これはエビルズ・アイの日本語訳で、その眼に見られた者は確実な死を遂げるという、そういうオカルト的な概念だ。凶眼、邪眼、蛇眼に狂眼。無論この説明だけでは何も言っていないに等しいが、しかし言うまでもなく、現実世界においてはそうそう眼から光線など出たりはしないし、感覚器の一つである以上、あくまで眼は受容体《レセプター》であり発信体とはなりえない。しかし不思議なことに五感の中で『視覚』だけはどういうわけだか未だに特別扱いを受けている。その理由は『眼』という感覚器は露骨に『覚醒』と『鎮静』を区別するからだといわれている。多分それで正解であり、私が冗語に冗語を重ねる必要はなさそうだが、けれどこの『殺眼』に限ってはそういうものとは全く種類を別とするのだ。つまりはそれは『殺す眼』ではなく『殺される眼』をこそ指し示し、いわば『見殺し』、他人を殺すのではなく自身を殺すような、そのような概念思考、そのような理論志向だ。しかし私がそれに気付くのはもう少し先のことだったし、勘繰郎はそもそも『殺眼』など知りもしないようで

「それでだな」と私に向けて語りを続ける。

「その、何だ。日本探偵倶楽部ってのに入ろうとするには色々とあれこれ手段があるらしいんだけどよ——むつみ、知ってるか？」

「そりゃまあ。有名な話だしね。年に二回行われるっていう国家Ⅰ種並みの難易度の入部試験に合格するか——あとは持ち込み推理っていう、未解決の事件の真相を暴いて、それを手土産《てみやげ》に倶楽部入りするのか。ごくごく例外的なケースを除いて、基本的にはこの二つでしょ？」

付言しておけば『例外的なケース』とは、総代や副総代、とにかく倶楽部の幹部クラスからの直接的なスカウト、いわゆるヘッドバッティングという奴だ（この表現は微妙に間違っている気もするが、私は心の広い人間を愛する）。倶楽部の上の方にはその手で入部した探偵も少なくないといわれるが、そんなウマい話は勘繰郎（——そして、十五歳だった頃の私）には縁がない。そういうわけで通常、入部試験か持ち込み推理の二つに道は限られるわけだ。前者の場合は最低の第七班からの出発となるが、後者の持ち込み推理の場合、第四班からのスタートとなる。勿論それゆえにハードルがぐんと高くなるし、だからといって日本探偵倶楽部入部試験が比して簡単ということにもならない。

「おうよ。んでもって試験を受けるような格好悪い真似は絶対にしたくねーよな。当然俺は持ち込み推理って方を選んだわけだ」

ハードルが二つあれば高い方を選ぶ。そんなことを平気の平左で言う勘繰郎だった。

「……ま、勘繰郎ならそうでしょうね」

既にお互い、ある程度の情報交換は済ませている。虚野勘繰郎。十五歳。現在無職。住所不定、身寄りなし。出身地岡山。蘿蔔むつみ。二十五歳。京大卒業、現在ＯＬ。マンションで一人暮らし、故郷は九州。しかし勘繰郎の方は私のプロフィールに興味などなかったようだし、私の方も勘繰郎のプロフィールを聞いたところで何も具体的なことはつかめない。そもそもお互い自己申告なので情報の真偽など証明できるはずもないし、大体そんな背景など、勘繰郎に意味があるとも思えなかった。身分証明証を見せ合わなければならないない人間関係など私もいい加減うんざりしていたので、それはそれで構わないと思う。

「おい。むつみ、ちゃんと俺の話、聞いてる？」

「聞いてるよ……それより勘繰郎ね、私は十も年上なんだから、敬語遣えとは言わないけれど、せめて呼び捨てはやめない？」

「細かい奴だな。むつみ『さん』ってか？　言葉だけ飾っても意味なんかねーと思うけどね。むつみって友達が少ないのになぜか敵が多いってタイプじゃない？」

図星だった。

「そういう奴って自分で勝手に敵を作っちゃうんだよね。常に何かを敵視してるっつーのか、片意地張って肩肘張ってねーとなめられるとでも思ってんのか。誰もそんなことにこだわっちゃいないっていうのにさ」

「……あ、あんたはどうなの？　友達が多いって風には見えないけど。一匹狼タイプっていうかさ」

「友達は結構いるよ。敵は――どうなのかな？　俺ってむかつく相手のことなんか、すぐ忘れちゃうし。いたのかもしれないけど、もう憶《おぼ》えてない。好きな奴のことは、絶対に忘れないけどさ」

「…………」

私は――その逆だった。『敵』というか、私を傷つけた人達のことは誰一人としてその存在を忘れていないのに――昔仲良くしていた相手の名前を、一人二人くらいしか、思い出せない。さっきからずっとこんな感じだった。勘繰郎と会話をするたびに、自分がどれほど無神経な人間かということに気付かされる。全く、大体なんで私はあのとき助手席に乗り込んでしまったのか。日本探偵倶楽部のビルに駆け込むなり――そこまでせずとも、もう自分には無関係と割り切って、全てを忘れ、予定通りのんびり職場に戻ればそれでよかったんじゃないだろうか。なぜそうできなかったのだろう。あるいは私は見届けたいと思ったのかもしれない。ついさっき出会ったばかりのこの少年を。

「なんかむつみってすぐにぼおーっとするよな。人の話はぴしっと聞きなさいって小さい頃教えてもらわなかったのか？　俺は教えてもらったぞ」

「ああ、ごめん。うん、話続けてみて。って、何の話してたんだっけ」

「なんか頼りないなー。大人の癖に。こうなった以上むつみにも協力してもらうんだからな、ちゃんとしてくれよ」

　日本探偵倶楽部ビルディング前で一騒ぎあってから、既に六時間が経過している。派手にペイントされたバンを奪取した勘繰郎は（鍵は差しっぱなしだった）、私を助手席に積んだまままるで決められたコースを走っているだけのように迷いなくこの場所——比叡《ひえい》山中の山道沿いの駐車場へと移動した。近くの流行《はや》ってなさそうな自販機でジュースを買ってきて（別にこんなところで自己主張をしようという気はないが、この二百四十円は私が支払った。勘繰郎の所持金は驚くなかれ七円だった）、それを片手に勘繰郎の話を聞いているという一幕である。

「で、どこまで話したっけな。そうそう、でもさ、ちらっと図書館とか犯罪資料館とか行って昔の新聞だの何だのをあさってみたんだけどさ、これが結構ないもんなのな、そいつ、それなりの難易度を持った未解決事件ってのは」

　そりゃそうだ。私もかつて探偵を目指していた頃、勘繰郎と同じように『ペーパー試験なんかよりも持ち込みのほうがいい』などと分不相応なことを考えたこともあった。

けれど実際問題、そもそも推理するとか推理しないとか、その推理が正解だとか不正解だとかという以前に、独力で『未解決事件』なるものを見つけること自体、かなり困難なのである。L犯罪——あまりに凶悪な、それこそ日本探偵倶楽部入部に値するような規模の事件になると、事件の存在そのものが国家レベルで隠蔽《いんぺい》されてしまい、一般人の目に触れることはない。根本からして徒手空拳《としゅくうけん》の身では知ることからできないのだ。

「うん。その通り。俺も過去十年分くらいの新聞調べたけどめぼしいのがなくてさ」

「十年分……意外と努力家なんだね、勘繰郎」

ちなみに昔の私は三年分で音《ね》をあげた。諦めがいいのが自分のいいところ、とかなんとか見栄っ張りな言い訳をして。そんなことで自身を守っているつもりになって、結局ペーパーテストを選んだのだったか。そちらにしたって、まるで思うようにはいかなかったのだけど。

「んにゃ？　そーでもないぞ。ま、目標のためにする努力ってのは楽しいかんな。つーか努力ってのは基本的に楽しいもんだろ？」

「そうかな……、私はあんまり好きじゃないけどね。苦労したり、疲れたりするのは」

「ばっかだなー。むつみ、努力ってのはマラソンやらと一緒なんだよ。走るのが嫌いな奴でもさー、走ってる内になんとなーく気持ちよくなってくるだろ？　同じことさ」

「そんなものなのかな。……新聞とかで駄目ならＷＷＷとかでブラウジングして調べたりしなかったの？　あっちの世界なら情報の隠蔽とか秘匿とか、まだまだ整備し切れてなくて、規制が行き届いてないから」

それでもL犯罪クラスのものを探すには熟練したスキルが必要になるけれど、限られた情報で勝負しなければならない新聞や書物よりはずっと有用なはずだ。しかし勘繰郎は「インターネットは嫌いだ」と首を振った。

「なんかあれってさー、他人の趣味を覗き見してるみたいな気分になるからさ。趣味、それに日記。他人の日記なんて見ちゃいけないだろ？　掲示板システムっていうの？　あれも他人の会話をこっそり盗み聞いてるみたいな気がして、気分悪いや。見てるとこう、罪悪感あるんだよねー」

覗き見が仕事の探偵を目指している癖《くせ》に潔癖なことを言う。ワールドワイドウェブ（いや、私もそんな詳しいわけではないけれど）というのは『他人を盗み見したい』という欲望と『他人に見せつけたい』という露悪趣味がいい感じにとぐろを巻いてマッチしたシステムである。ゆえに自分が格好よければそれでいいという勘繰郎の性格には合わないということらしい。

「それで？　結局勘繰郎は未解決事件が見つからないんで諦めたってこと？」

「諦めないよ。俺は今までの人生、諦めたってことは一度だってない」相変わらずの不敵な笑顔。ぜんぜん揺るぎない。「とはいえ一時期ペーパーに切り替えようと思いはしたかな。けどあれって試験受けるのに結構なお金がかかるらしくてさー。身元照会とか厄介《やっかい》だし。俺もさぐられると痛い腹が一つや二つじゃないもんで。で、仕方ないからビルの前で張ってたわけ」

「それはどう繋がってくるの？　そもそも勘繰郎はどうしてあそこで見張るようにビルを見てたわけ？　この車の持ち主のあの男もそりゃ怪しかったけど、勘繰郎だって相当なもんだったよ」

ちなみにあの男はあのままあそこに放置してきた。どうせ通行人の誰かが救急車を呼んでくれるだろうし、呼んでくれなかったところですぐそばには日本探偵倶楽部ビル。心配はいらないだろう。

「そんな俺をじっと見てたむつみだって相当なもんだけどな」

ひひひ、と感じ悪く笑う勘繰郎。

「別にじっと見てなんか――」

「ありゃな、正確にはビルを張ってたんじゃないんだ。ビルを張ってたんじゃなくて、ビルの中にいる探偵を張っていたのさ。『誰を』って訊きたそうな顔だが、『誰を』ってわけじゃねえ。とにかく誰か、活動している日本探偵倶楽部の団員が出てくるのを待ち伏せしていたんだ、この俺は」

団員という表現は正確ではないけれど、さっきまで日本探偵倶楽部と犯罪者集団とをごっちゃに考えていた勘繰郎なのだから仕方ないともいえる。

「どうしてそんなことを？」

「過去の事件を洗って何も出てこないってんならよー、現在の事件にあたりゃいいわけだろ？　今、現にリアルタイムに起きている事件なら、それは未解決に決まってるんだからな。少なくとも昔の事件を洗うよりはずっと堅実だ」

「まあ――その理屈は分かるけど」

しかしそれにしたって難易度はさほど変わるとは思えない。過去の事件だろうが現在の事件だろうが、国家レベルで隠蔽されている事件に一個人が、それも何の背景も持たない勘繰郎のような一個人が一枚嚙むというのは、私が考えても無茶であることは確実だ。素人《しろうと》探偵なんてのは所詮お話の中の話である。プロが悩みもしないところでアマチュアは行き詰まる。それはどの職種にも適用できる法則だ。

「そこで思考停止してどうすんだよ。こういうときの理屈は簡単明瞭親切会計だろ。『未解決の事件』を追いかけるのが無理なら――『未解決の事件を追いかけてる探偵』を追いかけりゃいいんだよ！」

「…………！」

――開ける口も閉じる口も、いくつあってもどこにあっても足りない心境だった。そういう理由で――そんな理由で勘繰郎は、日本探偵倶楽部のビルを張っていたわけか。

つまり倶楽部所属の探偵を尾行することによって、隠蔽されている現在未解決の事件に近づく。二重尾行——まるで肉食動物の狩りみたいなやり口だ。あるいは、また、『探偵のような』——といってもいいのかもしれない。抜け目のなさや機転の発想、そういうものは探偵にとってもっとも必要なものだとされている。別段推理力なんてものは実際の事件においてはそれほどの役には立たない。地獄の沙汰なら金でなんとかなるかもしれないが、現実の犯罪には推理で太刀打《たち》ちすることはできないものだ。とはいえ抜け目のなさや機転の発想が一番に大事かと言われれば、それにも否定の返答をせねばなるまい。何よりも大切なのは、そう——判断力だ。私はそう思う。常識から大いに離脱した発想を肯定できる判断力。こともあろうに探偵を尾行するなんてとんでもない発想を肯定できる、そんな判断力が、何より大事なのだ。勘繰郎はどうやら推理力の持ち合わせはないようだが、少なくとも一番の武器は持っているようだ。

「けどまーあれだ。なかなかいい感じの奴がビルから出てこないんだよなー。入っていく奴は結構いるんだけど、見たらすぐ顔忘れちゃうような雑魚《ざこ》ばっか。今日一日張り込んで何もないようだったらもうやめようと思ってたくらいだ。日本探偵倶楽部ってのも俺の期待するほどのものじゃなかったってことでよ」

「本当大口叩くね、勘繰郎……あのビルの中にいるのはね、たとえ第七班の新入りでも、勘繰郎なんかよりずっと賢い人ばっかなんだよ」

「俺より賢くても俺より格好よくないんだったら意味なんかねーよ。頭いいだけの馬鹿なんざ眼が腐るほど見てきた。忘れるなよむつみ。俺はいずれ世界をつかむ存在だぜ？」

「好きに言ってなさいよ、もう……」

大体探偵が世界をつかんでどうするというのだろう。そう言うと勘繰郎は肩を揺らして「探偵なんてのは俺にとって経験点の一つに過ぎないよ」とにやにやとする。

「なあむつみよぉ。目の前になんか巨大な存在があってさー、それに気付いちまったら、チャレンジしてみたくなんだろ？　誰だってそうだ。勿論、俺だってそうだ」

「巨大な存在、ねえ……登山家じゃないんだからさ。そりゃまあそういう気持ち、分かんなくもないけど。でもやっぱ子供の考え方だよ、それ。チャレンジして失敗したら諦めるしかないじゃない。それとも勘繰郎は失敗したときのことなんか考えないってわけ？」

「考えないよ。それでも無理に考えるとすりゃ、そうだな、チャレンジして失敗したら返す刀でリベンジするだけさ」

ああ言えばこう言う、か。十五の頃の私と勘繰郎とを重ねて見ていたが、しかし昔の私にしたってもう少し分別を持っていた。持ちたくなくとも、持たざるを、えなかった。そうしないと、ここまで生きてくることはできなかった。しかし勘繰郎はそんな不純を一切持たずに、ここまで生きてきたらしい。それがどれだけの難易度であるかなど、考えるまでもない。

「それで、どうしてその考え方が車の盗難行為につながるわけ？　言っとくけどこれ、犯罪だよ。私まで巻き込んじゃって」

「俺は一緒に来るかって言っただけじゃん。決めたのはむつみ。勝手に巻き込まれたくせに、人のせいにするなよな」このとき勘繰郎は少しだけ不満そうな顔を見せた。「へ、ま、いつまで待っててもどうせラチがあかないみたいだったんでね。どうもそう毎日毎日、事件が起きてるわけでもないらしいや。それともつまんねー事件に手間取ってんのかな。で、そこへこの変な落書きしてる車を発見して、そっからはむつみの知っての通り」

知っての通り……と言われても全然分からない。まさか殴られた腹いせというわけではないだろう。そんな根に持つような性格には見えない。本人も言っていたように、嫌なことは二秒で忘れるご都合記憶タイプだ。

「……だから、どういうことなの？」

「未解決事件を解決すればいい……っつうんなら、この事件を解決すれば、それでいいんだろう？」

そして勘繰郎は私に後部座席を示した。後部座席とこことはカーテンで遮断されているので、覗くためにはそれを開けなければならない。そういえば勘繰郎、車を盗む前に後部座席で何かを確認していたような、いなかったような。何か、あるのだろうか。こういう展開のお約束は、そこに鎮座ましますは札束の山、という感じだろう。拾い儲けで一攫千金《いっかくせんきん》、さあこれでこれから更に一山当てようか——とでもいうような。探偵モノから冒険活劇モノ、悪漢モノへとモードチェンジ。成りゆきまかせのアンチヒーロー、ナチュラルボーンキラー、B&C。ただし勿論。

「約束は破られるために、あるからな」

そこには、不気味な雰囲気を醸《かも》し出している重厚な木箱が、二段に積み重なって合計十箱、後部座席にきっちりと埋まる感じで、鎮座していた。どう見てもどう考えても、中に札束が詰まっているわけではなさそうな、いかにも問題あり気な木製のブロック。こういうの、映画やら何やらで散々見たことがある。

「……何。これ」

「むつみ大学行ってたんだろ。理系？　文系？」

「理系……」

「ふうん。道理で」

「道理でって、どういう意味？」

「道理でわけ分からない性格だと思った、の略」

勘繰郎に言われたくはなかった。

「理系だったんなら分かんだろ。その箱に書いてある化学記号、読んでみりゃいいじゃん」

薄汚い箱に黒い文字で印刷されている——いや、印刷じゃない、焼《や》き鏝《ごて》を当てて明記しているのか——文字。内容物を示しているのだろうか。化学記号？　ううん。よく分からない。しかしそんなことを言えばまたしても勘繰郎に「お前大学で頑張ってなかったのかよ」と言われてしまいそうだ。

……気がつけば私は勘繰郎の前で醜態《しゅうたい》をさらすことに対してかなり抵抗を抱いている。恋心とか憧れとかとは勿論違う。いくらなんでも十五の子供相手にそんなことを思うほど、私はトチ狂っていない。これは要するに私の見栄なのだろう。見得を切る勘繰郎に対して見栄を張る私なんて、駄洒落にもなっていない。化学記号に視点を戻す。えっと……じゃあこれは薬品か何かなのだろうか。$C_3H_5(ONO_2)_3$。——$C_3H_5(ONO_2)_3$——えっと。硝酸で——だから。グリセリンで——うん。三硝酸グリセリン。そう、間違いない。三硝酸グリセリンだ。え？　それって、確か——

「そう。ご存知ニトログリセリンだな」

密度1.6グラム毎立方センチメートルの粘性の液体。グリセリンを硫酸と発煙硝酸とで処理して生成する。ニトロ化合物ではなくグリセリンの硝酸エステルで——いやもうそんな前置きはどうでもよくて、主にこの液体の用途は二つ。一つは狭心症の特効薬として、もう一つはダ、イ、ナ、マ、イ、トの原料として——

「きゃああ！」

　臆面もなく悲鳴をあげてしまった。鍵を開けて助手席から飛び出そうとしたところを勘繰郎に袖《そで》をつかまれる。振りほどこうとあがいてみたが、勘繰郎はしっかりと握ったその手を放そうとしない。

「むつみ、何いきなり慌ててんだよ」と、平然と勘繰郎。「取り乱すなよ。今まで平気で喋ってたじゃないか」

「知らなかったら平気で喋れるよ！　勘繰郎の方こそどうかしてんじゃないの？　こんな、後ろにニトログリ……」慌てたので舌を噛んだ。これだから化学薬品は嫌だ。「……セリンなんて、後ろにつんで、よく平気で……ああ、もう」

　私は暴れるのをやめて、へたり、とその場に崩れおちた。膝はがくがくと震えているし、心臓だってばくばく言っている。酸素が全然足りない。

「勘繰郎、これ、なんだか分かってるの？」

「年頃の女の子の背中くらい敏感な、爆薬だろ？」

「そういう背のびした言い方はやめなさい……どんな爆発になるのよ、これだけの量。一箱について一リットル瓶が二十本入ると考えて、二百リットル……？」

　三硝酸グリセリンの密度が1.6だから、200×1.6で、三百二十キロ分のニトログリセリン。爆発の規模がどれくらいになるかなんて想像もつかない。確かニトログリセリンの爆速は8.5キロメートル毎セコンドだったか。ほんの小瓶程度の量でも百リットル以上のガスに値する爆発力を持つニトログリセリン。ニトログリセリンを最初に開発した科学者はその恐ろしさのあまり研究を取りやめたというが、その薬品がこれだけの物量、十分に兵器並みの破壊力を有していることは想像に難くない。

「全部が全部ニトロとは限らないだろ。この手の薬品ってのはある意味火薬よりも手に入りにくいんだからさ。自分で作るか闇で仕入れるかしか、普通の人間にゃー手段はない。俺なら下の段の箱にはガソリンを詰め込むね。その方が焼夷弾《しょういだん》みたいになって効果は抜群って感じだから」

「焼夷弾……じゃあ、ひょっとして、これって」

「ひょっとしてなんて生温《なまぬる》い話じゃないだろ。ひょっとしてなんてとんでもない。これで探偵倶楽部のビルに特攻かけるつもりだったんだろうよ。神風特攻隊よろしくさ」

こともなげにそんなことを言う勘繰郎だったが、私の方は勿論驚きを禁じえない。では、あの怪しげな男の狙いは——あいつはビルを見張っていたのではなく狙っていたのか！　このバンをビルの中に突っ込ませ、そして——

「そしてグラウンド零《ゼロ》って感じな。こういう自爆的な暴力《テロル》ってのは本っ当に手に負えないと思わないか？　むつみ」

勘繰郎はシートをややリクライニングさせて、少し呆れを交えたように言った。ニトログリセリンそのものについては思うところはなくとも、そんな大それた計画自体についてては、さすがに感じるものがあるらしい。

「防ぎようがないもんなあ。十字軍的っつーか一向一揆的っつーか。宗教染みてるもんな。テロ行為っつーか、映画なんかじゃよくあるじゃん。爆弾背負って主人公が——主人公の友達かな？　敵陣に突っ込むって。これだけの量になればダイ・ハード3を連想しちゃうけどね、俺としちゃあ。あ、むしろスピードかな」

「どっちにしたってハリウッド系アクション映画は嫌い……」

確かに防ぎようがないだろう。日本探偵倶楽部は凶悪犯罪と対立する組織として危機管理を決しておろそかにはしていない。郵便や宅配に関する危険物のチェックは勿論、ビル内に入るのにも日本探偵倶楽部所属の探偵が全員所持している犯罪捜査許可証、通称ブルー・ＩＤ・カードが必要となる。警備員だって少なからずの数がいる——だからこの他人のことなど傍若無人《ぼうじゃくぶじん》な勘繰郎でさえ、通りを挟んではす向かいに双眼鏡で観察せざるをえなかった。しかしもし、そんな自爆行為《バースト》を決行されていたなら。中にいる探偵もろとも——日本探偵倶楽部の芸術のようなビルディングは跡形もなく影も形も残さずに、崩れ去っていただろう。正に爆心地、グラウンド零。ビルだけに被害は留まらない、交差点が間近にあることも手伝って、周囲に甚大《じんだい》な被害をもたらしながら。無論バンのドライバーだってただではすまないが（この文章は配慮を欠いた表現に置き換えれば『間違いなく死ぬ』となる)、それを代償に彼の目的は狂いなく果たされることだろう。そんなあたりかまわずな攻撃を、そもそも想定できるわけがないのだ。人間が相手だと思うからこそ推理ができる。そんな論理を超えた悪夢のような犯罪を未然に防ぐことなど、不可能を通り越して空想ごとだ。

「もしも勘繰郎が偶然、気付いていなかったら——今頃」

いや。『偶然』? それは果たして偶然なのだろうか? 偶然と考えるにはあまりにも都合がよ過ぎる。たまたま計画と同時期に探偵志望の子供がビルを観察していたから——その行為は中断されたと、そんな都合のよい、逆にいえばあの男にとってあまりにも理不尽な、そんな偶然がありうるのだろうか? 望もうが望むまいが事件に巻き込まれること——それも探偵の素質、資質の一つ。自ら望んで事件にあたっているようではまだまだ三流、向こうから行進を組んで難事件がやってくるくらいにならないととても名探偵とは呼べない。名乗るのは勝手だが呼ばれることはないだろう。古き探偵小説を紐解いて曰《いわ》く、『探偵は自ら事件に出向き、名探偵は自ずと事件に巻き込まれる』。もっともその文章には『そして自身で事件を巻き起こすのが迷探偵』という落ちがついていた。

「……けど、それとその後の勘繰郎の行為とが、まだ結びつかないんだけどさ。勘繰郎、後部座席覗いた段階でもう気付いたんでしょう? あれがニトロだってさ。だったらその時点で警察に通報すればよかったじゃない」

「——警察は、ちょっとねえ」勘繰郎はちょっと気まずげに目を逸らした。相当腕に覚えのある方らしいが、胸にも覚えがあるらしい。「でもそれだけじゃねーぞ、折角《せっかく》向こうから現れてくださったいいいいた未解決事件を警察ごときに譲ってやる理由なんざ、どこにもないだろ？」

「——未解決」

そりゃそうだ。思いっきり現在進行形の事件である以上——解決していない。今正に渦中も渦中、折も折。とりあえず勘繰郎の行動によって計画自体は中断されてしまったが、しかれど何かが解決したわけではない、あくまでそれはただの中断である。あの男の正体を明瞭にさせない限り、この事件は解決したとはいえない。そしてそれを、勘繰郎は持ち込み推理に使おうと。抜け目がないとか機転が利くとか、ここまでくるとそういう段階を抜けて狡猾《こうかつ》といっていいだろう。少なくとも十五やそこらの子供の考えることではない。日本探偵倶楽部の第一線で活躍する探偵の中には幼少の頃よりその才能を遺憾《いかん》なく発揮したという例も少なくないが、それと比してもほとんど遜色《そんしょく》するところがない。

「勘繰郎、きみっていったい今までどんな人生送ってきたんだよ……」

「言ったろ。俺は昔のことなんかあんま興味はないんだ。未来がてぐすねひーて俺のことを待ちかねてんだぜ？　黙ってても喋ってても明日はくるし明後日もくるんだ。昔のことなんかにいちいちかまってられるかよ。へ、俺がどんな人間だってのかはむつみが決めていいんだぜ。見たまんま、これが俺、無印の虚野勘繰郎なんだからさ。俺の人生に看板《ブランド》はいらない。徒《いたずら》な過去を匂わせてほのめかせて、それで格好つけるなんてのは馬鹿のやり方だ。おあいにくさま、俺は馬鹿じゃないんでね」

「その根拠のない自信はどこからくるんだろうね」

「根拠がないと自分も信じられないのか？」

つまらないな、と勘繰郎は呟く。その言い方には反感を覚えるが、しかし確かにその通り。今の私には何も詰まっていない。私は空っぽな人間だ。これは何も自分を中傷して自虐的な悦に入っているわけではなく、単なる事実である。今日だって勘繰郎に眼を留めさえしなければ、今頃自宅で眠りについている頃合だ。今日の仕事を終えれば明日の仕事、明日の仕事が終わればきっと明後日の仕事を。明々後日は日曜日だけど、その日だってきっと仕事をする。ノルマ。ノルマノルマ、ノルマの毎日。そういう意味では私の前にだって『未来が手ぐすねひいて』私のことを待ち構えている。それが勘繰郎とは違い、現在から続く未来なのではなく、失敗した過去にがんじがらめの未来であるというだけで。

「…………」

……けれど今の私は明日のことなど全然考えていなかった。そんなことを考える余裕は少しもなかった。この虚野勘繰郎というたった一人の人間のために。混乱させられて、かき乱されて——今、この瞬間のことに集中するしかない。

「俺がぶっ倒したあの男は多分首謀者じゃない、と思う」突然、少しばかりとはいえ緊張感を伴った声で、勘繰郎は言う。「首謀者はきっと、あの男の他にいる。あいつはさ、こんなことを企《たくら》むタイプじゃねーよ」

「なんで、そんなことが分かるわけ？　勘繰郎と彼、ただ殴り合っただけじゃない」

「殴り合っただけだから、分かるのさ」にやりと笑う勘繰郎。「人間同士が分かり合うためにゃ、やっぱ殴り合いっしょ。拳固《げんこ》以上の共通言語があるってんなら教えてくれよ」

メリケンサックと安全靴とスタンググローブを使用した癖によく言う。

「……じゃ、勘繰郎の考えじゃ首謀者は別にいるってこと？」

「ああ、そう言っただろ？」勘繰郎は……その端正な顔立ちを思いっきり歪ませて、愉悦そうに笑った。「今時こんな向こう見ずでやけっぱちであたり構わずなりふり構わず、他人のことなんてなんとも思ってない、時代遅れのかっこいいやり方で巨大な存在に喧嘩売ってるすっげえ奴が——あの男の後ろにはいるんだよ」

楽しそうだった。滅茶苦茶に楽しそうだった。勘繰郎はいつもへらへらしている奴だったが、このときの表情だけはそれとは正反対の締まりのある——しかし凶悪な笑みだった。少し考えが変わった。勘繰郎は『巨大な存在』(今回のケースにおいてその『巨大な存在』は日本探偵倶楽部だ)に対して挑戦を続ける、ハードルに向かって突っかかるタイプの若者だと思っていたが、それは全くの誤解だったのかもしれない。いや、最初はそうだったのかもしれないが、本当のところ勘繰郎は——既に虚野勘繰郎自身がその『巨大な存在』になってしまっていて、ゆえに今は自身と対立しうるものを、貪欲《どんよく》に求めているだけじゃないのだろうか。思い直せば、日本探偵倶楽部のビルを見ていたときの表情は『獲物を捕捉した眼』というより、『強敵』を見出したときの、そんな表情だったのかもしれない。

「そいつがどんな奴かは分からない。けど、こうやって俺がニトロを全部パクっちまった以上、そいつは俺に接触せざるをえないだろう。黙ってても向こうから連絡が来るはずさ」

「どうして?」

「『どうして』なんて質問がどうしてここで来るのかね。基本的に爆弾ってのはさ、構造自体はすっげー単純なんだよ。ちっと頭のいい小学生なら夏休みの工作で作れちまうくらいにな。だから一番の難物は材料の入手先なんだ」

「——だから?」

「だから、さ。これだけのニトロをそろえるには、手間も暇も十分過ぎるくらいにかかってるってことだ。みすみす手放すには惜し過ぎるってくらいのな。ひひ、となるとどうなるんだ？　ならばこいつはどういう意味を指し示す羅針盤なんだ？」

愉快そうに言う勘繰郎をよそに——私は唐突に（ようやくに、と言い換えることに私は一切の躊躇を覚えない）思いついた。このような、こともあろうに日本探偵倶楽部、この国における頭脳の中枢部を破壊せんと試みる策謀を考え付くような人間を。そしてこのバンの外に描かれた文字を。振り向いて木箱を確認すれば、$C_3H_5(ONO_2)_3$という化学式の下に、同じ二文字が、ペイントで描かれていた。

『殺眼』と。

私の背中にぞくりと怖気《おぞけ》が走ったそのとき、ピピピピピピ、と電話の呼び出し音が鳴った。あれ以来連絡していなかった勤め先の上司からだろうかと思ったが、私はあのとき電話の電源を切っていたはずだ。となると勘繰郎の方か。ワールドワイドウェブを嫌いだという（しかも住所不定の）勘繰郎が携帯電話なんて持っているとは思えなかったけれど、しかしやっぱり発信源は勘繰郎だったようで、ジーンズのポケットから薄い電話を取り出した。

「んーと、なーむつみ。これ、どうやったらいいんだ？」

「え？　分かんないの？　それ、勘繰郎の電話なんでしょ？」

「違う。あの怪しい男の奴」

そういえば勘繰郎は最初に男が倒れたときに、男の容態《ようだい》を心配するように近くに寄って行ったけれど——あれは彼を介抱していたのではなくて、彼の持ち物をまさぐっていたのか。しかしあの時点ではニトロも何も確認していなかった癖に、こいつはひょっとして単に手癖の悪いガキではないのだろうか。

「——このボタンを押せばいいんだよ」

「さんきゅー。へっへっへ、早速あちらさんからアプローチがあったってな感じだな。どうよ、この俺の予定調和なアドリブ劇は。特等席からの眺めはいい感じだろ？　よーし、ぽちっとな」

勘繰郎は電源ボタンを押した。

呼び出し音が切れた。

「あれー？　もしもしー？」

……某《ぼう》黒衣の探偵か、こいつは。

ワールドワイドウェブ、しないんじゃなくてできないんじゃないのか？　嫌いは知らぬの唐名というし。

「……貸しなさい」

電話を受け取って、着信履歴からかけ直す。相手が非通知でなかったのが救いだ。ふむ、局番がついている。どうやら固定電話からのようだ。075だから京都市内。横から勘繰郎が「うわーすげーむつみがいて助かった！　ビバむつみ！」などと茶々を入れてくるが、そんなことで感心されても感謝されても嬉しくも喜ばしくもなんともない。そんな存在意義など全身全霊不必要だ。

『――初めまして』

若い女の声だった。

『逆島あやめです』

地獄には三種類ある。罪者が堕ちる地獄、愚者が堕ちる地獄、そしてそれ以外の者が堕ちる地獄。逆島あやめについて説明するのならこの辺りの段落がよい頃合であろう。日本探偵史上に一大汚点を残した悪逆者、逆島あやめについて。一度でも人生のその先に探偵の二文字を夢見た者（『同じく夢破れた者』とここにさりげなくならべたところで何の齟齬《そご》もない）なら、『殺眼《アイランド》』の逆島と『静《パーフエクトワード》』の鳥籠の名を知らない者はいない。私だってその例外ではない（――勘繰郎はどうやら例外のようだけれど、そこには触れないでおこう）。

五年前の話である。日本探偵倶楽部の名がそろそろ日本中に、そして世界に響き渡っていく正に黎明期《れいめいき》のその頃、事件は起きた。当時は様々な名で呼ばれていたが、最終的についたその名前は『連続探偵殺戮《さつりく》事件』。いささかセンスに欠けて飾り気がない感じだけどそれゆえにずばりそのもの真相をついていて、私もあの事件にずれなく相応《ふさわ》しい名前はこれしかないと思う。何せ六十六人のいわゆる『名探偵』をあの手この手、あの手この手で殺しまくった、悪夢のような殺人鬼が登場したのである、これ以上に相応しい名があってたまるか。探偵とは本来、巻き込まれ型の例外を除けば確実に部外者であって、事件の被害者にはなりえないものだ。ゆえにこの奇妙な事件は比喩でなく日本中を震撼《しんかん》させた。自身が次に殺されるかもしれない状況でまともな推理のできる『名探偵』などいるわけがなく、事件は次々と、せせら笑うように続いた。そしてそれ以上に何よりも驚愕に値すべきは、その事件の犯人こそが、日本探偵倶楽部所属の『名探偵』だったことである。その名探偵こそが逆島あやめ、その相棒こそが椎塚鳥籠だった。『盗人を捕らえてみれば我が子なり』という言葉が嵌るといってここまで嵌る状況はない。『盗人の番は盗人にさせよ』という言葉も、ここには並べて適用しておくべきなのかもしれない。いずれにせよ獅子身中の虫に日本探偵倶楽部は気付くことができなかったというわけで、これは結構屈辱的、恥辱的な話だ。

　犯人、逆島あやめを告発したのは在野《ざいや》の探偵だった。その在野の探偵に関して一応のデータを述べておくと、それは宇田川樒《うたがわしきみ》という愉快な名前の持ち主で、地味にちびちびとやっていた『名』のつかない探偵だったが、ほんの偶然から連続殺人事件の共通項に気付き、逆島あやめを犯人として指摘した。その手柄でその探偵は倶楽部入りしたという話なのだが、だがここで驚くべきなのはその際にとった逆島あやめの行動である。何の証拠もなく、誤魔化そうとすればいくらでも誤魔化せたのに、言い逃れようとすればいくらでも言い逃れはできたのに（何せ彼女は日本探偵倶楽部第一班所属の名探偵である。弁論術の卓越具合はあえて言葉を重ねる必要はないだろう）、それもせずに胸を張り、堂々と見得を切り、『探偵なんて下らない。名探偵なんてつまらない。みんな天国に沈んでしまえばいいんだ』との言葉を残し——相棒の椎塚鳥籠を連れて逃亡し、行方知れずとなった。ゆえに今をして、第A級の指名手配犯であり——L犯罪どころの話ではない。しかしその事実を知った上でも、『殺眼』の『名探偵』としての履歴、戦歴には私達は舌を巻く他術《すべ》がない。解決した事件の数は入部してからわずか二年で六百六十六件。捕えた犯人の数も六百六十六人（六百六十六といえばオーメン「666」を連想するのは避けられまい。この数字は「獣物」を意味し、同時に悪名高き皇帝ネロをも指し示す。そういえば皇帝ネロは凶眼の持ち主だったという逸話もあるのだったか）。そしてその相棒『静』の椎塚鳥籠だって只者ではない。逆島あやめの相棒として仮入部扱いの臨時探偵の名目で日本探偵倶楽部に二年間所属していたが——その間、一言も口を利かなかったという。それは相棒のあやめに対しても、だ。黙々と黙々と、まるで自動的な計測装置のように『殺眼』につき従い、事件を『処理』していった。こちらも『連続探偵殺戮事件』の共犯者として同じく第A級の指名手配犯である。二人の行方は五年前の逃亡から杳《よう》として知れず、今現在、日本中の探偵が（無論ここには日本探偵倶楽部も含まれる）彼ら二人の行方を追っている——

『逆島あやめですが——あなたは？』

電話口から聞こえてくるそんな冷えた声色。優しげなようでやや儚《はかな》げなようで、上品な女性像を思い浮かべてしまう。私は軽く息を呑んで（落ち着くのだ。そう、相手が偽者だってケースも考えられる——）電話を耳から外し、勘繰郎に手渡す。「ひひっ」と勘繰郎は、嬉しげに電話を受け取って、「うぃーっす！」と、あちら側に呼びかけた。

「こちらこそ初めましてのこにゃにゃちは。虚野勘繰郎だ」

『逆島あやめです』

相手が替わったことを察したのか、逆島あやめは再度名を名乗る。

「へえん。俺ほどじゃねーけどあんたもなかなかいい名前だな。それになかなかいい声だ。あやめって結構理知的な美人さんタイプだろ？　めがねとかかけてない？」

『かけてますよ。コンタクトレンズ、苦手なんですよ。眼に異物を入れるなど、常人の発想ではありません』からかうような勘繰郎の台詞にも逆島あやめは飄々《ひょうひょう》と答える。

『あなたは生意気盛りの男の子といったところですね、勘繰郎くん——単刀直入に話をしましょうか』

「うん？　いいぜ。何よ？」

『それ——返してくれませんか？　とってもとっても、大切なものなんですよ』

「それ、なんて言われてもねえ。何のことだか」

『やだなあ、意地悪しないでくださいよ。ちゃんとわたしの名前が書いてあるはずですよ？　車にも、その木箱にも』

「持ち物に名前書くなんて、あやめって几帳面なんだなー。さすがめがねさん」

『あはは。それはね——すごくすごくすごくすごく、大切なものなんです。それがないとお姉さん、首をくくらなくちゃならないんですよ。何でも言うこときいてあげますから、どうか返してくださいよ』

「ははは、こっちもついつい笑っちまうよ。あやめみたいな女からそういうことを言われるのは結構そそるな。癖になっちまいそうだ」

冗談のような会話で話は進むが、その脇での私は戦々恐々ものだった。これは何も私が小心翼々《しょうしんよくよく》の者だからというばかりが理由ではないだろう。知らないこととはいえあの『殺眼』、逆島あやめと対等に会話を交わしている虚野勘繰郎、改めてかなりの猛者《もさ》だ。

『警察にも、あのにっくき日本探偵倶楽部にも何の届出もなされていないということは、勘繰郎くん、何か下心があるんでしょう？』

「『くん』はいらないよ、お姉さん」

『そうですか、分かりました。では、勘繰郎。何か欲しいものがあるんだったらおっしゃってくださいよ。お金？　異性？　賞賛？　名誉？　地位？』

「その全てが欲しいし、何より欲しいのは世界だが——あんたの世話になるにゃ、及ばないよ。虚野勘繰郎のことは俺に任せておいてくれ、手助けはいらない。あんたが誰だか知らねーが、俺の世界にあんたはいらないんだよ」

『確かにわたしでは世界は用意できませんがね——こちらは二人です』逆島あやめはいきなり話を変えた。『二人というのは人数ですよ。ちなみに、わたしがリーダーです』

「——へえん。つまり……あの素敵な計画を思いついたのは、あやめだってことかい？」

『大正解、ご名答ですよ。さて、こちらの人数を教えたのは、あなたがたの人数を知りたいからなんですが。教えていただけますかね？』

「二人だ」

正直に答えるのはまずいと忠告しようと思ったが、そんな隙もなく勘繰郎は言った。向こうが虚飾なしで会話している保証なんてどこにもないのに、勘繰郎はさっきから馬鹿正直もいいところだ。馬鹿正直どころか傍目《はため》にはただの馬鹿にしか映るまい。

「たーだし、その内一人は千人力だぜ」私の心配なんてまるで構わず、勘繰郎はそう続けた。「あやめよー。要するにあんたはこいつが必要なわけだな？　じゃ、質問だ。あやめはこいつに……どれだけのものを賭けることができる？」

『お金ですか？』

「命だよ」

勘繰郎は運転席で脚を組み、唇に余裕をたたえて逆島あやめに対する。

「俺は断然賭けられるぜ、自分の人生に、自分の命。そいつが俺の生き様だ。さて、ならばあんた、逆島あやめはどうなんだろうな？」

『賭けられますよ。当然でしょう』

命懸けで命賭け。さも当たり前とばかり、馬鹿馬鹿しそうに逆島あやめはそう答える。既に会話の内容は常識の尺度で測れないものになってきた。丸っきり違う言語で話されているかのように、二人の言っていることの意味は分かっても、その背景が全然見えてこない。

「ならば取引と行こうぜ、あやめ。一箱あたり一億円、全部合わせて十億円で売ってやるよ」

一億！　十億！　私は思わず息をのむ。……吹っかけやがった。否、吹っかけたなんてものじゃない。三硝酸グリセリンの相場なんて私は知らないけれど、いくらなんでも二百リットル十億円はありえまい。一リットル五百万……一デシリットル五十万。それだけの金があるのなら原子爆弾だって買えてしまう。そんな取引に賢明な逆島あやめが応じるわけがない――と考えたところで、私は思い至る。勘繰郎は今試していいるのだ。恐れ多くも逆島あやめを試している。命を賭けてもいいとまでのたまったその口を、十億程度の損得勘定で、閉じてしまうのか。切った見得を張り合わせるような格好悪い真似を、逆島あやめがするのかどうか――試している。ここで相手が拒絶の言葉を吐くようだったなら、多分勘繰郎は――

『買いましょう』

逆島あやめは即答した。それを聞いて勘繰郎は正しく喜色満面という表情を作り、ばしばしと脚をタップさせた。

「いいねえ！　あんた最高だ！」

『ええ。ぜひとも買わせていただきます――ただしそれはあなたの命の代金ですがね』

途端。スモークの張られたフロントガラスが飛び散った。降ってくるガラスのかけらに身を竦める暇《ひま》こそあらば、そこから腕が伸びてきて勘繰郎の喉元をつかむ。その腕はそのまま勘繰郎を運転席から引き抜いてしまった。勘繰郎は抵抗する間もなく、大きくあいたフロントガラスの穴から外部へと引きずり出されるように連行される。

『――取引の時刻と場所は今現在、その場所で』

「な――あ、あなた――」私は勘繰郎が落としていった電話を拾う。「ど、どうしてここが――」

『ご存知かもしれませんが、恥ずかしながらわたしは名探偵なんていう下種な職を経験したことがありましてね。探ったり調べたりは、お手の物ですよ』逆島あやめは悠々と語る。『詳しいことは企業秘密——そして紹介しておきましょう。そこにいるのが椎塚鳥籠。わたしの最愛の相棒、「静」です』

窓の外を窺うと、今まさに、勘繰郎が男によって押さえつけられている場面だった。不意打ちを喰らって勘繰郎、自慢のメリケンサックも安全靴も、それにスタングローブも、お披露目する暇はなかったらしい。押さえつけている男は——夕方、勘繰郎が地に伏せさせたあの男。あの男が、椎塚鳥籠だったのか。一言も喋らない——自動的な計測装置『静』。

ああそうか、とここで気付く。この車、GPSシステムを搭載しているのだろう。だから場所をこうもあっさり特定された。そして『静』がこの駐車場に到着するタイミングを見計らって『殺眼』が電話を入れることで、こちらの注意を逸らし、不意打ちを仕掛ける——正しくあの、悪名高き『六百六十六』探偵、逆島あやめのやり方だった。

『さて、戦況はどうですかね？　わたしの鳥籠は一度負けた相手に二度負けるような愚作ではありませんが——』

耳障りな声を断つために電話を切る。そして勘繰郎を助けんと助手席から降りようとしたが——しかしそこで、私は停止する。ここで私が出て行って、果たして何か、逆島

あやめいうところの『戦況』が変わるのだろうか？　逡巡《しゅんじゅん》したそのとき、勘繰郎と眼が合った。勘繰郎ははっと気付いたように、

「逃げろっ！」

と、私に叫んだ。

椎塚鳥籠もそれで私を一瞥《いちべつ》したが、一瞥しただけで『相手にする価値なし』と判断したのか、勘繰郎にと視線を戻す。どうする、いや、ここで逃げるなんて卑怯者の行いでしかない。そんなことはできない。今日の夕方までの私だったならまだしも、勘繰郎と六時間の間、言葉を交わしてしまった今のこの私には――そんなこと、できるわけもない。私はドアを開け、飛び降りるようにバンの外に――

「――――」

違う。

全然、違う。

それは全然違う。それはただの暴走だ。愚考だ。勘繰郎と六時間も言葉を交わして――いったい私は何を学んだというのか。意地を張ることでもない、見得を切ることでもない。そんなことでは全然ない。『探偵に必要なのは推理力ではなく判断力――』。そうだろう。向こう見ずもはったりも、勘繰郎にすればそれは判断の結果だ。ならばここで私がするべきなのは――勘繰郎の指示に従うことだ。少なくとも今の私なんかより、

勘繰郎の方がずっと優れた判断力を有しているのだから。地面に降ろしかけたその脚を引き、反対側の運転席へと移動する。そしてアクセル。ここ数年車なんて運転していないが、それでも走らせるくらいのことはできる。バックミラーを見れば、椎塚鳥籠が勘繰郎から手を放し、こちらに向かって走ってくるところだった。成程これが勘繰郎の『判断』か。椎塚鳥籠はおよそ『勘繰郎を捕らえておけば私が逃げるはずもない』とでも思っていたのだろうが、相手の目的がこの後部座席に積んであるニトロである以上、こちらが逃げればあちらとしても追わざるを得ない。かくして自由となった勘繰郎はバンを追おうとした『静』の脚に飛びついて、そのままもつれるように転がった。そこまでの成り行きを確認して、私は前部に視線を戻す。このまま勘繰郎を置いて逃げてしまう気は毛頭ないけれど、まずこの駐車場からは脱出して――

が、駐車場から出るその寸前で私はブレーキを踏み込むことになる。出入り口のそのど真ん中に、一人、人間が立っていたのだ。ブレーキだけではとても足りず、ハンドルを切ってぎりぎりで、本当、数十センチ単位のぎりぎりでその人を躱《かわ》し――そのまま、そばのガードレールに激突した。シートベルトをしめていなかったので、したたかに叩きつけられる。エアバッグは搭載されていなかったようだ。ひどい欠陥車である。あ、後ろにとんでもない荷物を積んでいるというのに――いや、それよりもなんで、こんな時間にあんなところで人が――と、朦朧《もうろう》とした意識の中で様々なことを思い考えていると、正にその人物がバンに寄ってきた。ピンクハウス系のファッションに、真夜中だというのに日傘までさしている。そして彼女は——めがねをかけていた。

「ちなみにですね」

すらりと彼女は挨拶《あいさつ》も抜きに言う。

否……、挨拶は既に済ましているのだから、必要ないといえば必要ない。

「電話は携帯電話からかけました。相手に違う番号を通知する方法なんて、暗号系のソフトを使えばいくらでもあります——無論その番号には転送システムを採用。ま、これらも詳しくは企業秘密ということで、よろしくお願いします」

そこには、写真などでよく見知った、逆島あやめの姿があった。


ブラックジャックの達人としてその存在を馳《は》せた名うての博打《ばくち》うちの言葉にこんなものがある。『勝てるかどうかなんて一切合財関係ない。命があればそれを張るだけだ』。昇りつめた者や突き抜けた者の言葉は往々にして偉そうな達観に満ちたものになりがちだけれど、この言葉もその例から漏れることはない。そんなことが実行できるのは余程の能力を持った人間だけだろうし、そして能力を持っていたところで、人間とはそう簡単に捨て鉢になれるものではない。生き残れる確率があるからといってわざわざリスクを冒《おか》す必要はないだろう。安全と平穏が一番優先されるのは誰にとっても当然の話である、そもそもにして生きていることそれ自体が死と絶望の挟み撃ちなのだから。地獄を覗きたいという探偵趣味は誰もが所有しているが、されど誰もが地獄に堕ちることを望むわけではない。全くにして灰かぶり《シンデレラ》というのは猫かぶりの同義語以外にはなりえないのだ。これは何と言うか私見な言い分になってしまい申し訳ないのだけれど、多分シンデレラは魔法使いなんて望んじゃいなかっただろう。他人に無理矢理叶えられる夢ほど無様なものはない。そしてこの謂《いい》でいうなら虚野勘繰郎は確実に、自ら地獄に堕ちることを望む存在だった。逆島あやめや椎塚鳥籠がどうなのかは分からないけれど——けれど、この私がそうでないことは、地獄なんて望んでいなかったことは、今のところ間違いなくしかりだった。

意識が戻ったらそこは見知らぬ部屋だった。およそ整理整頓という四字熟語と何の関連も持たないであろうくらいに猥雑《わいざつ》に煩悶《はんもん》と散らかっていて、床の見える部分がほとんどない。しかもその大半はただのごみのように見えた。見る者が見れば何らかの価値を見出せるのかもしれないが、少なくともこの私にしてみればおおよそごみくずの集合から逸脱する代物はない。そんな部屋の中に、私は後ろ手を手錠で拘束されて、しかも縄で腕ごと胸を、そして足首をそろえて縛られていた。

「ん。おー、起きたか、むつみ」

と、声がする。見れば隣で、私と全く同じ姿勢で縛られている、虚野勘繰郎の姿があった。いきおい『私と全く同じ』といったものの、勘繰郎の顔面にはいくつも青あざができていた。それだけでなく、身体中のあちらこちらに、怪我をした形跡がある。椎塚鳥籠との格闘の痕跡らしい。私の方もバンで事故ったのだから身体が痛まないところがないといえば嘘になるけれど、しかし私の場合は後ろに積んであったニトロが爆発しなかっただけで十分に僥倖《ぎょうこう》なくらい運がよかったということだろう。多分、少々の衝撃では爆発しないような仕組みが木箱の中で組まれていたに違いない。でなければそもそも、バンでニトロを運ぼうなどとは思うまい。そうだったところで、普通は思わないだろうけれど。

「ここ、どこなのかな」

「さあね。俺も気絶してる間に連れてこられた。メリケンも靴もグローブも、その他諸々《もろもろ》、全部没収されちゃったし」

「——何か他に手持ちの武器は？」

「熱いハートと綺麗なお顔」

「死になさい」

がちゃがちゃと手錠をゆすってみるが、とても引きちぎれそうにない。

「あー駄目駄目」と勘繰郎が言う。「これ、ロープも手錠も俺のコレクションの中でもとびっきりに頑丈な奴だから」

「…………」

　どちらも勘繰郎の持ち物らしかった。自分の持ち物で拘束されれば世話はない。武装するときに一番留意しなければならぬのは敵方にその武器を奪われることだというが、今回はもろにそのケースらしい。無論、手錠の鍵はあちらさんに没収されてしまっているのだろう。

「――ここ、どこだと思う？」

「おんなじこと二回も訊くなよ、馬鹿だと思われるぞ。ま、思われるくらいならどーでもいいけど、馬鹿になっちゃったら色々都合悪いだろ。んー。そうだな、わかんねーけど、京都から出てはないんじゃねーかな」

「なんでそんなことが言えるの？」

「あれからそんな時間経ってる風に見えないし。ほら、窓の外、まだ暗いだろ？　だからここは京都の郊外、どっかの廃屋ってとこじゃねーかな」

「ふうん……」

　ならば場所の特定はそんなに難しくなさそうだ。もっともこんな拘束された状況で場所を特定したところで何か得になるわけでもないだろうが。

「あれから何があったのか、教えてくれる？」

「何があったってほどのことはなかったけど。むつみが車で事故ってよー。そんで人質にとられちったから、俺はあの怪しげで無口な男につかまっちゃったってわけ」

「……そっか」

概《おおむ》ねにして、私が勘繰郎の脚を引っ張ったという形になってしまったわけだ。そうだ、勘繰郎の判断は正確だった。決して逆島あやめにその上を行かれたというわけではない。ただ簡単なことに、この私が力不足の無能者だったというだけである。

「……ごめんね、勘繰郎」

「は？　何が？」

心底分からなそうに首を傾げる勘繰郎。

「え、だって私のせいで……」

「……ああ、にゃるほど、そういう意味」勘繰郎はようやく得心《とくしん》いったように眼を細めたが、しかしすぐにその眼を閉じてしまい、「つーかあれだよね。本気でそう思ってるんだとしたら、むつみってすっげー傲慢《ごうまん》な奴だよね」と続けた。

「なんでもかんでもむつみに責任があるんだと思ってりゃ、世話ねーよ。できることをやらなかったって人間がいたら、まあそいつは悪いかもしんない。けど至らなかったんだとしても、むつみ、できることやったじゃん。だったら俺は何も言うことないよ。そういうもんだろ？」

「……そういうもんなのかな」

「そういうもんなんだよ。やればできるかもしれない。できないかもしれない。それは何事にしたっておんなじだけど、むつみはやったんじゃねーか。だったらそれでいいんだよ」言い切る。「世界なんてのは確率的に元々どーにもならないようにできてんだよ。だからこそ、遊び甲斐《がい》、挑み甲斐があるってなもんだろ？」

そして、勘繰郎はあの不敵な笑みを浮かべた。この拘束された状況で尚、そんな笑みを浮かべた。勘繰郎は向こう見ずの夢追いだと、あるいは獲物よりも強敵を求める戦闘狂だと、そんな風に思っていたが、その印象もまた少し違うのかもしれない、と思った。勘繰郎はしっかりと目標を見据え、そこに伴うリスクも犠牲にしなければならない幾多の将来もしっかりと把握《はあく》して、こんな状況に陥《おちい》ってしまう危険もしっかりと認識しておきながら、その上で『向こう見ず』に判断し、夢を語るのだ。かつての私なんかとは全然違う。かつての私と並べて語るのは、あまりに失礼というものだ。

私は探偵になりたいだの名探偵になりたいだの、夢を見、そして夢を語ることでいい気になりたかっただけの、つまらない子供だったのかもしれないことに、今、気付かされた。夢を見るのと夢を叶えるのとでは全然違う。いやそもそも私は本当に探偵なんてものになりたかったのか？　憧れと無知から適当なことを言っていただけじゃないのか？　探偵になるというのがどういうことで、そこにはどういうものが伴ってくるのか、それをちゃんと分かった上で、あんな大見得を切っていたのか？　具体性も計画性もなく、言っていただけじゃないのか？

『探偵になりたい』。『探偵になって様々な事件を解決したい』。『凶悪犯罪に向き合って理不尽な犯罪事件から被害者を守りたい』。『起こりうるかもしれない凶悪な犯罪を未然に防ぎたい』。いいだろう、その言《げん》や良し。けれどそういった言葉の本当の意味を理解して、ことの本質を理解して、私は探偵を志したといえるのだろうか。そんなことは……とてもじゃないがいえない気がした、嘘をつく気がなければの話だが。どうだったのだろう？　当時の自分は。あの頃の行動は思い出せても、あの頃の気持ちなんて、もう、全然——思い出せない。

「どうした？　またぼーっとしてるぞ、むつみ。むつみ、こう言っちゃなんだけど隙だらけだよな。ガード甘々って感じ。悪い男に騙されるぞ、そんなんじゃ」

「……男は、あんまり好きじゃないんだ」

「へ。恋愛拒否症って奴？　今時珍しいな」

「そうじゃなくってさ……そんな余裕もなかったっていうか。勘繰郎くらいの年の頃、根暗なオタクだったからねー、私」

「いーじゃんオタク。オタク上等、大上等。俺、オタクって好きだぜー？　物知りだから、話してると勉強になるし」

「うーん。でも私の場合レベルの低いオタクだったからね。他人に文句つけるのは好きだけど、だったらてめーはどうなんだって種類の。いわゆる評論系タイプのオタク」

「いーんじゃねえの？　それがむつみにとって価値のあることだったんだろ？　自分でどんなことやってるかって分かってるんなら、何やったっていいんだ」

「価値のあること、ね……あはは。勘繰郎、星の王子様みたいなこと言うね」

少なくともその当時の私は、それが価値のあることだと、そう思っていたのだろう。けれどそれは今の私にとって何かのプラスになっているのだろうか。いやそもそも、私は自分が何をやっていたかなんて、分かっちゃいなかった。いつだったか勘繰郎に言われたように、勝手に色んなところに仮想敵を見出して、戦うことに必死だったような、十五から二十歳までの五年間。二十歳を過ぎる頃には私もようやく分別というものを身に着けて今までの自分がどれだけ恥ずかしい存在だったかを知ったが、それで過去が改《かい》竄《ざん》でき修正できるわけでもない。自意識の強い人間はすべからく淘汰されていくものだが、しかし淘汰されずに残ってしまった自意識ほどに無残なものはあるまい。

「じゃ、むつみって今までの人生、恋愛とかしたことねえってか」

「皆無《かいむ》じゃないけど、それに近いかな。今まで私がしてきたのって、全部仮想恋愛っていうか、擬似恋愛っていうか。勘繰郎はどうなの？」

「んー？　俺は結構知ってるよ。遊び人だからね。けどまー、俺はそういうのより楽しいこと、見つけちゃったからね。らぶらぶやってる暇なんかなくなっちった」

「……一つ、訊いていい？」

「どうぞ？　何なりと」

「もしも十年後さ。つまり今の私と同じ年になって……そのとき、勘繰郎が、何一つとして望んだものを得られなかったとして。そのとき、勘繰郎は後悔しない？」

「するだろうよ。たりめーじゃん」

　思っていたのと逆の答が、即答で返ってきた。

「……そっか」

「ああ、後悔するさ。すっげー後悔して、一体俺のどこが間違ってたのか、すっごく考える。自分の十年間を検証して、それで何が足りなかったのかを理解して——それから、やり直すんじゃねえかな。今度こそ、失敗しないように」

「——やり直す」

「そ、やり直す」

　ありとあらゆることに失敗し——望むものを何も得られなかったとしても、勘繰郎はまた、再度やり直すという。それは若さでも幼さでも青さでも白さでもない。それはただの、簡単な、分かりやすい、あまりにも明瞭な——強さだ。ただ誇らしいだけの、ただ輝かしいだけの、強さと呼ばれる属性だ。

　そのときドアが開いて、部屋の中に誰かが入ってきた。見るとそれは、勘繰郎と二度の大立ち回りをやらかしたあの男——椎塚鳥籠だった。無表情に限りなく近い。部屋に入ってきても私と勘繰郎に見向きもせず、床に散らばったごみの掃除《そうじ》を始めた。掃除といっても、四角い部屋を丸く掃くどころではない、ただあちらのものをこちらに寄せ、こちらのものをそちらによけるだけ、床に歩けるだけのスペースを作っているだけのようにしか見えなかったが。

「よーあんた。さっきはよくもやってくれたなー」

勘繰郎が椎塚鳥籠に語りかける（拘束されたその姿勢からのその行為は蛮勇という言葉がよく似合うように思われた）。が、椎塚鳥籠はそれに反応すらしない。

「あんたとは今のところ一勝一敗なんだからな。とりあえず三回勝負だと考えて、次に勝った方が勝者だぞ。分かってんだろうな？　あんなんで俺に勝った気になられちゃ困るぜ」

椎塚鳥籠は答えない。黙々と部屋の掃除を続ける。さしもの勘繰郎もこれには愛想がつきたようで私の方を見、「なー。この人俺のこと嫌いなのかなー」と訊いてきた。

「そりゃ好きではないでしょうけどね——でもそういうのあんまし関係ないよ。この人は椎塚鳥籠っていってね。『静』って呼ばれる、探偵界じゃ名の知れた存在よ。勘繰郎、本当に知らないの？」

「うん。むつみ、詳しいのな」

「こんなことも知らずに日本探偵倶楽部を志すなんて、勘繰郎、なーんか順序が間違ってるんだよね……」

「でもむつみだって、ビルの前で最初に会ったとき、そんなこと一言も言わなかったじゃん」

「まさかあの椎塚鳥籠が目の前に現れるなんて思いもしてないからね、常識人のこの私は……でも勘繰郎は探偵を目指しているんだから――」

「へえ。あなた、探偵を志しているのですか」

台詞に割り込むようにして――ドアが再び開いた。その向こう側には、ピンクハウス系のファッションに。真夜中でしかも室内だというのに日傘をさし。そしてめがねをかけた女が――逆島あやめが超然として、突きたてられた刃のごとく、立っていた。椎塚鳥籠がごみをよけて作った道をしずしずと歩いてきて私と勘繰郎の正面に移動し、そこで椎塚鳥籠が用意した椅子に優雅に座る。ふわふわしているスカートがやや窮屈そうだったが、そんなことはおくびにも出さず、逆島あやめはくいっとめがねを押し上げる。

「それはそれはそれは。下種な職業を志す人もあったものですね。夢と呼ぶにはあまりにも薄暗く汚れて濁《にご》り澱《よど》んでいる」

「ひどいことをいう。職業に貴賤《きせん》はねーって知らないのか？　お姉さん」

「知ってますよ？　ただしその法則を作り出した偉人は探偵を除いてという注釈をつけ

るのをうっかり忘れたようですがね」

「はん。そうかい」

椎塚鳥籠はゆっくりと逆島あやめの背後に回り、そこでぴたりと脚を止める。まるでボディーガードかシークレットサービスのような有様だ。本人の自覚的には、ずばりそのものなのかもしれない。

「さて、ちゃんと向き合って挨拶するのはこれが初めてですね。それでは初めまして。逆島あやめです。こちらは椎塚鳥籠。相棒です」

「虚野勘繰郎だ。ははは、なるほど、確かに見事な知的タイプだな」

「あなたこそ、見事なばかりの生意気盛りのガキですね。——そちらの女性は？」

私に振られた。いくらかの緊張と共に、私は「……蘿蔔むつみ、です」と答えた。不安からか恐怖からか、声は震えていたと思う。

「ふうん……ああ、そう」私にはさほど興味がなかったようで、逆島あやめはすぐに勘繰郎へとその眼を戻す。「……勘繰郎くん。あなた、カードゲームはお好きかしら？」

「ゲームと名がつきさえすれば、大抵のものは好きだよ」

「じゃ、ブラックジャックは知ってますよね。わたしはあのゲームが好き。駆け引きも策略も何もない、ただ単純に判断力だけが必要とされるあのゲームが大好き。中でも好きなのは純正のブラックジャック。スペードのエースとスペードのジャックで作る21。

一番綺麗な役ですからね」

「何言ってんだ？　あやめ。そりゃ何の話だ？」

「つまりね……勘繰郎くん、それからむつみさん。あなたが今目前にしているのは、正しくそういう存在であるということを、今この逆島あやめは説明してあげているのですよ」ふふ、と上品溢《あふ》れる笑みで私と勘繰郎を見下すようにする逆島あやめ。「分かるかしら、この意味。椎塚鳥籠が静寂の兵隊《スペード》でそしてわたしは不吉の英雄《スペードエース》。そのカードを示されて尚抵抗できるほどの何かを、勘繰郎くん、あなたは所有しているのかしら？」

「わけの分からん比喩を遣わずにさー、『わたしは最強だ』ってはっきり言えばいいじゃねえか。回りくどいっての。まあその比喩にお付き合いさせていただくなら、俺の暗示はジョーカーだよ」

「切り札《ジョーカー》ですか？　しかし残念ながらブラックジャックではジョーカーはデッキに含めませんよ。役者として場違いもいいところですね」

「そうかい？」

「あえて訊きましょう」逆島あやめは顎をあげて、少し間をあけてから勘繰郎に問う。「あなた、どうしてわたしの邪魔をしたんですか？　全然分からないんですけれど。探偵を志しているから、なんてのは後付《あとづけ》の理由でしょう」

「決まってんだろうがよ。そんなこといちいち説明しなきゃなんねーのか？　だとしたら俺はこの身が哀れだね」

「…………」

「目の前になんか巨大な存在があってよー、それに気付いちまったら、チャレンジしてみたくなんだろ？　誰だってそうだ。勿論、俺だってそうだ」私に対しても切ったその見得を、逆島あやめに対しても堂々とひるむことなく切ってみせる。「ハードルがあったらとりあえず跳んでみるってのがこの俺の生き様なんだよ。理由なんかいるか」

「滅茶苦茶いい迷惑ですね」

逆島あやめは容赦のない感想を漏らすが、それにも勘繰郎はひるまない。

「恨むんなら巨大な存在の癖に俺の目の前に立っちまった自分のことを恨むんだな」

「ではあなたは悔やんでください。高い授業料ですが、勉強になったでしょう？　世の中には跳べないハードルもあるんです」

「世の中にはあっても、この俺にはねえよ。跳べないハードルなんてのはな。ハードルなんてのは結局、跳ぶためにあるんだからさ」

そして互いにしのび笑いを漏らす、虚野勘繰郎と逆島あやめ。しかし逆島あやめの方はすぐにその笑みを抑えて「あなたは地獄を愛しているんですね」と言う。

「けれどもう、あなたの地獄はここで終わります。あなたがどれほどに地獄を愛したところで地獄の方があなたを愛しているとは限りませんからね」

「は。片思いは恋愛の基本だろうがよ。片思いが一番楽しいんだぜ？　つーか、その言い方だとよ、あやめの方は地獄から寵愛《ちょうあい》を受けてるってのか？」

「ええ。この上なく愛されてます」

逆島あやめ——探偵殺し、『殺眼』。日本中の探偵を恐怖のどん底に叩き落したその犯人が今目前にいるというのに——私には、不思議と危機感はなかった。確かに圧倒されている。さっきからの悠然とした逆島あやめのその態度には畏怖《いふ》すら感じる。けれど危機感はない。その理由は虚野勘繰郎が——逆島あやめに対して対等に相対しているからだろう。逆島あやめの振りまく毒を、勘繰郎は完全に中和してしまっている。相対して、一歩も退かない。ただの、何の肩書きも持たない十五歳の少年が『殺眼』を抑え切れる論理なんてどこにもないというのに——それこそ夢物語だというのに。その事実に勿論逆島あやめも気付いたのだろう、少し警戒するように勘繰郎を見て「機会を一つあげましょう」と、勘繰郎に向けて左手を差し出した。

「あなたがこれからの人生を、わたしのためだけに生き、わたしのためだけに行動し、わたしのことだけを思い、わたしのことだけを愛すると誓うなら——ここで命だけは助けてあげましょう」

この台詞に対し、勘繰郎は何ともいえない笑顔を浮かべた。とろけているような、腑《ふ》抜《ぬ》けているような恍惚《こうこつ》とした笑顔。

「へっへっへっへ……」そしてくつくつと声を立てて笑う。「なるほどね……あんたみたいな美人から、あんたみたいな巨大な存在から誘いを受けるってのはすっげー格好いいことだよな、こりゃ」

「…………」

「しかしあれだな。あんたみたいな美人から、あんたみたいな巨大な存在からの誘いを断るってのは、更に格好いいことだとは思わないか？　むつみ」

私に向けて勘繰郎はそう言った。

私はそれに迷うことなく答える――「ま、その通りだよね」

「――天国に沈めばいいのよ。探偵なんて」

途端、逆島あやめは呪いたっぷりにそう吐いて、椅子から腰をあげた。今までの綽々《しやくしやく》とした余裕をいきなり消して、不機嫌さを隠そうともしない。スイッチが切り替わったばかりの変容振りだった。

「永遠に苦しみなさい。焼き死ぬようにもう少しの間だけ生かしておいてあげる。自分が何をできなかったかを存分にしゃぶるように知り尽くしなさい。わたし達は計画通りに日本探偵倶楽部のビルを破壊する。ビルは崩れ探偵は死ぬ。それはあなた達の力が及ばなかったからよ。あなた達のせいで人が死ぬ。その責任と無力感とを味わい尽くして死になさい」

「ちょ――ちょっと、あなたは」立ち去ろうとする逆島あやめを、私は思わず引き止めた。逆島あやめは冷徹な視線で、冷徹な殺人者の殺眼で、私を振り返る。「――あなたは、あの連続探偵殺戮事件の犯人……なんですよね」

「ええ。それがどうかしましたか？」

それがまるで取るに足らない肩書きであるかのように、簡単に肯定する。勘繰郎同様、こちらも人生に看板《ブランド》を必要としない人間らしい。

「なぜです？　どうしてあなたはそんなに……探偵を、殺したがるんですか？　どうして、名探偵を殺すんですか？」

「探偵が嫌いだからですよ。あのね、むつみさん」近づいてくる。私の眼前すぐそばにまでその顔を寄せて、そして逆島あやめは地獄の鬼のように口を裂いて笑った。「わたしは探偵が嫌い。わたしは探偵が大嫌い。わたしは探偵が大々嫌い。わたしは探偵が大々々嫌い。わたしは探偵が大々々々嫌い。一人殺せば二人目の探偵を、二人殺せば三人目の探偵を、三人殺せば四人目の探偵を、殺して殺して殺して殺す。探偵が嫌い。探偵を志す者も嫌い。わたしがかつて探偵の肩書きをもったのも、ただ単純にその方が殺しやすいからで、それ以外に理由なんかないんです。このわたしに一片の慈悲すら期待するのはよすことね」

一気にそこまでまくしたて、そしてその笑みを元の上品なものへとにっこり変え、私から離れ、逆島あやめは部屋から出て行った。取り残された形になる椎塚鳥籠は、ちらりとだけ、初めて私と勘繰郎を眇《すが》めるように見てから、そして逆島あやめの後を追って部屋を出る。

「ひゃはは。すっげーな、あの女は」しばらくの沈黙を破って、勘繰郎は笑う。「あんなお上品そうなナリして、すっげーわがままじゃん。あんな奴初めて見たぜ。俺も結構色々な人間見てきたつもりだったけど、あんなのは初めてだ。あれかよ、探偵っつーのはいつもあんなのを相手にしてるのか？」

「まさか。あんなの、かなり例外的なケースだよ」

「そうなのか？　そういやさっき変なこと言ってたな。連続探偵殺戮事件とか」

「うん……ま、そんとき勘繰郎十歳だしね。知らなくても仕方ないけど……」

私は『殺眼』逆島あやめと『静』椎塚鳥籠が日本中の探偵相手に開催した一大殺戮祭について、簡素に勘繰郎に説明した。勘繰郎は「ふうん」などとところどころで相槌《あいづち》を打ちつつ、最後までおとなしく話を聞いて、「なるほどなあ」と頷《うなず》いた。

「あー。そういや調べた新聞の中にそんな事件、あったかな。あったよーな、なかったよーな。解決してる事件だから興味なかったけど。でもひょっとして第A級指名手配犯ってことは、あいつら捕まえたらこの俺の持ち込み推理の件も、簡単に片がつくんじゃねえのかな？」

「逆島あやめと椎塚鳥籠を捕まえたりしたら、第四班どころかいきなり幹部クラスから始められるよ……」

「そっか。幹部かー」

「嬉《うれ》しそうだけどね。今のこの状況、どれくらいやばいものだか、分かってるの？　勘繰郎の努力も正しく虚しく、今頃日本探偵倶楽部のビルは破壊されてるんじゃないのかな」

「いやー。そりゃ多分、大丈夫だと思うぜ」勘繰郎はむやみに自信たっぷり、そう言った。「あいつは俺と同じだ。障害《ハードル》は全部、完膚《かんぷ》なきまでに叩き潰さねば気がすまない種類の人間さ。心の狭さに程がない。それはそれはもう計算なく傲慢《ごうまん》で恐ろしい。その逆島あやめがよ、自分の計画を思いっきり邪魔されておいて——今の程度のお仕置きで済ませるわけがないんだよ。逆島あやめは絶対に仕切り直しに来る。あいつが俺と同じく地獄を愛するものであるならな、こんなあやふやで曖昧なことを認めるわけがねーんだよ」

まるで自分のことのように、あるいは自慢の親友でも誇るかのように、勘繰郎は言う。

「そんなこと……なんで断言できるんだよ」

「さっきの会話でそんなの十分な証拠だろうよ。それにさーむつみ。考えてもみろよ。

爆薬っつーんならC－4だのTNTだの、色々と種類があるだろうがよ。もっと運搬しやすい、そう、いっそダイナマイトにまで加工してから運んでも、それで全然いーじゃねーか。確かに面倒くせーかもしれねーけど、ニトロ揃えたんなら、もうどうせあと一息だよ。にもかかわらずどうしてニトログリセリン原液そのままなんて絶妙なチョイスをしちまうんだ？　世界一扱いが危険なもんを車の後ろに積んで突っ込むなんて手段を選ぶのか？　それだけのニトロ手に入れる労苦を別に使えば大抵のもんは手に入っただろうが。あまりにも浪費と無駄遣いが過ぎるとは思わないか？　いや、そもそもさ、どう考えてもあんなにいらないだろ？　爆薬ってのは一番効果的な場所に最小の量で最大の効果をもたらすように設置するもんなんだからさ。ダイヤモンド状爆薬とか、色々あんだろーが。なのになんで雷管も信管もねー、京都丸ごとふっとばさんばかりの危ない真似をするのか？　元探偵っつーんなら、そういうことを考えないはずがない。あまりにも非常識であまりにも非現実だ。なのになのに、どうして、黒色火薬の時代ばりの危ないスタントをやらかすのか？　まるで数字のでかさや物体のインパクトやの大袈裟さを最大限に発揮してるだけの、少年漫画並みのインフレ現象じゃねーか。まるで極絶まで肥大化したウルトラ怪獣のような有様じゃねーかよ。何故だ？　その理由は簡単さ。先にも言った通り、それがシンプルで分かりやすくて最っ高の最っ高格好いいやり方だからだよ。その通り、数字のでかさや物体のインパクトの大袈裟さを最大限に発揮している、それだけなのさ。冗談のように格好よく悪質のごとくに格好いい。見えたときの聞こえたときの、妄信的な第一印象を何よりも尊重する。目的のために手段を選びぬく究極絶無の鑑定眼。だからこそだからこそ、あいつは求めてくるはずだ。一心不乱、絶体絶命の決着を、この虚野勘繰郎とつけるために——とはいえ」

テンションを最高潮にまで上げきったところで、勘繰郎はいきなり声のトーンを下げる。

「地獄があいつを溺愛《できあい》してても、あいつが地獄を愛しているのかどうかは、この俺、まだ訊いてなかったけどな。地獄さんの片思いなんだとしたら、俺の手には少し余るわ」

「手に余るって……？」

「探偵に対するあの悪意と殺意、あれだけは俺と同じじゃないってことさ。俺はあそこまで激しい感情を抱いたことがないからな——なあむつみ。何かを憎んだり恨んだりするのって、すっげえエネルギーが必要なことくらい説明するまでもないだろう？　好きになるより嫌いになる方が、ずっとしんどくって、面倒くさいだろう？　マイナスのエネルギーってのは莫大に莫大過ぎるもんなんだ。ああいう後ろ向きなバイタリティは俺には全然ないからな。だから絶対値で言やあ向こうの方が格上だ」

「——どうせ、『格上に挑む方が格好いい』とか言うんでしょ、勘繰郎のことだから」

「切り札を最後まで隠しておくのとは逆でさ。決め台詞ってのは肝心のところじゃ、言わねえもんなんだよ」

勘繰郎はそう言って、そしてぎ、し、ぎ、し、と身体を揺るわせ始めた。自分の口で『頑丈で解けるはずもない』と言った手錠と縄を解こうと試みているらしい。しかし武装していなければ人並みの腕力しか持たないようで勘繰郎、無駄な足掻きだった。

「勘繰郎。身体のどっかに刃物とか仕込んでないわけ？」

「だから全部没収されちまったって。ったく。——なあ、その辺のごみに、針金とかまぎれてないか？」

針金で手錠の鍵をあけようという魂胆だろうか。そんなスキルまで有しているとはやはり只者ではない。勘繰郎は私の返事を待たずに、ずるずると尺取虫《しゃくとりむし》のようなやり方で部屋の中を這い回り、やがて、口に髪止めのピンのようなものを咥《くわ》えて戻ってきた。

「おい、ケツをこっちに向けろ」

「……すげえ嫌な言い方するね、勘繰郎」

言われるままに勘繰郎に背を向ける。角度的に見えないが悪戦苦闘しているようである。五分、そして十分。

「どう？　勘繰郎」

静寂に耐え切れず、私は訊く。

「あー。駄目だ。ピンが短過ぎるし、ちょっと太いみたい。つーかこんな細かい作業が口でできるわけねーじゃん。俺はそんなテクニシャンじゃねーっての。五時間くらいやればピンの形が変わってなんとかなるかもしれないけど、時間がかかりすぎるな」勘繰郎は起き上がり、そしてもとの位置に戻る。「あーあ。こんなことならニトロの一本でもくすねてくりゃよかったよ。俺としたことが不覚だ。完全に手詰まりって感じだな。こうなっちゃ仕方ねー。信じて、待つしかないか」

「信じるって、逆島あやめを？」

「馬鹿。自分をだよ」

逆島あやめ、本名同じ、通称『殺眼』。闇の中の孤独、アイランド。二十八年前の六月六日、逆島神楽《かぐら》、神薙《かんなぎ》夫婦の長女として生まれる。以後幸せな、特に問題のない家庭の中順調に成長を遂げるが、十二歳の夏、北海道への家族旅行の際、両親と二人の妹が殺害される。宿泊したホテル内の人間のほとんどが殺されるという未曾有のテロ事件で、逆島あやめはその唯一の生き残りとなった。彼女が生き残れた理由は、殺される寸前、ぎりぎりのところで事件の犯人が捕獲されたからだった——とある『名探偵』の手によって。しかし犯人が捕まったところで死んだ家族が戻るわけでもないし傷ついた彼女の心が癒《いや》されるわけでもない。記録によれば彼女は事件を解決した『名探偵』につめよってわめきちらしながら泣き叫び続けたという。果たして彼女が何をわめいて何を叫んだのかは記録に残っていないが、何にせよ、ここが逆島あやめにとって決定的で致命的なターニングポイントであったことは間違いない。ここで彼女は何かを決定づけられてしまったのだろう。壊れたのか、あるいは喰《く》われたのか、それは判然としないけれど。そして事件から五年後、逆島あやめ十七歳、探偵業を営み始める。組織に属さない在野の探偵として、細々と活動を開始する——が、どうやら既にこの時点で、彼女は探偵殺しを計画していた節がある。酷く目立たない、地味な形において。そして二十一歳の冬、日本探偵倶楽部に入部。入部試験を日本探偵倶楽部創設以来最高の成績でクリアし、第七班に入る。そこからの前代未聞で前人未到な飛躍的業績については既に触れた通りで、彼女はたった半年で第一班にまで昇りつめ、一躍日本探偵倶楽部の顔役となった。そして更に一年半が経過し——彼女はいよいよ『連続探偵殺戮事件』を開始した。一人目は彼女の同期に当たる、日本探偵倶楽部第六班の探偵だった。彼女自身が捜査の任につくが、無論それも策略の一環。証拠らしい証拠は全て自らの手で握りつぶしつつ、最終的には六十六人もの探偵を殺しつくした（露見していないものを含めれば六百六十六人ともいわれているが、しかしこれはいくらなんでも風聞の類だろう。探偵の数がそれだけ減れば誰かが気付くはずだ）。在野の私立探偵、宇田川樒によってその犯行と企みが明らかにされ、日本探偵倶楽部は探偵組織としての盲点を露出することになったが、その際にも逆島あやめはひるむことなく、倶楽部をあげての捜索・追跡をかわし、その姿を完全に衆目の前から消した。

椎塚鳥籠、本名不詳、通称『静』。年齢不明本籍不明血液型不明経歴不明、その他一切もろもろ全てが全て、相当強い意味で完全に不明。日本探偵倶楽部を初めとするあらゆる調査機関、諜報機関の全力を以《も》ってしても、椎塚鳥籠の過去は何一つとして現れなかったという常軌の逸しぶりだ。逆島あやめが私立探偵だった頃から彼女のそばにつき従い、彼女の『仕事』を表から裏から明に暗に、サポートし続ける。特技は主に変装、侵入潜入、そういった裏方探偵作業。己の主人を含め誰とも一切口を利かないことから『完全言語《パーフェクトワード》』との異名を取ったこの男を、逆島あやめがどこから見つけてきたのかも、やはり誰も知らない。彼女が日本探偵倶楽部に所属していた頃に冗談交じりに漏らした言葉によれば、彼女自身もまた、彼が何者なのかは知らないそうだ。気がついたらいつの間にか、影のように自分のそばにいたのだと。その話の真偽《しんぎ》はともかくとしても、仲間という概念を一切放棄している風に見える『孤独国《アイランド》』逆島あやめの信頼を勝ち取っている時点で彼の尋常でなさは十分に窺え、ある意味においては逆島あやめよりも尚、要注意人物といわれていた。そしてそれは正しかった。『連続探偵殺戮事件』の首謀者は確かに逆島あやめだったが、その実行のほとんど——百戦錬磨の探偵達を数十人単位でたやすくも殺してのけるという離れ業は、この椎塚鳥籠が請け負っていたのだから。犯行が明らかになった際も彼は顔色一つ変えず何一つ言わず、それが当たり前のように、逆島あやめと共に姿を消し、追われる身となった。

「ふうん。本当に詳しいな、むつみは。ひょっとして昔探偵目指してたことでもあるんじゃないの？」

「な、何言ってるんだよ。んなわけないじゃない」

こんな場面にまでなっても私は見栄を捨てる気にはなれないらしく、目を逸らして勘繰郎の言葉を否定する。

「それにしても……五年もの間地下に潜って何やってたのかと思ったけど——まさかただ逃げてるだけじゃなくて、こんなとんでもないこと、計画してたなんてね」

「ふうん。けどあれだよな。もしもさ、その——日本探偵倶楽部ビルを破壊するっつーあの計画がうまく行ってたとしてさ。でもそんなことしたら、あの椎塚鳥籠って奴、絶対死んでたよな。雑魚にやらすってんならまだしも、自分の相棒にそんなことやらせるなんて、あやめも酷いことするよな」

「酷いこと、なんだろうけどね——でも、椎塚鳥籠の逆島あやめに対する忠誠心ってのは計れないとこがあったらしいよ。それくらいのこと、するんじゃないかな」

とはいうものの、その辺りについて納得がいかないのは私も同じだった。いくらなんでも、それほどの長期間を共に過ごした人間を捨て駒に使うなど、むちゃくちゃではないだろうか。その辺りのことは勘繰郎にもお見通しらしく、「およよ。むつみらしくもない発言だね」と言う。

「はは、ひょっとしてむつみ、『愛する女のために死を選ぶ男』とかいうシチュエーションに憧れてんじゃないの？」

「そういうんじゃ、ないけどさ」

「ん？　なんか煮え切らない返事だな。ああ、恋愛は嫌いなんだったっけ」

「いや、そういうんでも、ないんだけど」

ただ単純に、私にはそういう相手がいないし、そう思える相手もいないと、それだけの話だ。私には昔っから自分しかないし、今に至ってはその自分すらないと、それだけの話だ。決して、憧れているわけじゃない。むしろ諦めているんだろうと思う。

「ふうん。だったら俺がそういうのになってやろうか」

「え？　……何それ？」

「はは。意味なんかねーよ。もっとも、この世に意味のあることと意味のないこと、その二種類しかないと定義した上で言うんならってことだけどな。ひひひ、なあむつみ。逆島あやめとか椎塚鳥籠とか、その辺のはもう分かったからさ。今度はそういうんじゃないこと、なんか話せよ」

「なんかって？」

「別になんでもいいんだよ。ひょっとするとこれがこの世で交わせる最後の会話になっちまうかもしんないんだぜ？　じゃ、遺言を残すってのも悪い考えじゃないだろ。何かこの世に、言い残したいことはあるか？」

「言い残したいこと……」

——そう訊かれて、私は答えることができない。この世に言い残したいこと。なんだろう。何か、あるだろうか。昨日まで、こんなことになるなんて全然考えてなくて、唐突にこんな事態に巻き込まれ、こんな状況に陥っているこの今、世界に対して残せる遺言を、私は持っているんだろうか。カール・マルクス曰く、最後の言葉なんてものは言い足りなかった無能のためにある。確かに私は全然、世界に対して言い足りないけれど、しかしそれ以前に、そもそもこの私に、世界に対して何かを表現する資格があるのだろうか。表現の自由とは表現するだけの内容がある人間にのみ与えられる資格だ。義務も果たしていないくせに資格だの権利だの自由だの、片腹痛さもこれ極まれりだ。一体にして空っぽの私が、これっぽかしの思想すらも有していない、あるのは現実と、かつて抱いた夢に対する不満だけというこの私が言葉を表現したところで、何かそこに意味や価値が生じるのだろうか。そういう無様な人間はただ黙って、椎塚鳥籠のように黙々と口を閉ざして、眠りにつくべきなのではないだろうか。生きているというよりも、ただ死んでいくような人生を送ってきた人間に相応しい表現は、無言しかありえまい。だから、そう言った。

「私は何も言わない。私は黙って死んでいく」

「そっか」

素っ気無く頷く勘繰郎。そうだろう、勘繰郎は自分の人生を主張することはあっても、他人の人生にまで干渉しようとはしない。私は訊く。

「勘繰郎の遺言は？　最後になんて言って、死ぬつもり？」

「俺も何も言わない。俺は笑って死んでいく」

「…………」

「俺の生き様に言い訳はいらない。その代わり、最後に虚勢でもはったりでも笑えたら、最後の最後に皮肉でも愚かでも笑えたら、最後の最後の最後に笑って死ねたら、それだけで世界に対して俺の勝ちだ」勘繰郎はそして私を見る——「もっとも。今はまだ、死ぬときじゃねーけどな」

「……………ごめん。私、嘘ついてた」

耐え切れずに、私は言った。もう無理だった。勘繰郎の前で何かを誤魔化し続けること——勘繰郎の前にあって自身に対して不正直であることに、もう、我慢ならなかった。あまりにも不甲斐ない自分が腹立たしかった。なんなんだ、この私は。どうしてこんなみじめったらしい、みっともない、腐って澱《よど》んだ……一個なんだ。もう嫌だ。こんな私はもう嫌だ。

「はあん？　嘘？　何よ、それ」

「私もね——勘繰郎くらいの年のときに思ってたんだ。……探偵になりたいって」

「……へえ？」

そして私は全てを話した。昔のこと、昔抱いていた夢と希望のこと、今のこと、今抱いている鬱屈《うっくつ》と不満のこと。勘繰郎は一度も口を挟まず、私の言葉を、私の懺悔《ざんげ》を聞いていた。茶々を入れることもなく、相槌を打つでもなく。だから私は私の言葉で、語るしかなかった。全てを話し終え、もう、これで真実、何も話すことがなくなり、黙るしかなくなってようやく——勘繰郎は言った。

「ひょっとしたらむつみは、とんでもない勘違いをしているのかもしれないね」

「……勘違い？」

「うん。英雄っていうのはな。何かをなして英雄になったから、英雄って呼ばれるわけじゃねーんだよ。英雄になろうという試みを抱いたその時点で、もう既にそう呼ばれる資格はあるんだ。英雄概念ってのはそういうもんなんだよ。こいつは説教くさい言い方になっちまうし、俺みてーなガキに何が分かるって、むつみは思うかもしれないけどさ」

「そんなこと……」

「でも、俺は本物の英雄を何人も知っているから。誰にも知られず儚《はかな》く終わっていった歴戦の英雄を知ってる。最悪なのは何もしないで英雄が現れてくれるのを待ってる奴だよ。失敗は間違いじゃない。間違いなのは、何もしないで何も語らずにいることさ」

「…………」

「確かに今のむつみは英雄じゃない。けど、十五の頃、大向こうに夢を語ってたときのむつみは、英雄だったはずだぜ。自分でも分かってるだろ？　その頃の自分は全然恥ずかしくなんかなくて、一番格好よかったって」

「……………」

勘繰郎はくっ、と首をあげ、扉の方を見る。

「そしてそれは、い、い、い、まだまだ全然遅くない、い、い、い、い――」

ドアが開き。逆島あやめと椎塚鳥籠が――戻ってきた。相変わらず逆島あやめは室内でも構わず日傘をさしているし、椎塚鳥籠は一言も口を利かない。前にこの部屋に来たときと同様に正面の椅子に座り、そして私と勘繰郎を見据えた。

「――ただいまの時刻は朝の八時半です。お二人とも時計をお持ちでないようですので、お教えしました」そして逆島あやめが言う。「あなた方が乱してくれた計画を立て直しまして、本日九時ジャストを作戦決行時間といたします。その時刻を以って、この椎塚鳥籠はあのバンで日本探偵倶楽部のビルディングに特攻をかけ、大の惨事を、五年前の祭の続きを行います」

「祇園祭の季節はもうちょっと先だぜ、あやめ」

勘繰郎の茶々にあやめは微笑を浮かべる。

「わたしはこの計画を中止するつもりはありませんが――虚野勘繰郎くん。あなたは中止を望んでいるわけですね？」

「あたぼーよ」へへん、と勘繰郎は胸を張る。「俺はとんでもなく嫉妬《しっと》ぶかい人間でね。目の前で誰かがそんなすげーことをやろうとしてんのを見ると、つい邪魔したくなっちまうんだ」

「では。軽く勝負といきましょうか」

逆島あやめはその嵩《かさ》のある服のどこかから、トランプのケースを取り出した。有名なメーカーのロゴが印刷された箱。封がされているので、新品だと分かる。

「ゲームならなんでも好き――そうでしたよね？」

「へえん。トランプ遊びで、俺とあんたの決着をつけようってのか？　ひょっとしちゃって」

「命を張るから遊びは面白いんだと思いますけれどね。そんな探偵小説がありませんでしたか？　ポーカーで決着をつけるとかいう、荒唐無稽なばかばかしい悪夢のような物語が。その荒唐無稽なばかばかしい悪夢を踏襲するというのも面白いでしょう。探偵殺しなんて底抜けにつまらないことをやっている最中、これくらいの遊びがないと、正直気が滅入ってしまいます——受けて立ちますか？」

「はあん。遊び、ね。そうか、遊びだったら真剣にやらなきゃなんねーやな。ちなみに、俺が勝ってあんたが負けたときは爆破を中止するとして——あんたが勝って俺が勝てなかったときは、どうするんだ？」

たとえ話であろうとも『自分が負けたら』と言わないところが勘繰郎らしかった。

「その場合は爆破を決行する。それだけですよ。よく分かってないようですから説明しますと、今の時点ではちょうど零なんです。あのビルを爆破するかしないかというのは、まだ全然確定していない、わたしがしようとしたところをあなたが邪魔して、一旦全てはリセットされているんです。だから今はフィフティ・フィフティ。ここでわたしは『爆破する権利』を賭ける。あなたは『爆破を止める権利』を賭ける。それだけのことです」

それだけのこと、というほどそれは軽い話ではない。もしもその賭けに乗れば——それこそ『殺眼』が先に言った通り、ビルが爆破された場合勘繰郎に責任があるということになってしまう。逆島あやめは勘繰郎にそれを背負え——と言うのか。

「決してわたしが望んで爆破するわけではない——勝負のルールだからそうするだけ。さて、勘繰郎くん。このゲームに参加しますか？」

「するよ」勘繰郎はやはり即座に頷く。「好きだぜ、そういうの。とても簡単で最高だ。な？　むつみ。自分を信じてよかっただろ？」

　この少年にプレッシャーという概念はないのだろうか、その表情に全く不安はない。勘繰郎は「じゃ、このロープと手錠解いてくれよ。これじゃあカードも持てない」と逆島あやめに要求するが、しかし「それは通りませんよ」とあやめは首を振る。

「あなたのような猛獣を解き放ち自由にするほど、わたしは能天気ではありません。これでも昔、屈辱的なことに探偵なんてやっていたものでね。他人なんか親友でも信用しない癖がついているんですよ」

「ちぇ。ばれてーら」

　勘繰郎はおどけてみせるが、これぱっかしは半分以上本気だったろう。今の状態はまさしく手も足もでない状況、少なくとも手錠と縄さえ解いてもらえれば、わずかながら希望が見えてくるのだから。しかしそんな申し出を、土台逆島あやめが許可するわけがないのだった。油断がないことにかけて、逆島あやめの右に出る探偵など一人だっていなかったのだから。

「けどさー。この状況じゃトランプ遊びなんかできねーってのは本当だろうがよ。まさか俺の代わりにそこのでっかい兄ちゃんがカードを持つってんじゃねえだろうな？　そんな不公平な勝負、あやめのプライドが許すとは思えないけど」

「あるでしょう？　あまたあるトランプ遊びの中で唯一、プレイヤーがカードを触らないままにプレイできるゲームが」

「……？」

「先にも触れました。ブラックジャックですよ」言って、逆島あやめはカードケースの封を切り、そのままばあああああっと高速シャッフルを開始する。「確か十五歳でしたよね？　勘繰郎くんは。だったらブラックジャックのルールなんて説明するまでもないでしょう？」

ブラックジャックのルールは単純にして明快、明朗にして明瞭。配られたカードの合計を21に近づければいいと、それだけである。確かにブラックジャックならば、勘繰郎はカードに触ることなく、逆島あやめと勝負をすることができる。当然勘繰郎はここで即答するものだと思われたが、やや逡巡するように「んー」と首を傾げて、しかしそれもつかの間のこと、「よし、分かった」と首を縦に振った。

「あんたの得意そうなそのフィールドでの勝負、受けてやろうじゃん」

「ＧＯＯＤ」にっこりと笑う逆島あやめ。そしてカードの高速シャッフルを停止して、その束を床において示す。「勿論、私が親ということで——それでは。元日本探偵倶楽部第一班班員、現連続探偵殺戮事件『真犯人』——逆島あやめ。お相手、つかまつります」

「虚野勘繰郎。好きな言葉は成り上がり」

「賭けの対象は日本探偵倶楽部のビルディング。この勝負の勝者はそのビルディングを好きに出来る権利を有するものとする——バーストはその場で負け。引き分けの場合は、勝負がつくまで同じ条件で繰り返すものとする。ですからまあ、ダブルダウンやら何やらのルールは、今回の場合じゃ必要ないでしょうね。ＯＫＥＹ？」

「ＤＯＫＥＹ。御託はもうたくさんだ、ちゃっちゃと始めてちゃっちゃと終わらそうぜ」

「それでは。もう十分に生きたでしょう《アー・ユー・レディ》？」

「死にやがれ《イエー》」

す、と逆島あやめの手が動き——自分の前に二枚のカードを伏せて、そして勘繰郎の方へと二枚カードを表向きに投げ寄越す。ルールに則《のっと》り逆島あやめは、自分の前の二枚のカードの内の一枚を、アップカードとしてめくってみせる。そのカードは相棒、椎塚鳥籠を例えて言った、スペードのジャックだった。対して勘繰郎の前に並んだ二枚のカードは、ハートの６とハートの５。その合計は11だった。

「…………」

勘繰郎は難しそうにそれを見ている。11。お世辞でもおべっかでもいい数字とはいえないが、それは勿論この二枚だけで見た話である。配られたカードの合計が11以下ならヒットしても絶対に21を越えることはない（絵札は10として扱うため）ので、ここでヒットしなければただの馬鹿である。それにディーラー（親）側はカードの合計が16以下だった場合は絶対にヒットしなければならないという不利なルールがあるので（これだけにとどまらず、ブラックジャックとは基本的にディーラーが圧倒的に不利なようにルールができたゲームである。カジノやなんかで一番人気の理由がそこにある）、11では相手がバーストしない限り勝てない。しかしブラックジャックは新たに配られるカードの数字が10である確率が一番高いので（理由は前述と同じ）、その意味では11は都合のよい数字だとも言えるだろう。

「ふーん」と勘繰郎は頷いた。「じゃ、とりあえず一枚ヒットな。これじゃ話になんねーし」

「その前に少々お待ちくださいな。先にホウルカードを確認しますから」

言って逆島あやめは伏せてあるカードを確認する。そうだ、アップカードが10、ジャック、クイーン、キングの『10』を意味するカードだった場合、ディーラーがブラックジャックの可能性があるので（つまりホウルカードがエースである可能性だ）、先にホウルカードを確認するルールがあるのだったか。まあカード二枚でのブラックジャックなんてそう簡単にできるものじゃないから、形式的なものだけれど……

「——あ」

否。違った。違うじゃないか。逆島あやめはディーラーなんかじゃない。逆島あやめは——元、探偵だった女だ。そしてこういう場合に探偵がとる手法といえば——もしもこの場面が推理小説の一場面だったとして、『探偵』が『犯人』に対してどういう手段をとるかといえば——そうだ。探偵を相手にする場合は、いつだって何のゲームだって、常に嘘当《ダウト》てを心構えておかねばならないというのに——

「——トゥルー・ブラックジャックです」

逆島あやめは何事でもないかのように、スペードのエースを、自身で自身を例えて言ったスペードのエースを、私と勘繰郎とに示した。じっくりとそのカードを示してから、床のジャックの横に並べて置く。勘繰郎は言葉も出さずに、それを凝視《ぎょうし》していたが——私は黙っていられない。

「い、イカサマに決まってるじゃないですか、そんなの！」怒鳴る。逆島あやめに対して、怒鳴る。「こんなところで都合よく、そんなカードが出るわけがないじゃないですか！　自分でカードを切って、こっちにはカットもさせないで——」

「後から文句を言うのも、こういう場合ではマナー違反だと思いますけれどね」

飄々と笑顔で逆島あやめは答える。うう。確かにその通りだ。だけど、勘繰郎がそれに文句をつけなかったのは、あくまでそれは逆島あやめを自らの対戦相手として認め、言い方を換えれば相手に対して最大の敬意を払い、信頼を持ったからこそ、全てを逆島あやめに任せたのではなかったのか。その敬意を、信頼を、あっさりと裏切るなんて、この逆島あやめ——

「これが探偵のやり方ですよ、勘繰郎くん。あなたの目指す探偵なんてのは、掛け値なしにこういうものです」

「…………」勘繰郎は答えない。

「騙す。偽《いつわ》る。探偵には正々堂々なんて言葉はありえません。自分の方は何も見せない癖に他人の奥を探りたがる。優位な立場からじゃないと他人を非難することもできない。自分自身の欲望を満たすためだけにただその欲望のためだけに、人の死を、殺人を、悲劇を、確執を、怨恨《えんこん》を、愛情を、他人の所有物を引っ掻き回して正義の味方の英雄気取り。唾棄《だき》すべき究極の卑怯《ひきょう》者、忌避《きひ》すべき絶極の臆病者、それが歴史を誇る探偵です。探偵を大英博物館に例えた小説がありますが、実に言い得て妙といえますね。探偵の栄誉は虐殺と陵辱と強奪から生じるんですから、正しく大英帝国博物館。こんな卑怯な手を使わないと犯罪者と相対することもできないくせに天才を気取って、背景に手前勝手な正しさを振りまいて、他人が一番触れて欲しくない、一番デリケートなところを、人間の一番弱い、人間の一番優しいところを厳しく鋭くついてくる。人の優しさなんて彼らにとっては利用すべき都合のよい道具でしかありえない。証拠をつかむためにならどんな非人道的な手段でも平気の平左で使用して、証言をつかむためになら子供を殺された親にさえも切り込んで、親を殺された子供にさえも切り込んで、そしていざ証拠も証言も得られないとなればペテンやイカサマだって恥じることなく平気で使う。これがあなたが夢見るステキでユカイな探偵業。下種で汚く欲深い。下卑で醜く忌々《いまいま》しい。最悪なのはその悪臭に、探偵自身がかすかにも気付いていないということよ。自分の毒では死なない河豚《ふぐ》のように、毒を毒とも悪を悪とも人を人とも思っていない。むしろその悪臭をバラの香りのように定義して、自慢話の種にさえする。『あの事件の犯人をあんな風に引っ掛けてやった、全く犯罪者ってのは愚かで無知で馬鹿で厚顔で思い上がりの激しい下種だよなあ』だってさ！　その言葉はそのまま自分に向けて吐くがいいわ。その反面『この事件の犯人の策略は全く悪魔的に天才です』などと言って言外に自己の天才を露悪する。探偵なんてみんな死んでしまえばいい。どいつもこいつも凝縮された汚物のごとく不愉快極まる。百回死んでもどうせ救われない。彼らの手は欲望と流血と悲痛の叫びとに汚れている。だけどあいつらは手を洗うつもりなんてないんだ！」

「…………」

感情的に叫ぶ逆島あやめ。

誰も、彼女に言葉を挟まない。

勘繰郎も黙って。

私も黙って。

椎塚鳥籠も勿論、黙って。

それはもう憎悪じゃない。嫌悪でもない。怨恨でもなければ悪意でも、まして敵意でもない。凝り固まって、はちきれんばかりにねじ切れんほどに押し固められた途方もなく密度の高い積み重ねられた概念。罪を重ねたその概念。

「みんな天国に沈んでしまえばいい。どいつもこいつも無神経なゴキブリみたいだ。そこそと他人の足下を這いずり回って知られたくないプライバシーを散々散々散々暴き立てた挙句《あげく》に『ふむ、ここで得るものはなさそうだ』。努力しても才能に届かない、それでも事件解決のために、他人のために夜も眠らず奔走する警察官を向こうに回して『全く、それでは靴がいくらあっても足りないな』。他人を見下すのがそんなに楽しいのか。散々人が殺されて悲劇の幕も既に降りた後に図々しくも舞台に上ってきて『私にはこの事件の犯人が最初から分かっていました。ほら、彼女が被害者の部屋から出てこなかったでしょう？　あの時点で怪しいと思っていたんですよ』。やむにやまれぬ完全犯罪を衆目の前で暴いた挙句に『あなたの気持ちは分かるが、人を殺してはいけないのです』。ふざけるな！　頭の中だけでぎゃあぎゃあ文句言いやがって。偉そうに。本当に人の気持ちが分かっているのならそんな言葉を口にできるものか。謎を解くためなら他人の幸せなんて知ったことじゃないってその態度が許せないんだよ！『自分の欲望のために他人を利用するなんて許せない』？　その持ち前の知的好奇心やら正義感やらの欲望で、散々他人を利用し回って使い捨ててるのは、どこのどいつだ！『論理的にいって解答はこれ以外にはありえないのです。この犯行が可能だったのはあなたしかいない』。なにが論理だ、消去法で犯人を決めるな！　お前、全然犯人のことなんか見ていないじゃないか！　『つまりこの部屋は密室だったのです』？　人が目の前で死んでるその瞬間に、今にも命の灯火が消えようとしているその瞬間に言うことはそれだけなのかよ！　だったらあんたはもう人間じゃない。死に行く人に祈りの言葉も捧げられない癖に正義や倫理を語るんじゃない！　『なんて痛ましい事件だったのだろう』って、痛ましいのはてめえの脳髄《のうずい》だろうが！　あいつら、あの薄ら馬鹿どもが最後に犯人を追い詰めるとき、あいつらは犯罪者と同じ顔をしている！　いい気になって、自分よりも弱い存在をいぶるようにいたぶるように、苛《いじ》めるんだ！　自分だけは免罪符かざして特権振りかざして、『犯人はあなたです』。汚《けが》らわしいにもほどがある。犯罪者《わたしたち》がごみならそれに湧く蛆《うじ》こそが探偵《きさまら》だ。探偵なんて嫌いだ。探偵なんて大嫌いだ。探偵なんて大々嫌いだ。探偵なんて大々々嫌いだ。探偵なんて大々々々嫌いだ！　探偵なんて一人残らず全員揃えて殺してやる！　一人殺せば二人目の探偵を！　二人殺せば三人目の探偵を！　三人殺せば四人目の探偵を！　殺して殺して殺して殺す！　探偵が嫌いっ！　探偵を志す者も、大っ嫌い！」

「他人に何を期待しているんだ？　あやめは」

「……何？」逆島あやめは、勘繰郎の言葉に、狂ったように感情的だった演説を停止する。「今、何て、言いました？」

「どっかわざとらしーんだよな。他人に分かってもらいたがってる感じで、言い訳臭いつつーかよ。なあ、あやめは他人に何を期待しているんだ？　期待ってのは、自分にするもんだろうが」

「……わたしは他人になど、何も求めていません。確かにあなたの言うとおり、自身に何かを望んでいるわけじゃありませんが」

「ふうん。まあそれはそれとしてさあ」勘繰郎がひょいと顔を起こした。「あやめ、この勝負はあんたの勝ちってことになるのかな？」

「…………」涙さえ浮かべたその表情で、逆島あやめは呆然と答える。「……そうですね。親のカードがブラックジャックなら、その時点で勝負は確定するルールですから」

「そっか。じゃ、俺、勝てなかったんだな」

あれだけの演説を聴いて……勘繰郎は、特に感じることがないらしい。あれだけ莫大な量の情念を、闇雲にやたらめったら発せられた負の感情を受けて、何のダメージも受けないなんて。あの重い言葉に対し、そんな軽い反応を返せるなんて。奇《く》しくも先に勘繰郎が言ったような、バイタリティに溢れる怒りや憎しみ、恨みの感情を全て——受け入れた。無視するのでもなく、反発するのでもなく、黙殺するのでもなく、撲滅するのでもなく——受け入れた。ゲームには負けたが——勝負として、明らかに、勘繰郎の勝ちだった。あれだけの言葉を並べられて心が揺るがないとは、勘繰郎はいったいどれだけ——自分を信じているというのだろうか。逆島あやめもそれを十分に感じ取ったようで、もう何も、言わなかった。勘繰郎を説き伏せようともせず、勝ち誇った台詞も、何も言わなかった。探偵のようなことは、それ以上何一つとして、しなかった。彼女は緩慢な動作で床に置いたスペードのジャックを拾い、それを背後の椎塚鳥籠へと放る。『静』は人さし指と中指の間でそれを挟んで、受け取った。

「——行きなさい。『ゲーム』はわたし達の勝ちよ。計画通り滞《とどこお》りなく、あのビルディングを一欠片《ひとかけら》の容赦もなく破壊してきなさい。自分だけは特別だと、自分達だけは殺されることも殺すこともない特権人種の優良種だと思っている下種どもを消し屑も残さず死ぬより綺麗に掃討《そうとう》してきなさい」

こくり、と椎塚鳥籠は頷き、そして今回は、私のことも勘繰郎のことも一瞥もせずに、さっきの勝負すらも、主人の『勝利』にも『敗北』にも興味がないかのように、部屋から出て行った。

「ちょ、ちょっと——」私はそんな後ろ姿を目にしつつ、逆島あやめに問いかける。「あのさ、あの人——あなたのパートナーなんでしょう？　古い付き合いの、長い付き合いのパートナーなんでしょう？　でも、もしもあのバンで倶楽部のビルに特攻をかけたりしたら……」

「死ぬでしょうね。勿論、間違いなく」逆島あやめはこともなげに言う。私と目を合わそうともせず。「それがどうかしたんですか？」

「どうかしたって――しないんですか？　探偵が嫌いだっていうのはもう分かりましたけど、でも、その目的のために、あの人、椎塚さんを犠牲にするなんて――」

「わたし達の関係を知ったように語らないでください。そんな探偵みたいな下種な真似をする気ならば、あなた、この場で即死《そくし》にますよ」

「…………」

「どうせ早いか遅いかの違いですけれど、早いか遅いかなら遅い方が好みでしょう？　口は慎《つつし》んでください。わたしのことはあの人が一番よく知っているんです。余計な口出しはしないでくださいな」

あるいはそれは、低く抑えた声であるがゆえに、さっきの演説よりも尚、感情的な台詞だった。逆島あやめと椎塚鳥籠。逆島あやめが一介の私立探偵だったころからの、相棒同士。二人の間には一切の会話がない。それでも、二人は分かり合っているというのだろうか。椎塚鳥籠は、今の虚野勘繰郎と同じく、逆島あやめの憎悪を、怨恨を、全て飲み込んで――そして逆島あやめの隣にいるというのだろうか。それも、これほどに長期間に亘って、ずっと、そうやって、寄り添ってきたのだろうか。

「さあ。ではここで三人で待ちましょう。日本探偵倶楽部、この日本の頭脳中枢とやらが崩壊する音を、探偵が犯罪者の前に屈するその音を、姿勢を正して表情を消し耳を澄まして傾聴しましょう。論理がはかなく破れ夢が寂しく敗れていく様を、心待ちにして余生を過ごそうではありませんか」

　日本探偵倶楽部――崩壊。それだけではない、あのビルディングの中に集《つど》う、数多くの探偵達が、この世から消える。いや、『消える』なんてのはとても偽善的な物言いだ。出張やら何やらで外出している探偵もいるだろうが――助かる命の方が少ないのは考えるまでもない。もうわたしはあのビルを見上げて憂鬱な気分になることはないのだろうか。諦観と悔悟を込めて、あのビルを見上げることはないのだろうか。それはいいことなのだろうか。私にとってあのビルディングの意味は。そしてその意味が消えてしまうことは何を意味するのだろうか。

「天国に沈むも地獄に浮かぶも運次第――どちらにしても一匹だって逃がさない。あらわに淫《みだ》らに踊るがいい。弾んで煽って歌うがいい。終末の凱歌だ存分に狂え。変哲に逃げまどいむせび泣いてむせび笑え。森羅万象すさんだ瞳でわたしはこの世にはびこる探偵を一匹残らず駆逐します。駆逐してみせます」

「――『駆逐してみせます』はいいけどよ、あやめ」勘繰郎は陶酔したように窓の外に視線をやっていた逆島あやめに、声をかける。「あやめさあ。今のゲームなんだけど。よくよく考えちゃってみりゃあ、ちょっとぱかし不満があるんだけどさ」

「――何ですか？　まさか今更、往生際《おうじょうぎわ》悪くもイカサマの有無についてがたがた言うつもりではないでしょうね？」

「いや、そうじゃなくてさ。その——ディーラーが最初にホウルカード確認するってのはさ、ローカルルールだろ？　正式にどこでも採用されてるルールってわけじゃなかったと思うけど」

　それは勘繰郎の言う通りだった。カジノによっては、ブラックジャック確認を行わないところもある。

「……確かにそうですけれど。だから、なんなんです？　どちらにしたところでわたしの手札がブラックジャックだったことに間違いはないでしょう？　しかも純正ブラックジャック。そんな探偵の揚げ足取りのようないちゃもんをつけられる覚えはありませんけれど」

「ローカルルールっつーんならよー。こっちも一つ、挑戦してみたいことがあるんだよ。なあ、あやめ」そして勘繰郎は自分の前の二枚のカード、5と6のカードを顎で示す。「純正ブラックジャックよりも払いのいい役札が、ローカルルール適用していいってんなら、ブラックジャックには確か存在したはずだよな——『エース・トゥ・シックス』っつってよ」

「…………」

　エース、2、3、4、5、6。この六枚のカードを使って21を作ったブラックジャック（1＋2＋3＋4＋5＋6＝21）のことを『エース・トゥ・シックス』『A－6』などという。ハウスによって倍率は変わるが、私の知っている限りの一般的なルールとして、純正ブラックジャックの払いが二十倍、そして『エース・トゥ・シックス』なら五十倍。それくらいにレアな役札なのだ。というか、そんなルール、マイナー過ぎて誰も知らないだろう。チェスでいうならキャスリングを超えて、ステイルメイトやアンパッサン並みにマイナールールだ。しかも、よりメジャーなカードゲームであるポーカーでいうならばロイヤルストレートフラッシュ並みの難易度である。ブラックジャックではカードの交換なんてできないのだから。

「俺の前にあるカードが『5』と『6』——なら、四枚ヒットして、それが『エース』『2』『3』『4』だったなら、『21』同士、お互いレアなブラックジャック同士で、勝負は引き分け——ってことにしてくんねーかな？　どうよ、この提案」

「どうよって……」初めて戸惑いの感情を見せる逆島あやめ。「ば……馬鹿じゃないんですか？　そんなこと、可能なわけがないじゃないですか。論理的に考えて——」

「論理なんて存在しねーよ。この俺にあるのはステキな夢だけだからな」

勘繰郎はそして堂々と——見得を切った。

「てめえが探偵のやり方ってのを教えてくれたから、今度は俺が虚野勘繰郎のやり方を教えてやるんだよ」

「——で、でも……」

「んだよ。びびってんのかぁ？　びびりはいっちまってんのかな？　『殺眼』のあやめさんよぉ」

「ま、待ちなさい、勘繰郎」私は調子に乗る勘繰郎を引き止める。「もう忘れたの？　相手がカードを握ってる以上、勘繰郎に勝ち目なんてないって――」

「ところがそいつは違うぜ、むつみ。今の勝負、あやめは自分のカードさえ操作すればそれでよかったんだ。だからいい俺に配ったこの二枚のカードにも――そしてそこにおいてあるカードの山にも、何の仕掛けも作為もねーんだよ。触るなよ！　そのままだ。そのまま動くんじゃない。そのまま、そのままで、そこにあるカードを上から順番に四枚。上から順番に四枚、俺に投げて寄越せよ。逆島あやめ」

「………」迷うような……というより、理解不能を示すような表情で、逆島あやめは勘繰郎を見る。「……それが、どれくらい低い確率か、分かって言っているんですか？」

「そんなことを考える頭は持ち合わせがねーな。それよりも命に懸けて約束しろよ。もしも『エース・トゥ・シックス』が完成した暁《あかつき》には――俺達の拘束を解いてくれるってな」

「……もし、揃わなかったら？」

「その場合、あんたは椎塚鳥籠に連絡する。あいつに替わってこの虚野勘繰郎が、日本探偵倶楽部のビルディングに神風特攻かましてやるよ。あんただって無闇に相棒、殺したくはないだろう？　代理が利くなら代理にやらせればいい」

——最後の言葉。

——ひょっとするとこれがこの世で交わせる最後の会話になっちまうかもしんないんだぜ？

私は勘繰郎を見る。

勘繰郎は私を見ていなかった。

目の前にある障敵をのみ、一心に見つめている。

「……勘繰郎くんがその約束を守るって保証は？」

「保証はねえよ。熱いハートと、綺麗なお顔以外にはな」

逆島あやめはその殺眼を閉じて——黙ってカードの山に手を伸ばした。その時点で逆島あやめは受け入れたことになる——この延長戦を。しかしあまりにも馬鹿馬鹿しい延長戦だといえる。土台、カードに触れさえできない勘繰郎に、そのカードを操作する術などない。何か仕掛けを施《ほどこ》せる隙などどこにもないのだ。それとも、ここから話術で逆島あやめを誘導し、カードをあちらに操作させ、『エース・トゥ・シックス』を成立させるつもりだろうか。けれど『殺眼』にそんな心理戦が通用するわけもないし——何より虚野勘繰郎はそういう心理戦からもっとも遠い地点に位置する存在だ。ならばつまりは、ただの運。ただの運、ただのただの運でもってして――逆島あやめに対しようというのか。そこまで自分の運を信じているのか。いや――

虚野勘繰郎を信じているのか。

逆島あやめは四枚のカードを同時に握って、乱暴に、むしろ自暴自棄な感じに、それをこちらに放り投げた。カードはぱらぱらと順番に床に落ちて――二枚が表を、そしてもう二枚が伏せられた状態で、落ち着いた。そしてその二枚が示すのは――ハートの2、そしてハートの4。つまり今表を向いているカードは『2』と『4』と『5』と『6』。合計は『17』――そして。

「そして『エース・トゥ・シックス』の条件は、まだ満たしてるよな。それじゃあ――『殺眼』さん。このカード、お手数だけど、オープンしてくれないか？」

「…………」

「なんで不満そうなんだよ。文句いーてーのは俺の方だぞ。あんたがカード投げたりしなきゃ、それでよかったんだから。それとも俺に口でめくれってか？」

逆島あやめは嫌々っぽく椅子から腰を浮かして近づいてきて、カードに手を触れる。そこでぴたりと止め、気が変わったのかもう一枚の方へと手を伸ばす。くるりと、そのカードを裏返した。

「……ひひ。『3』だな」

勘繰郎の言うように……そのカードは、ハートの3だった。これで場には、ハートの2から6までが揃った形になる。いくら計算する頭がなかったところで、これがストレートフラッシュと同じ確率であることは分かる。しかもカード交換なしでだ。もしもポーカーだったなら勘繰郎の圧勝だった。運がいい——なんて話じゃない。これは都合がいいという。それは確率的にはありえても統計的には絶対にありえない絵空事だ。まるで小説に出てくる主人公のような、探偵小説に出てくる探偵のような異様な運の太さ。その口で論理を語りながらその存在こそが全然論理的ではない、名探偵と呼ばれる——逆島あやめが憎み、虚野勘繰郎が志し、そして私がかつて夢見た——

「さあ！　最後のカードをめくれよ逆島あやめ！　俺はそれがエース、それもハートのエースだって確信してるぞ！　虚野勘繰郎に自爆《バースト》はねえ、てめえらごときとは違ってな！　倒れるときはこの俺自身と共倒れ《ダブルダウン》だ！　さあ、めくってとっとと地獄に浮かびやがれ！」

「————」そして逆島あやめは最後のカードに手をかけて——「勘繰郎くん」と、何だか少しの遠慮がこもったような低い声色で、めがね越しに勘繰郎を睨んだ。「あなたはどうして——探偵になりたいだなんて思ったんですか？　あなたなら他にもっと、楽に楽しめる職があるでしょう」

「楽なんかしたくねーよ。そんなの、すっげー暇じゃねーか。自由ってのはそもそも不自由なもんなんだよ。不自由こそが最高だ。退屈な幸せなんて、地獄どころか牢獄だぜ」

「それにしたって……」

「決まってるさ。格好いいからだよ。他に理由はない、格好いいからだ」

「——もしもそれが本当にあなたの動機なら、あなたの十年後は逆島あやめですよ。あなたの望む格好のよさなんて、どこにもないんですから。この宇宙を端から端まで探しても、輝けるものなどどこにもない。少なくとも探偵なんて言葉の中にはね。探偵であるということは闇の中で絶望するということです。フェイクでとはいえ二年の間、日本探偵倶楽部にこの身をおいたわたしが言うのですから——間違いありません」

「はん。別に探偵なんかになりてーわけじゃねえさ。俺が言ってるのは単純に生き様の問題だよ。目の前に巨大な存在があるってのに、それを無視しろなんてのは土台、無茶な話だよ」

「ハードルは全て自分のためにある……とでも？」

「間違ってるかい？」

「……あってますよ。——最初は、誰でも、そう思ってたはずなんです」

逆島あやめはカードから手を放した。裏返すことなく、カードから手を放した。そのまま椅子に戻り、そこに腰掛け直す。ぐっ……っとその椅子で背筋を伸ばすようにして、私達に視線を戻し、長いため息をついた。そしてため息交じりのままに「――サレンダーを申告します」と、勘繰郎に言った。

「……サレンダー？」

　サレンダー、つまりは降伏。ポーカーでいえばドロップだ。ブラックジャックの場合、賭け金の半分を無条件で支払うというペナルティを負うことになる。

「おいおい。そりゃ勝手じゃねえかよ、あやめ。確かブラックジャックじゃ、ディーラーにはサレンダーの権利はないはずだぜ」

「どうせもう正規のルールは外れているんです。そんな細部《ディテール》にこだわる必要はないでしょう。わたしはこれ以上、あなたのあまりにも荒唐無稽なやり方とやらを教えてもらうのはたくさんです。非現実的でありえないやり方を教えてもらうのはたくさんです。――本当に、もう、たくさん」再び椅子から腰を浮かせ、そしてどこからともなく小振りなナイフを出し、そして手錠の鍵を持って、勘繰郎に近づいて行く。「本当。もうたくさん。本当、もうたくさん。本当の本当に――もう、たくさんだわ」

「…………」

「賭け金の半分――つまりあなたの分だけの拘束を解く。それで十分でしょう？　どうせ今から追ったところで鳥籠に追いつけるわけもありませんしね――」

　しかし、勘繰郎はこの提案に対して首を振った。

「いや。そういうことなら、どっちか一人ってんなら解くのはむつみの拘束だ」

そう言って、振ったその首の先で、勘繰郎は私を示した。私はそれに驚くが、逆島あやめの方は「ああ、そう」と頷いて、私を縛るロープをナイフで切断し、手錠を解いた。数時間ぶりに私は自由になったわけだが、しかしその自由の理由が分からない。どうして、勘繰郎は自分の拘束じゃなく、私の拘束を——

「ちょっと、勘繰郎——」

「おいあやめ。乗り物くらいサービスしてやれよ。どうせ追いつけないにしろ、徒歩じゃあまりにも望みがなさ過ぎるだろ」

「……別にいいですよ」逆島あやめはひょいっと私にキーを投げて寄越した。全てがどうでもよさそうな態度だった。「この廃屋のすぐそばにバイクがあります。大型ですが、なんとかなるでしょう」

「ちょっと、私は——」

「いいから行けっつってんだろうがよ！　あのビルなくなっちまうかもしれねーんだぞ！」勘繰郎は感情的に怒鳴った。初めて感情的に、初めて私に向けて、怒鳴った。

「あんたがずっと昔に、夢に見た[redacted]ちまうかもしれないんだぞ！　急げよ！　ひょっとし[redacted]うが！」

「……勘繰郎」

「この機会を逃していいのかよ！　あんたずっとこういうのを夢見てたんじゃねえのか！　見せ場を譲ってやろうってんだ、早く行け！　あんたのなりたかった探偵ってのを、こいつに示してやれ！」勘繰郎は逆島あやめを睨みつける。「自分の知ってる場所だけが世界なんじゃないって、この馬鹿女に示してやれよ！　こいつのことは俺に任せて、あんたは椎塚鳥籠を止めてこい！　それがあんたの仕事だ！　虚野勘繰郎のことはこの俺が面倒を見ておくから――蘿蔔むつみのことはあんたに任せたって言ってんだよ！」

「――――！」

勘繰郎の言葉を最後まで待たず、私は脱兎の如くに駆け出した。振り向かず、決して振り向かずに、駆け出した。逆島あやめと虚野勘繰郎を二人で部屋に残し――階段を駆け下りて最下階へ。外に出る。果たして逆島あやめの言った通り、そこにバイクはあった。扱いの難しいタイプの大型バイク。だけどあの『殺眼』の刻印つきのバンは見当たらない。椎塚鳥籠、とっくの昔に出発してしまったらしい。今からでも追いつけるだろうか。いや、追いつけるかどうかなんて関係ない。追いつこうとすることだ。

私の仕事。

勘繰郎はそう言った。そうだ、その通りだ。かつて私が抱いた夢。かつて私が抱いた志。大胆にも、向こう見ずにも、全てを敵に回してでも、叶えたかった夢。十五歳のとき。私は一体どんな夢を見た？　探偵になりたいと思った。探偵になりたいと夢見た。誰にはばかることなくそう語った。それは一体どんな探偵だったか？　そうだ。決して『名』の冠がつく探偵になりたかったわけじゃない。英雄そのものになりたいと思ったわけじゃない。英雄という存在に、憧れたのだ。好きだった、ただそれだけだ。純粋な気持ちだった。私が望んだのは殺されるかもしれない被害者の味方をする探偵だ。理不尽な運命に翻弄《ほんろう》される加害者を守る探偵だ。悲劇を繰り返させない、そんな探偵を望んだのだ。逆島あやめのいうような、そんな傲慢さなんかとは縁のない、気位の高い……そして何より優しい、ただの一人の単にして純なる探偵の者に。謎なんかよりも人情を解し、論理なんかよりも夢を語る、探偵に。

　バイクに跨る。

　私は、私の仕事をする。かつて抱いたその夢を、もう一度、抱き直しかかえることにする。虚野勘繰郎と、日本探偵倶楽部のビルの前で出会ったことを、もうただのたまたまだとは思わない。あのとき助手席に乗ってしまったことを、気の迷いだとは思わない。そしてさっき、勘繰郎が『エース・トゥ・シックス』にリーチをかけたことすらも——偶然なんかじゃない。この世にたまたまも偶然も、一つだってあるものか。たまたまの結果も偶然の結果もない。あるのはただ、私の結果だけだ。

　私は追う。

追う！

◆　◆

「……何を考えているんだか、本当に」部屋に虚野勘繰郎と二人残されて、逆島あやめは定位置の椅子へと身体を戻す。「あんな優柔不断そうな女を送るより、勘繰郎くんが自分で追いかけた方がまだよかったんじゃないんですか？」

「そうはいかねーよ。俺はまだあんたに用があるんだしな。それに、あのにーやんにボコられたダメージ、結構脚にきてんだよ。そして——何より、日本探偵倶楽部に先回りしようと思うなら、俺よりもむつみの方がずっと適役だ」

拘束されたままで不敵に答える虚野勘繰郎に、逆島あやめは首を傾げる。

「適役？　ああ、あの人は昔探偵を目指していたんでしたっけ。そう言ってましたね。成程、ゆえにビルディングまでの道程は知り尽くしている、とでも？　そんなこと、大分昔の話でしょう。夢を忘れたカナリアに、あなたは何を望んでいるんですか？　誇大妄想は自分の身に対してだけにしておいて欲しいものですけれどね。バンが出発したのは五分前。積んでいる荷物が荷物ですから、それなりに気をつかって運転しなくてはならないとはいえ、五分のタイムラグは決定的ですよ」

「ひひ。そうでもねーんだよな、これが——」

虚野勘繰郎は「よっと」と脚をそろえてジャンプして、拘束されたままで器用に立ち上がる。ふらふらと頼りなくバランスを取って、そして逆島あやめと相対する。

「断言してもいいよ。むつみは絶対に、椎塚鳥籠よりも先に日本探偵倶楽部のビルに到着する。それだけじゃない、椎塚鳥籠すら、見事に止めてみせるだろう。この世に絶対はないとしても、これだけは絶対だ」

「——あなたの根拠ない断言も、わたし、いい加減聞き飽きてきましたよ」

「へん。最後の一枚をめくる度胸もなかった臆病者が一体何を吐《ぬ》かすんだか——とはいえ臆病者ってんじゃ、この俺もあんたのことを言えないのかもしれないな」

「……？」

「日本探偵倶楽部みたいな巨大な存在に挑戦すると言いながら……この俺のとった行動はその存在の一部となろうと試みることだった。あちらが用意した試験だの何だの、向こうの受け皿に合わせる形でな。それを果たして挑戦といえるのだろうか？　どっかに楽しよーってびびってる気持ちがあったのかもしれない。そこへ行くとあんたは大したもんだと言える……巨大な存在に真っ向から喧嘩売ってんだからな。ひよったつもりはなかったが、どうやらこの俺も随分とあったかくなっちまってたみたいだぜ。いやいや、そう考えるとむつみとの出会いってのは俺にとっても意味があったんだな。ふん、他人の存在がこの俺を変えることがあるなんて、思ったこともなかったけどな——」

「——あなたは独り言を言うためにここに残ったんですか？　わたしに他人の独り言を聞く趣味はありませんよ。探偵じゃないんですから」

「独り言？　違うよ、これは独り言なんかじゃない。まして戯言なんかじゃありえない。俺はあんたに、無印《ノーブランド》の逆島あやめに話しかけているんだよ」

「……ではわたしも、無印の虚野勘繰郎に質問するとしましょうか。あなた、一体どういう人間で、どんな風に生きてきて、そしてどういう人間になりたいんですか？」

「俺は虚野勘繰郎だよ。それ以外どんな風にも生きてきてねーしそれ以外どんな人間にだってなりたくねえ。目的なんかねーさ、俺が格好よければそれでいいんだ」

「……あはは。何様のつもりですか、あなたは」

「キザな男の生き様の、つもりだよ。別段取り立てて英雄志願ってわけじゃねえ……本当の英雄を知ってる俺にゃ、その辺は厳しい話だからな。けど、少なくとも俺の生き様だけは譲らない。……くだらねえ。そんなつまらねーことばっか考えてどうするんだよ、あやめ。人生ってのはどう足掻いたところで、いつだって常にあと一枚《ダブルダウン》なんだからさ」

「……それが遺言ということで、いいんですか？」

逆島あやめはめがねを外す。これ以上、虚野勘繰郎を見ていたくないとでもいわんばかりに。それに対して尚、虚野勘繰郎は逆島あやめから目を逸らさない。はっきりと、見据えている。

「なあ、あやめ。俺がなんで自分で椎塚鳥籠を追わなかったかって訊いたな？」

「……訊きましたが」

「その答の半分は、さっきも言ったように、あいつを追うその行為は俺よりも蘿蔔むつみにこそ相応しいからだ。だけどもう半分はな——ここからの展開はあの女には少々刺激が強すぎるから、退場してもらったってわけさ」

「…………」

「たとえばよ、一人称語《かた》り部《べ》の小説とかあるじゃん。そうだな、たとえばあんたを主人公として物語を展開しようとするなら、語り部は椎塚鳥籠ってことになるのかな。そしてこの俺を主人公として今回の件を小説に綴るとするなら、語り部は蘿蔔むつみになるだろう。けどさ、そういう小説とか読んでると、中にはたまにルール違反を犯しているものがある。語り部がいない場面を、いきなり三人称表記で展開するってアレだよ。あるいは語り部が一章ごとに入れ替わったりな。視点ころころ脳味噌ぐるぐる、叙述トリックかあ？　そういうの見ると、俺はフェアじゃないなーって思って、なんかがっくりきちまうんだよな。だって意味わかんねーじゃん。そこには作者の都合しか感じられない。競技ってのはルールを守るから面白いんだろ？　読み手にとってはどうだかしんねーけど、少なくとも書き手にとっては、その拘束こそが――」自分の手錠とロープとをちらりと見る虚野勘繰郎。「――醍醐味《だいごみ》ってもんだろうが。ま、楽しておいしー思いがしたいって奴のことなんか、俺は構うつもりはないけどさ」

「何を言っているんですか？」

「だからあんたに言ってるんだよ。あんたに対して最後の敬意って奴を払ってやってんだ。つまり何事にせよルールを守るからこそ美しいという可憐なお話なんだけど……けどな、何事にだって例外はある――今、この場面こそが例外だ。なあ、あやめ。絶対に。あらゆる意味で絶対に。そいつが相棒だろうが語り部だろうがなんだろうが、絶対に親しい人間には、好きな人間には見せたくない姿って、あるよなぁ――」

ぞくり、と。酷薄さが溢れる笑みを――何かに対する残酷さに溢れる笑みを――『語り部』の前では絶対に浮かべなかったそんな笑みを――虚野勘繰郎は、逆島あやめに向かって、浮かべた。

◆

◆

生き地獄という言葉があるがこれは全然正確ではなく、正しく確かさを期すなら『生きていることそのものが既に地獄』というべきだ。地獄とは他人のことだと喝破《かっぱ》したのはサルトルだったか誰だったか。太宰治風にいうなら、この警句は如何様《いかよう》にも応用が利く便利な言葉である。たとえば『地獄とは正義のことである』『地獄とは倫理のことである』『地獄とは世界のことである』『地獄とは夢のことである』『地獄とは解けない謎のことである』。そして『地獄とは探偵のことである』——しかし救いがあるとするなら、別にこの言葉、あくまでも言葉遊びの俎板《まないた》上だけでいうのならば、全くの逆をも成り立たせることが可能だという点だろう。『天国とは他人のことである』『正義のことである』『倫理のことである』『世界のことである』『夢のことである』『解けない謎のことである』そして『天国とは探偵のことである』。ここで『だから地獄なんてものは気の持ちよう一つなのだ——』などと、綺麗事でまとめるつもりはない。どこかを綺麗に飾るというのはどこかを汚く汚してしまうことと概念の上では（あるいは文脈の上では）選ぶところがないのだから。だからことは気の持ちよう云々《うんぬん》ではない。ただ自分を信じること。そして他人を信じること。いたわること。優しくすること。思うこと。簡単なことだ。それだけのことだ。それだけの、ことだったじゃないか。

知ってたはずだろう？

午前九時数分前——椎塚鳥籠は京都府京都市中京区、河原町通りと御池通りの交差点に、三硝酸グリセリンを大量に搭載したバンを止めて、そこからすぐそばの日本探偵倶楽部本部ビルを見上げていた。彼の——『静』としての仕事は、このバンに乗ってあのビルに特攻をかけることである。簡単だ、アクセルを踏んで、ハンドルをひねる、それだけのこと。ビルの前には警備員がいるけれど、たかだか数人程度の警備員、どれだけ屈強であったにしても時速八十キロで突っ込んでくる車を停止させることはできない。ビルディングというのは上から積み重なる構造になっているので、下層部を破壊してしまえばあとは脆《もろ》いものだ。慎重に慎重を期すためにこれだけ膨大な量のニトロを用意したものの（というのは半分の意味だけで、あとの半分は『殺眼』の派手趣味なのだろうが）、実際はこの十分の一以下でも十分に目的は達せられるだろう。だから何の心配もいらない。椎塚鳥籠はバンに乗り込んでビルに向かえばそれでいい。にもかかわらず彼は、まだその行動を起こそうとせず、バンの外に立っていた。命が惜しくなったのだろうか？　日本探偵倶楽部ビルもろとも、自身の命を散らすことに、土壇場になって怖気づいてしまったのだろうか？　――それは違う。椎塚鳥籠に、そのような感情は一切ない。自分の主人、『殺眼』のためにならどんな犠牲を払おうとも（無論、それが彼自身の命であったとて――）顔色一つ変えず文句一つ言わないのが、椎塚鳥籠という男のパーソナリティである。ならばなぜ彼は動こうとしないのか？　簡単だ。とても、簡単な答だ。椎塚鳥籠のそのすぐ前に――この私が、バイクに跨って、立ちふさがっているのだから。

「――それはどうやら『どうしてこいつがここにいるのか分からない』という顔ですね――」

私はバイクから降りて、ゆっくりと、慎重に、椎塚鳥籠に近づく。

「説明すると、あなたがあの部屋を出てから、勘繰郎がもう一勝負打ったんですよ。それで私は自由の身となり、あなたを追ってくることができました」

椎塚鳥籠は何も言わない。表情一つ動かさない。

「——今度は『しかし遅れて出発したこいつが自分よりも先にこの場所にいる理由が分からない』という顔ですか。そちらも簡単な話——私の勤め先、すぐそこなんですよ。だからここまでのルートなら知り尽くしています。おや、『納得いかない』という顔ですね。ええ、確かにその通り。ただの普通のOLが、勤め先までのルートを幾つも幾つも、確保しているわけがありませんからね——ただの普通のOLなら」

椎塚鳥籠はここまで言っても、まだ何も言わない。口を動かす気配すらない。私はやや困ったような気分になって、間を持たすために頭をかいたりしてみる。

「……あの、私、これからずっとあなたの分の台詞《せりふ》まで喋らなくっちゃいけないんですか？　仲良くするような立場同士じゃありませんけれど、折角なんですから、コミュニケーションしましょうよ」

と、途端、椎塚鳥籠は何も言わないままに、こちらに向かって駆けて来た。拳を握り締め、私に対して暴力を振るおうと。自らの目的——否、『殺眼』の目的を達せさせんがために、目前の障害を暴力によって排除しようと。——それ自体は、とても立派なことだ。自分のために、あるいは好きな誰かのために、手段を選ばず行使できるなんて、それはとても立派なことだ。敬意に、尊敬に値する。夢を真っ直ぐに追える人。決して曲がらず、決して媚《こ》びずに、言い訳なんて一切せず、凛《りん》として、輝いて、なりふり構わずがむしゃらに――

でも、ごめんなさい。

私――探偵ですから。

繰り出された拳を軽く流して、そのまま腕を抱えて椎塚鳥籠を引っ繰り返す。より正確にいうならば自身の力の流れの変化によって椎塚鳥籠は勝手に自ら引っ繰り返ったというべきだろうが、どちらにしたところで彼が背中から思い切りアスファルトの地面に叩きつけられた事実に変わりはない。私はサイドステップでもって、彼から距離を取る。そしてバンに近づく。椎塚鳥籠は身体を起こす。その表情が、どんな表情だったかというと。

「『ただのＯＬがどうして合気の技を使えるのか納得いかない』という顔ですが――勘違いしないでくださいね。最初ここでやりあったときや駐車場で襲われたときあなたに対して私が無抵抗だったのは、ただ単純に勘繰郎が人質に取られることを恐れたからですよ。勿論最初のときは未知数の敵に対する恐怖もありましたが……一対一なら――私はあなた如きには参りませんし、逃げません。探偵《シャーロック》という言葉にはスラングで暴力《テロル》という意味があることくらい、まさかあなたには説明するまでもないでしょう？」

椎塚鳥籠は引っ繰り返ったままの姿勢で私を見、それでも、何も言わない。何も言わない。無言、正しく『静』、完全言語《パーフェクトワード》。

「――分かりましたよ。会話を円滑に進めるために、ここで自己紹介をしておきましょう。一応これも職務上の決まりですからね――身分証明証を見せ合わなければ成り立たないような人間関係には、私もいい加減うんざりしているんですけれどね――」構わず私は服の内に手を入れて、そして目的のものを――犯罪捜査許可証、通称ブルー・ID・カードを取り出して、椎塚鳥籠に示した。「――日本探偵倶楽部第一班所属――名前は愉快な宇田川榁です」

かつて私は探偵を志した。かつて私は探偵を夢見た。そしてその夢は、思ったよりもあっさりとした形で叶《かな》うことになる。魔法使いによって無理やりに夢を叶えられてしまう灰かぶりのように、すごく中途半端な形で私の夢は叶うことになる。けれど虚しい話で、それはそれは心温まる童話のように虚しい話で、叶ってしまった夢ほど下らないものはない。見ることをやめて触れてしまえば、夢なんてものはただの現実でしかないのだから。お姫様がお姫様であることにはお姫様であるだけの理由があり、その理由なくしてただの根拠なき魔法だけでお姫様へと祭り上げられた灰かぶりに幸せなど待っているはずもない。夢は実現すれば現実に。そんなことは当たり前のことで、だからそれは日々の営みであり、時間の経過であり、ノルマであり、ルーチンワークであり、死んでいく途中であり、夢から覚める終わりなのだ。

十五の頃から探偵を志していた私は、夢を夢のままで終わらせまいと友達も作らず勉強した。高校を卒業するにあたって、私は進路を日本探偵倶楽部にと設定した。けれどペーパー試験も、それから持ち込み推理も、どちらも思い通りにはならなかった。勿論私だって冗談で探偵を目指していたわけじゃない、むしろその力が及ばなかったという事実は、目指していた目標の巨大さと偉大さを実感するいい機会となった。自分に足りないものは実戦経験であると判断し、知り合いのツテを頼って、私立探偵見習いとして、私は十八歳から実際に探偵業を営《いとな》んでみた。実際に働いてみて、探偵は私が抱いていたような甘い夢ではなく、汚い、人の裏を覗くような仕事であるということが分かってきたけれど、それでも私はめげなかった。十件に一件、あるいは百件に一件という単位で存在する、人の役に立っていると実感できる仕事内容を唯一の希望に、私は探偵を続けた。何か違うのかもしれないと思いつつも、探偵を続けた。あえてその違いから眼を逸らし、探偵を続けた。そして五年前。私が二十歳のときにあの事件――、『連続探偵殺戮事件』が起きた。日本中の名探偵と呼ばれる名探偵が次々と殺されていくという凶悪な一連の事件。無論私は探偵ではあっても名探偵ではない、自身が殺される心配なんて全然していなかったけれど（いや、だからこそかもしれない。探偵でありながら名探偵でないというその立場だったからかもしれないが）ほんの偶然から私はその事件解決の糸口に気付き――それを日本探偵倶楽部に申告した。結果、倶楽部の所属部員であった『殺眼』の逆島あやめと『静』の椎塚鳥籠が犯人として挙げられ――事件は終わった。そしてその『実戦能力』を買われ、私は日本探偵倶楽部の第一班からスカウトを受けた。まさかそんなことになるとは思っていなかった――（私が倶楽部に申告したのは、ただのきっかけというか、些細《ささい》な綻《ほころ》びみたいなもので、詰めは倶楽部の上層部の部員達がなしたというのに――）――が、周囲に薦《すす》められるままに、誘われるがままに、私は日本探偵倶楽部入りを果たした。

夢が、叶ったのだ。

嬉しかった、ほんの少しの間だけ。少しの間のあとからはただの地獄だった。よりにもよって倶楽部の部員（それもエースストライカーと称されるクラスの部員を二人まとめて）を犯人として追い出したこの私に対し、部内における風当たりが強くないわけがなかった。やっかみ、嫉妬、低レベルな嫌がらせ。私の抱いていた探偵の理想像、日本の頭脳中枢に対する理想は、木《こ》っ端微塵《ぱみじん》に打ち砕かれることになる。どうして自分はこんな薄汚い職業を志してしまったのだろうと、私は思い悩んだ。皮肉というにはあまりにも皮肉にも、私はそのとき、逆島あやめが呪いたっぷりに吐いたあの言葉の意味を、本質を、そのままの意味で体感していたのだろう。探偵なんて、頭がいいだけの駄目人間。むしろ頭のいい馬鹿なんて手に負えない。当たり前だがそんな人間ばかりではない。信頼できる同僚、上司、そういう人だっていた。けれど彼らも彼女らも、同じ種類の悩みを抱えているようだった。他人に対してそこまで干渉する権利が、果たして自分達にはあるのかどうか。自分達はただ、下種な好奇心を満たすためだけに、人の不幸を肴《さかな》に酔っているだけではないのだろうか。そんなことはないと思う。けれど本当にそうだって、誰が保証できるのだろう？　そこまで無邪気に自分を信じるためには——私の手は、そのとき既に、汚れ過ぎていた。欲望と流血と悲痛の叫びとに汚れている自分を、信じることとなんて、できるはずもなかった。だから私は全てを諦めた。かつて夢見た理想も、志も、愛情も、賞賛も、幻想も、論理も、喜びも、それに伴う悲しみも、全てという全てを、放棄した。探偵は仕事。探偵はノルマ。こんなことは当たり前のこと。つまらない日常、価値のない仕事。ルーチンワーク。頭を悩まし解答を導き出しても、それはマラソンを走り終えたときにある、脱力感と同じ。満足感じゃなく、むしろ疲労感。居心地の悪い疲労感。もう少し綺麗な形で事件は解決できたかもしれないけど、まあいいや、あの程度で十分だろ。犯人の動機なんて、私には関係ないんだしー。加害者に同情の余地はないか？　でも殺人は殺人でしょ。人を殺しちゃいけません。それはとっても悪いことですから。何があっても人を殺しちゃいけませんよー。あー三人殺しちゃったんですか。じゃああなた多分死刑ですから頑張ってください。あ、犯人自殺しちゃったんですか？　ラッキー、じゃあこの件は終わりですね、次の事件に向かいます。依頼人がお礼を言いに来てる？　誰でしたっけね、その人。知らないけど。

気付けば私自身、誰よりも嫌う存在になっていた。十五の頃、探偵を志したあの頃の、ひたむきさを、真っ直ぐさを、ある種の滑稽さを、微笑ましさを、だけれど、強さを、青さと白さを、何より赤く燃える熱い心《ハート》と綺麗な誇り《フェイス》を——全て失って、空っぽの空洞になっていた。努力で叶えた夢を叶えたはずの私は、世界中の何よりも、夢のない存在になっていた。夢なんてごみだと言い切ったイギリスの推理作家とは全く逆の悩みを私は抱えることになる。否、悩みではない。罪悪感だ。かつての私に対する申し訳のなさ。ごめんなさい、十五歳の頃の私。十年後のあなたは、こんなつまらない人間になっちゃったよ。心の底からごめんなさい。あなたには死んで詫《わ》びてもまだ足りないね。

あなたが未来に抱いていた希望の一欠片だって、私は持っていないんだよ。

けれど特に何も改革しようと思うこともなく、痛みに耐えるつもりもなく、ゆっくりと死にぞこないのように私は探偵業を続けていた。幸いなことに私も駄目人間ではありながらも適当に頭だけはよかったので、第一班から脱落することもなく、五年の間、日本探偵倶楽部の一部員として働き続けた。そう、これは仕事、仕事、仕事。適当に同僚をかわしながら、ノルマをこなす。自分が内側から腐って崩れていくのを自覚しながらどうしようもなく余生を送る。どろどろとした消極的な自殺のような虐殺の毎日。

そんなときに、虚野勘繰郎に出会った。

相変わらずかったるいだけの出張探偵を終えて勤め先である日本探偵倶楽部のビルディングに軽い事後報告を済ませに戻るところで、交差点を挟んでの向かい側に、奇妙な子供を発見したのだ。普段ならば『こんなはずじゃなかったのに』といういくらかの諦観と悔悟を込めて見上げる倶楽部のビルを見上げようともせず、私はその少年に惹きつけられた。髪の毛は伸ばしっぱなしの伸び放題、洗髪していないのか艶がなくへにゃへにゃっとした感じ。ジーンズに無地の白シャツという飾り気ないファッション。唯一お洒落かと思われるのは右耳を彩るピアスくらいだ。華奢な感じで線が細く、薄汚れてはいるが肌は女の子のように白い。年のころは十五、十六。十七歳ではないだろう。ただし高校に通っているような種類には見えない。その少年は双眼鏡でもって、日本探偵倶楽部のビルの方角を、一心不乱に眺めていた。時折薄ら笑いを浮かべつつ、時折唇を引き締めて。にやにやとへらへらと、しゃきっと不敵に――虚野勘繰郎は、存在していた。

最初に名前を訊かれたとき、私は思わず嘘をついて、宇田川樒ではなく蘿蔔むつみと名乗った。本能的に出た嘘だったけれど、その理由は初対面でいきなり本名を名乗るような愚かな探偵はいないという正当ではなく、今思えばそれは虚野勘繰郎という存在に対する警戒心だったのかもしれない。同じく冗談交じりに倶楽部の部員かと訊かれた際にも、その言葉を否定した。けれどこちらは警戒心からの嘘というよりは、私にとって『あなたは探偵だ』といわれるのは考えられないくらいの侮辱に等しかったからだろうと思う。『宇田川榕』は確かに私の名前だけれど、『探偵』は確かに私の仕事だけれど、それはあえて吹聴したい事実ではなかった。自分を恥じている、自分を信じられない私に、勘繰郎に対して名乗る名も、職業も、あるわけがなかった。大体いえようはずがない。どの口をもってしてそんなことがいえるというのだろう？『あなたの目指す探偵とは、私です』なんて。

けれどそんな私に勘繰郎は言った。『努力ってのはマラソンやらと一緒なんだよ。走るのが嫌いな奴でもさー、走ってる内になんとなーく気持ちよくなってくるだろ？同じことさ』。私が脱力感にたとえたマラソンを、勘繰郎は気持ちのよさに、快感に、やり甲斐にたとえた。勘繰郎は夢を語った。勘繰郎は野望を語った。私が諦めて放棄した全てのものを持って、更に勘繰郎はそれ以上だった。ひるむことなく、怯えることなく。憧れと共に日本探偵倶楽部を見つめるのではなく、勝気な微笑と共に、日本探偵倶楽部を見据えていた。

虚野勘繰郎はその年齢に相応しく、何か特別な技量を持っているわけではない。第一班の探偵である私の視線に気付くほどに周囲に対しては敏感なようだけれど、肝心の腕の方は形ばかりで武器を使わなくては喧嘩にも勝てないし、とりたてて頭の回るわけでもない。逆島あやめとのブラックジャックの勝負を受けたのだって、勝算なんてこれっぱかしもない、ただのハッタリだった。けれど確かに、昔は誰もが持っていたはずの、いわゆる自信——自分を信じる心を、失わずに十五年間、生きてきた。勘繰郎は死んできたのではなく、生きてきたのだ。

　いつからだったか勘違いしていた。ドライなのが格好いいと思っていた。熱くならないのが格好いいと思っていた。必死になるなんて格好悪いと思っていた。そっけなく冷めた眼でいるのが格好いいと思っていた。努力するなんて格好悪いと思っていた。でも違った。勘繰郎はその全ての逆を行きながら、惚れ惚れとするほど格好よかった。相手の大事なニトロを奪って自分が有利な立場に立っていたときだけじゃない。拘束されて絶体絶命になったそのときにも、ブラックジャックでイカサマを決められ敗北が決定したそのときにも、勘繰郎は格好よかった。これこそ私が求めていた生き様だと、そう思った。

　その勘繰郎が私に言った。これは私の仕事だと。私の望んだ夢が今正に展開されているのだと。主役は勘繰郎だと思っていた。私はただの語り部だと思っていた。けれど勘繰郎は言った。『あんたのなりたかった探偵ってのを、こいつに示してやれ！』『自分の知ってる場所だけが世界なんじゃないって、この馬鹿女に示してやれよ！　こいつのことは俺に任せて、あんたは椎塚鳥籠を止めてこい！』『それがあんたの仕事だ！』『虚野勘繰郎のことはこの俺が面倒を見ておくから——蘿蔔むつみのことはあんたに任せたって言ってんだよ！』

　そうだ。これは私の仕事なのだ。少なくともかつて逆島あやめを告発したこの私が——事件を最終的に決着させる責任がある。いや、責任や権利義務云々ではない。私の夢だ。私が面倒見なくちゃいけないのだ。英雄になんてなりたいわけじゃない。そんな簡単なことを私は忘れていた。

　私の夢は、私の人生は、私のものだってことを。

　私のものは、誰にもあげない。

「——椎塚鳥籠。五年前の連続探偵殺戮事件の実行犯として、今回の日本探偵倶楽部ビルディングに対するテロ行為未遂及び爆発物取締法違反、日本探偵倶楽部所属部員一同に対する殺人未遂の容疑で——司法と正義と愛と平和と勇気と真実と日本探偵倶楽部、それから僭越《せんえつ》ながらこの私の名の下において、あなたの身柄を前途なきまでに拘束します」

　椎塚鳥籠はそれを聞いても尚、口を開こうともせず、ゆっくりと目を閉じて、それから瞬時に目を開き、何も言わずに立ち上がり、再度私に向かってきた。相手がただの平凡なＯＬであろうが日本探偵倶楽部所属の探偵であろうが、彼のスタンスに変わるところはないらしい。彼には差別も特別も正しさも誤りもない。何をしても、彼に影響を与えることなんてできない、たった一人を除いては。なんて真っ直ぐで、不器用で、――格好いいんだろう。全く、この存在は――椎塚鳥籠というこの概念存在だけは、とてもじゃないが指し示す言葉がない。人間と呼ぶにはあまりにも化け物過ぎる。化け物と呼ぶにはあまりにも人間過ぎる。椎塚鳥籠は私に手をかけようとする。その表情はおよそ――『お前を地獄に堕としてやる』ってなところだろうかな？　地獄地獄地獄――どいつもこいつも、地獄のことを偏愛しすぎている。地獄を見せてやるって？　ご親切は有難いけれど、そんなものはもう見飽きていた。

「――あなたに地獄は語れない」

くるりと椎塚鳥籠の手をひねって――後ろのバンの、『殺眼』の文字に思いっきり叩きつけた。中に積まれているニトロが爆発してもいいくらいの気持ちで、思いっきり叩きつけた。幸い爆発はしなかったが――『静』を静かにさせるにはそれで十分な衝撃だったようだ。その音と騒ぎを聞きつけてか、探偵倶楽部のビルディング前の警備員が、私達のいる場所へと、横断歩道を渡って駆けつけてきた。昨日の警備員達は、どうやらやはり職務怠慢の種類だったようである。

「ああ――う、宇田川さんではありませんか！　これは何の騒ぎでしょうか！」

私が第一班所属の探偵であることに気付いて、生真面目にも警備員は敬礼をしてみせる。彼が敬礼しているのは私に対してではなく『日本探偵倶楽部第一班』の看板《ブランド》に対してであることはよく分かっているので、敬礼のことは気にせず、まずは「お仕事ご苦労さま」と、二人を労《ねぎら》った。

「この男は椎塚鳥籠──知らないかな？　別にいいんだけど。それよりさ、きみ──お願いがあるんだけど」

「は、なんでしょうか」

「今すぐビルに戻って、警察に連絡。それから私の同僚達を全員、集めてきてくれるかな」

「ど、同僚とおっしゃられますと──」

「例の変態めいた格好した第一班の連中よ、見ればそれと分かんでしょ。あいつらのせいで普通のスーツの私が浮いちゃってしょうがないんだから。それから第二班と第三班の班長と副班長も。あ、そうだ、六班に有望な新人が入ってたでしょ？　なんか変な名前の女の子よ」

「いえ、皆様変わったお名前の方ばかりなのですが……」

「ロリ系の娘」

「ああ！　あの巫女《みこ》姿の方ですか！」

「なんで今ので通じるかな──きみの人生、大丈夫？　とにかく今言った人達は絶対に。あとは暇そうな奴適当にかき集めちゃって」

「暇そうと言われましても……」

「きみの視界に入ったときに眼を逸らさなかった奴が暇な奴だよ。大至急！」

「しかし、理由も分かりませんと……」

「理由は単純明快。これから私は逆島あやめを捕まえにいかなくちゃいけないんだよ。一人、……友達を、そう、友達を残してきちゃった。早く戻らないとあの子が危ないんだ」

「逆島……」

「『殺眼』。闇の中の孤独、アイランド。そう言った方が分かりよいかしら？　どう言ってもおんなじだけどさ」

「ああ……」警備員の顔が、そろって取り替えたかのように、蒼白なものにと変化する。椎塚鳥籠は知らなくとも、逆島あやめの名前は知っていたらしい。「で、では大至急……」

「その必要はどこにもありませんよ。わざわざご足労いただかなくとも、わたしならここにいますから」

警備員がビルに戻ろうとした正にそのとき、その瞬間に、私達の後ろに——逆島あやめはいた。

ピンクハウス系の服、ただし先ほどとは種類の違う服。めがね。しかし今ようやく太陽の下に出てきたというのに、あの特徴的な日傘だけはさしていなかった。理由はすぐにそれと知れる。腰の前に揃えられた彼女の両手首には、ブレスレットと呼ぶにはあまりにも無骨な手錠が、装着されていた。これでは雨が降ったところで、傘をさすことはできない。自分が嵌められていた手錠は、私はここまで持ってきていたので――（椎塚鳥籠を拘束するときに使おうと思っていた）――あれは、じゃあ、勘繰郎を拘束していた手錠……？

「あ、あなた、どうしてここに――」

「さあこれから犯人を追い詰めて切った張ったの大立ち回り、人質救出の英雄劇――とでも思っていたのかもしれませんが、現実はそうはいきませんよ。謎解きの場面なんて、展開させてはあげません、宇田川樒さん。あなたの見せ場はこれで終わり」にっこりと笑って、逆島あやめは頷く。「やれやれ。まさかあなたがそうだったなんて、完全に予想外でしたよ。自分を捕まえた探偵の顔くらいチェックしておくべきでしたかね――けれど探偵の顔なんて、見たくもありませんし」

「――あなた、どうして、ここに――」

相手の言うことにも構わず、私は同じ質問を繰り返す。本当に分からない。今ここに、この人がやってくる理由なんて思いつかない。勘繰郎はどうなったんだ？ どうして逆島あやめが、勘繰郎を拘束していたその手錠を嵌めているんだ？

「勘繰郎は？　一体、虚野勘繰郎はどうしたんですか！」

「——とんだ見込み違いでしたよ。てっきりあの子は——勘繰郎くんは、わたしと同種類の人間だと思っていたんですけど」耳にしたかぎりでは、意味の通らぬことを逆島あやめは呟く。「……本当、見込み違い。あの子、わたしと……わたしなんかと、全然違う」

「——……？」

意味が分からず、私は『殺眼』の次の言葉を待つ。逆島あやめはにこやかにしていたその顔を少しだけ歪めて……沈黙ののちに、言葉を紡《つむ》ぐ。

「あの子がね。泣いて、わたしを説得するんですよ。あの汚い部屋の床に無様に這《は》い蹲《つくば》って、恥も外聞もなく、わたしに言うんです。人を殺すのは、悪いことだってね」

「…………」

「分かりますか？　この『殺眼』に今更、今更人の道を説くなんて……もうそんなこと、誰もしないのに。誰も、責めるばっかりで、わたしを説得しようとなんてしなかったのに。あんな子供の説得なんて、わたしは応じるつもりもなかったんだけど……あんなに惨めったらしく頼まれたらさ。卑怯ですよね。そんな頼み、断れるわけがないじゃない。やっぱり悪党ってのは後ろめたい分だけ決定的に不利です。一人残らず探偵なんて掃討するつもりでしたけれど——たとえ一人でもあんな子が混じっているものを、掃討なんて」

逆島あやめは一旦、言葉を区切った。それを口にすることが……自分にとって決定的であることを、知っているかのように。そして知っているからこそ、決意を込めて、言葉を続けた。

「……できるわけがありません。わたしは人殺しではあっても、元探偵ではあっても——地獄の鬼ではありませんから。子供の頼みもきけないようなら——わたしはわたしがもっとも憎む、名探偵とやらと同列です」

「………………」

「あはは、わたしもヤキが回ったものですね。……他人の存在がわたしを変えることがあるなんて、そんなの、わたしだって、思ったこともなかったんですけどね——」

それはつまり。逆島あやめは虚野勘繰郎によって説得され——自首を申し出てきたということなのか。手首に施された手錠から、そして今のこの状況から、そう考える他にない。なんてことだろう。私は合気道で——暴力《テロル》を使ってようやく椎塚鳥籠を止めたというのに。あの勘繰郎はただの言葉だけで——なんの技術もない、話術も何もない言葉だけで、誠意のこもった言葉だけで、この『殺眼』を、逆島あやめを、止めたというのか。

「あ、あやめさん――」

「触るなっ！」

腕を伸ばしかけた私を、ぴしゃりと逆島あやめは拒絶した。笑顔を消して、ぎろりとした眼で私を睨みつける。

「汚らわしい探偵如きの手で触れられるほどに、堕したつもりはありません。お願いですからわたしが折れただなんて、思わないでくださいね」け、汚らわしいだと、と激昂しかけた警備員を私はとどめる。そんな私達を、逆島あやめはせせら笑うように見下すように、目を細めて見やる。

「勘違いしないでください。わたしは警察に行くんです。くだらない探偵どもに世話になることなんて何一つとしてない――あなた達には何もできないのですよ。わたしに干渉することはどんな意味でも許しません。ここへはちょっとした用があったから寄っただけです」

そして逆島あやめは私の横を過ぎて、そして――『静』、椎塚鳥籠のすぐそばにと立った。そして言う。威厳のこもった声で言う。

「立ちなさい」

椎塚鳥籠は何も言わない。倒れたままである。そりゃそうだ、こっちにだって余裕があったわけじゃない、ほんの少しとして手加減をした覚えはない。常人ならば三日は目を覚ますまい。素人でもあるまいし、そんなことは見ればそれと分かるだろうに、「立ちなさい」と、逆島あやめは繰り返す。

「立てと言っているでしょう鳥籠！」そして——彼女は私が聞く限り初めて、『静』に対して名前で呼びかけた。「立つんです！　あなたがわたしの相棒《かたりべ》だというのなら立ちなさい！　立って、わたしの後ろに控えなさい！　あなたがいなくては駄目なんです！」

果たして声が届いたのか偶然か——ぴたりとそのタイミングで、椎塚鳥籠は目を開き、身体を起こした。ゆっくりと、みなが見守る中立ち上がる。こんな場面だというのに、きっと彼が喋る機会があるならここただ一点、ここただ一場面だというのに——やはり一言も発することなく、いつものように当たり前のように——逆島あやめの後ろに回った。逆島あやめは私を振り向き、「手錠。もう一つのは、あなたが持っているんでしょう？」と、手を伸べてきた。私は黙って、要求された代物を手渡す。逆島あやめは肌同士が触れ合わないように慎重そうにその手錠を受け取って（全く、嫌われているものだ）、その手錠を相棒の右手首に、続いて左手首にかけようとしたところで考えが変わったようで、自らの左手首に、その輪をかけた。

「ではそこをおのきなさい、汚れた名探偵。わたし達はもうこんな茶番の舞台からは退場するのです。あなた方に合わせて踊るのはもうたくさん。あなたはこれからもその手を欲望と流血と悲痛の叫びとで、汚し続ければいい。手は手でなければ洗えない。けれどあなたにはその洗う手すらも存在しないことを、獲《え》ようと思えばまず奪うしかないことを、その胸の奥に深く銘記して、際限なく地獄を繰り返すがいいわ」

そして二人は並んで、私達に背を向ける。警備員達も言葉もない。圧倒的に圧倒的過ぎる。日本探偵倶楽部所属の探偵としてはここで彼女達二人をただ見送るわけにはいかないのに――いかないのに、そうせざるをえない。十メートルほど行ったところで、二人は脚を止め、逆島あやめだけが振り返った。

「宇田川榴さん。一つだけ」

「――なんでしょう」

「五年前の事件。どうしてわたしが怪しいと、思われたのですか？」

「…………」

しばらく私はその問いに対する答を考えて、そして、彼女に向けて答える。ひるむことなく――堂々と。

「あなたが――私の目標だったからです」

「…………」

「私立探偵をやっていた二年間。私はずっと、あなたに憧れていました。そしてその気持ちは――その思いは、今もまだ、微塵も揺るぎがありません」

「…………」

「あなたのことは嫌いです。でも、あなたの生き様は、本当に、好きです」

逆島あやめは……くすりと、真実うれしそうに笑って――

「ありがとうございます。その褒められ方が、一番好きなんですよ」

そう言った。

「探偵にしておくのが惜しい人材ですね、あなたは。勘繰郎くんとは無理でしたけれど、ひょっとしたらあなたとわたしは、友達になれたかもしれないのに」

「非常に残念ながらそれはありえません。あなたは犯罪者で、私は、探偵ですから」

「………………」

「あなたの言うとおり、探偵は正義の味方ではないかもしれません。けれどそれでも、純粋なる悪の天敵であるべきだと、私は思います。私の手は欲望に汚れ、流血に汚れ、悲痛の叫びに汚れているかもしれませんが――魂までは汚れません」

「……左様なら」

逆島あやめはその別れの挨拶と共に背を向けて、そしてもう振り返ることはなかった。こういった顛末で、『殺眼』と『静』は第A級指名手配犯のリストから、その名前を消した。


廃屋に戻ってみるも、当たり前のように、そこに勘繰郎の姿はなかった。逆島あやめが座っていたあの椅子と、トランプの山はそのままにされていた。ふと見れば、乱雑に飛び散っているトランプがある。ハートの2、3、4、5、6。ああ、最後、勘繰郎が延長戦に持ち込んだ、あのブラックジャックで遣ったカードか。逆島あやめも勘繰郎も、片付けないままにこの部屋を後にしたらしい。さてこのカードは一体全体どっちだったのだろうか。気になる。こういうことを明らかにするのはいささか野暮だということは分かっているのだが（その野暮さを言葉で表現するならば、そう、とてもいい例があるのだが、私は無闇に敵を増やすのをやめることにしたのでここでは伏せておく）、気になるものは気になってしまう。お約束なら当然ハートのエースだろうか。そうなれば全カードのスートさえも揃うことになるから倍率は五十どころではない。いや、ハッタリだけで押し勝ったという点を強調したいなら、全然別のカードで本当は見事にバーストしていたというのがいいオチかもしれない。うーん、しかしお約束は破るためにあるんだし。色々と空想しながらカードを表向けてみると——

「あはははははっ！」私は、不覚にも大声をあげて笑ってしまった。「あはははははは……はははっ！　あは、あは、こんなことって——これはいくらなんでも出来過ぎだろう！」

久しぶりに、大声で、恥も外聞もなく。

「あははははははは！」

すぐそばに、とても気の置けない仲とはいえない同僚がいるというのに、日本探偵倶楽部第一班探偵としての威厳もへったくれも何もなく、大声で、あらん限りの大声で大爆笑してしまった。これはすごい。これは完全に予想外だ。こんなことがあるなんて――こんな楽しいことがあるのなら――十分、生きていける。死んでいくのではなく、これからは、生きていける。そう思った。

そういう感じで私はこの短い読み物――『殺眼』と『静』、日本探偵倶楽部ビルディング破壊未遂事件に関する報告書を、そろそろ書き終わろうとしている。もしもこれが気の利いた小説やら何やらであるのなら、締めとなるこの辺りで『ひょっとすると虚野勘繰郎という存在は、十年前の私だったのかもしれない――』『かつての私の夢の残骸が悲鳴をあげるように、私の前に現れたのかもしれない――』などと、詩的な言葉とわずかな幻想と共に文章を閉じるべきなのかもしれないが、しかし私は探偵の自覚を以ってして（そして小説家の自覚なんて持っているわけもないわけで）、そんなことはしない（ついでにいうなら、『どうやら逆島あやめは真実探偵倶楽部を破壊するつもりなどなかったらしく、バンに積んであったのは全て空の木箱だった――』という一文がこの辺りにあれば、もう少しこの文章も締まりのあるものになるのだろうが、残念ながら中身は全てみっしりとニトログリセリンだった。迅速なる死刑を期待したい）。幻想よりも現実を堅実に。そう、私はいやしくも探偵の名を持つ者である。ちょっと姿を隠した程度の人間を見つけ出すのなどお手の物だ。そもそも私は事件の解決とか謎の解明とかよりも人探しや物探し、そういうものの方が得意なのである。あちらこちらに手を尽くし脚を尽くし身を尽くし、虚野勘繰郎の行方をつかめたのは、日本探偵倶楽部のビルデイングの破壊を未然に防いだあの日から一週間後のことだった。

京都駅そばのプラッツ近鉄、その屋上のベンチの上で、勘繰郎は暢気《のんき》そうに寝転がって、一階の無印良品で買ってきたらしいメロンパンのスナックを食べていた。相変わらずお洒落っ気の欠片も窺えないファッションで、しかし今日はなぜだか、バニーガールがつけているようなウサ耳をつけていた。お洒落ではないだろうが、ギャグだとしても寒い。あるいは何かとり返しのつかないような事情があるのかもしれないので触れない方がいいだろう。勘繰郎は持ち前の敏感察知力ですぐに私に気付いて、

「よお」

と、片手をあげた。驚きも何もなく、まるでここで会うことが当たり前だったような、最初から待ち合わせでもしていたかのような、そんな挨拶だった。私は「よお」と返事をして、勘繰郎に近づいていき、彼の寝転がるベンチの端にと腰掛ける。

「久しぶり。元気だった？　勘繰郎。ひひ、随分とご機嫌なペントハウスじゃん」

「まーね。むつみの方こそ、随分とみなぎってそうじゃん。何かいいことでもあったのか？」勘繰郎は身を起こす。「えーっと。うん？　そういやなんだっけ？　むつみの本名。確かあの部屋で聞いたけど、忘れちまった」

「宇田川榴だよ」

「ふうん。変な名前だなー。二葉亭四迷みたい。ああ、なるほど、蘿蔔むつみってのは、宇田川榴の暗号かよ。にゃるほどなー。しかしそれにしたって蘿蔔むつみの方がず

っといい名前じゃん。やっぱ俺はむつみって呼ぶことにするや。いいだろ？」

「……うん。いいよ。別に」

「そーいや新聞とかで読んだんだけどさー、けけけ、なんかすっげー大騒ぎになってんじゃん。あいつら、俺が思ってたよりずっと巨大な存在だったんだな。ちっとぱっかし驚いたよ。まー、それでもこの俺にとっちゃー楽勝みてーなもんだったけどな」

「泣いて説得したって聞いたけど？」

「げげ。はん。あのめがね女め。絶対に秘密にしておいてって、ちゃんと頼んでおいたのに」くくく、と忍び笑いを漏らす勘繰郎。「あーあ。そんなみっともない姿、むつみには絶対に知られたくなかったのになあ」

「意外と可愛いとこあるんじゃん」

「け。嘘泣きだよ嘘泣き。決まってんだろうが」

照れを隠すようにベンチから一旦立って、勘繰郎は私のすぐ隣に座り直す。

「ところでさ、むつみ。訊きてえんだが——あいつらこれからどうなるんだ？」

「殺した数が半端じゃないんだよ。いくら自首したっていっても第A級指名手配犯だからね。まあ、その——」

「間違いなく死刑ですっててか。——なんだかな。ひょっとして、俺、失敗しちゃったのかなあ」

「あら。勘繰郎らしくない台詞だね」

「いや、マジでブルー入ってるんっすよ、今。だって、これであいつらが死刑になったら、俺が殺したようなもんじゃん」

「…………」

「あやめが言ってたように、俺の手、汚れちゃったのかもしれないなって思ってさ」

冗談ではないらしく、勘繰郎は少し俯《うつむ》いてみせる。意外とデリケートなところもあるらしい。事件の渦中を抜けて日常の世界に出てみれば、そういうところがよく分かった。なんだかんだいっても、やっぱり勘繰郎は、十五歳なのだった。繊細な図太さに磊《らい》落《らく》な純粋、十五歳。

「勘繰郎らしくない台詞だね」と、私はもう一度繰り返す。「逆島あやめのことは逆島あやめに、椎塚鳥籠のことは椎塚鳥籠に、任せておきなよ」

「……そーだな。それがいいかもしんない」

そう言って顔を上げた勘繰郎は、笑顔だった。もう、笑顔に戻っていた。それは少しだけ無理をしている笑顔だったけれど、それでも勘繰郎は微笑する。うん。それでこそ、逆島あやめも椎塚鳥籠も、報われるというものだろう。

「で。むつみ、今日は一体何の用？」

「あ、それそれ。ていうか勘繰郎ねー、なんでいきなりいなくなっちゃうんだよ。探すの、どんな苦労したと思ってるの？」

「えー。でも、まっかっかに腫《は》れ上がった目ぇとか、むつみに見られたくなかったしさ。別にもう会えないってわけじゃねーんだから、別れの挨拶なんかなしでいーじゃん」

「普通はそんな風には考えないの。はい、これ」

そして私は『本件』、今日、勘繰郎に会いに来た『公用』を済ませることにする。鞄から封筒を取り出して、それを勘繰郎に手渡した。普通ならこの手のものは内容証明つきの郵送で本人の元に送るものなのだが、勘繰郎は真性のホームレスだったので、こうして直《じか》に渡しに来るしかなかったのだ。

「新聞とかには載ってなかったかもしれないけどさ、私、勘繰郎のこと、ちゃんと上司に報告したんだよ。今回の件において勘繰郎がどれくらい立派な、欠かせない役割を果たしたかってことをね。で、それがその成果ってわけ」

「ふうん？　だからこれ、なんなんだよ。開けていいのか？」

「いいよ。勿論」

勘繰郎は私に言われるままに、素直に封筒の封を切る。そして封筒を筒状にし、中に入っている数枚の紙を取り出した。そこにはこう書かれていた。

――『日本探偵倶楽部入部届』――『日本探偵倶楽部入部契約書』――『辞令　虚野勘繰郎　右の者　本日付を以って日本探偵倶楽部第一班勤務を命ず』――

「？　これ、なんて書いてあるんだ？」

「……え？」

「いや、俺、あまり難しい漢字とか辞書なしじゃ読めないんだわ。記号とか英語とかは得意なんだけど。悪いむつみ、読んでくれる？」

そう言って紙をこちらに戻す勘繰郎。折角の場面だというのに気合の抜ける話である。ただこんなことで文句をつけても仕方がないと判断し、私は入部届に契約書、それに辞令を受け取って、その文言《もんごん》を勘繰郎に読んで聞かせる。勘繰郎はそれを聞いて、言葉が続くにつれどんどんと嬉しそうな表情になって「おいおいマジかよ！」と、私から紙を奪い返す。

「うっわー。おいおい、いきなり夢が叶っちまったよ！」

「うん。とりあえずは私の助手って形で、仮入部扱いなんだけど……給料はそんなに変わらないし、勘繰郎ならすぐに正式な部員になれると思う。十五歳で第一班なんて、こりゃちょっとした話題よ」

「へー。えーでもなんで？　持ち込み推理って、第四班からじゃないの？」

「だからこれは特例扱いよ。『殺眼』と『静』は、倶楽部にとってそれほどに脅威であり それほどに汚点であったってこと。だから、ペーパー試験でも持ち込み推理でもなく、日本探偵倶楽部の部長である総代から、直々《じきじき》に勘繰郎へスカウトが来たってこと」

「へええ！　直々に！」勘繰郎は三枚重ねて入部届を広げる。喜色満面、正に今にも小躍りせんばかりの勢いで。「うわー！　つまりあれだな！　俺は日本探偵倶楽部のヘッドから直々に誘いを受けた、滅茶苦茶格好いい奴ってことだよな！」
「そうだよ。うん、勘繰郎は――」
あ。
ここでようやく、私は続きの展開を予想するに至った。そしてその予想通りに、勘繰
郎はにやり――と、今までの浮かれた笑みをリセットする。
「だが、その誘いを断るってなあ、更に格好いい」
びりびりびり、と、勘繰郎は一気に三枚の紙を破いた。続けて横に、斜めに、再度縦
に、そして粉々になったそれらを、勘繰郎は風に乗せてばらまいた。私はそれをかき集
めようとしたが、そんな行為は無意味だし、もう遅い。
「ちょ、ちょっと！　何するの！　勘繰郎、今何を破いたか分かってんの！」
「紙切れさ。ただのな」
ベンチから腰を浮かす勘繰郎。私は完全に呆れ返って言葉も出なかった。さすがにこ
こで『ま、その通りよね』なんて言えるほどに私は太くない。
「用はこれだけ？　じゃ、俺、行くとこあるからさ。色々ごたごたしてんだよ、俺も。
楽しいことばっかで暇なしさ。えーっと。あれ。むつみ。おんなじこと何回も訊いて馬
鹿だと思われるかもしんねーけど、もういっぺんだけな。むつみの本名、なんだったっ
け？」

「――宇田川榴」

「あー」ぐしゃぐしゃと頭をかく勘繰郎。ウサ耳が揺れる。「どうにもこうにも覚えられねーな。もういっそのことさ、今度会うときまでに蘿蔔むつみに改名しといてよ。今度、会うときまでにさ。そっちの方が、らしいぜ」

そして屋上から立ち去ろうとする勘繰郎。止める言葉など、あるわけもない。あの日、逆島あやめと椎塚鳥籠にかける言葉などなかったのと同様に。自由を求めているのではない。拘束を嫌っているのでもない。虚野勘繰郎は、虚野勘繰郎であるだけだ。ただそれだけなのだった。蘿蔔むつみが――蘿蔔むつみでしかなくて、宇田川榴ではないように。

「――勘繰郎。じゃ、最後にひとつだけ、いい？」

『殺眼』の向こうを張って、そんなことを言ってみる。勘繰郎は首だけで振り向き「なんじゃらほい？」と言う。

「どうして虚野勘繰郎くんは、そんな格好で、そんな言葉遣いで、そんな名前を名乗ってるのかな？」

「――なーんだ。むつみ、気付いてたのかよ」

薄く笑う勘繰郎。

対して私も不敵ににやりと笑ってみせる。

「なめないでよ。性別トリックってかなり古いんだよ？　これでも昔、探偵目指してたんだからさ。目指してただけじゃなく、勘繰郎と違って、ちゃーんとその夢、叶えたけどね」

「へ。それでも理想はまだ遠しって感じだろ？」

「ま、ね。結局気付いたのって勘繰郎を探してる途中だったし。だからこんなに時間かかっちゃったんだけどね」

「へへん、いーじゃん、ほっとけよ。この方が色々と便利なんだよ、ホームレスの身の上としちゃーな。うっとーしーのがよってこないし。それに」

「それに？」

「仕方ねーじゃん。虚野勘繰郎なんて格好いい名前、思いついちゃったんだからさ」

「――なるほど。思いついちゃったんなら、そりゃもう、仕方ないね」

「んじゃ、またな」

「またなって、どういう意味？」

「再会しようという意志さ。もっともことによりゃあ、そのときは敵同士かもしれねーけどさ」

　あははははは、と最後は無邪気に笑って、屋上から、そして私の視界から、勘繰郎は姿を消した。ああ、もうなんて――なんて女の子みたいに夢見がちで、女の子みたいに乱暴で、女の子のように白く、女の子みたいに嘘つきで、女の子みたいに向こう見ずで、女の子みたいに堂々と、女の子みたいに可愛らしく、女の子みたいに小悪魔で、女の子みたいに格好いい、女の子だったのだろうか——

と、いよいよこの報告書最後の段落《パラグラフ》に入ったところで、最後の詰めでポカをやらかさないために心を落ち着けようと砂糖抜きのコーヒーを飲んでいたら、同じ班の先輩が後ろから私のワードプロセッサの画面を覗き込んで↓きた。この黒衣の先輩は酷い機械音痴なので警戒が必要だ。

「う〜ん。相変わらず榴嬢の文章は不自然だな〜」

などと、先輩は人の文章に文句をつけてくる。邪魔っけな上にむかつく人だ。逆島あやめに殺されてしまえばよかったのに（と、この文章は親しみと信頼から出る冗談であることは、一応説明しておく）。

「まるで何だか報告書というより小説のような有様だな？　榴嬢」

「いえこれはこれでいいんです。つまらないじゃないですか、報告書なんてまともに書いても、どうせ誰も読まないんですから。だったら十年後二十年後、『資料』としてこれを閲覧する後輩探偵が現れたとき、少しでも面白がってもらわないといけませんからね。それで少しでもやる気を出してくれれば御《おん》の字でしょう？　硬い言葉で語るより、少しは演出っぽいものがあった方が頭に入るってものでしょう。西暦の語呂合わせと一緒ですよ」

「そのまだ見ぬ後輩に対する気遣いを少しでも同僚に向けて欲しいものだよな〜」

「……そうか。しかし小説といって、楢嬢の書き方はまるで推理小説のようだな。ジャンルはその場合何になるんだろう。犯人当てでもトリック当てでもないし――そうだな、さしずめ探偵当て小説といったところかな？　日本探偵倶楽部に所属する人間が書く小説として、それは相応しいかもしれないな～」

「はあ？」

何言ってんだこの人。熱中症で死ね。

「んん、しかし推理小説として見るときに難があるとすれば、勘繰郎嬢のことを何度か『少年』と記述してあるところかな。性別の入れ替わりトリックなんて今や珍しくもなんともないが、しかしことに正確さを期そうというなら『地の文に嘘がある』その一点こそが瑕疵《かし》であると――」

「ああ。そのルールは面倒臭いから破りました」わたしは言った。「それが何か？」

「……『少年』という言葉は広義で少女も含むから、まあそれはそれでいいんだろうが。それに小説として見るなら――」

「やめてくださいよ。小説っぽいってだけであって、あくまでこれは報告書です。小説なんて書く人は、たいてい気が触れてるもんです。これはただの報告書。それ以上でもそれ以下でもありません」

画面に目を戻す。さて、どうやって文章を閉じたものか。文章というものは報告書だろうがそれこそ小説だろうが、閉じるのが一番難しいのだ。そうだな、この先輩との会話を織り交ぜてお茶を濁すというのも悪くないかもしれない。勘繰郎が立ち去るところで綺麗に締める必要もないだろうし。

「しかし考えるに考えるほど惜しい話だな〜。この勘繰郎嬢、絶対に探偵向きだったと思うがな」

「随分と推しますね。私も同感ではありますけれど、先輩はどうしてそう思うんですか？」

「そりゃそうだろう。だって榴嬢が偽名を名乗ったときにまず『お姉さんも俺と同じで自分で考えた口？』と言ったろう？　そして続けて『ひょっとしてあそこに勤めてる人なのか？』と、二度も続けて真実をついている。これはなかなか大した直観力だと思うぞ。あるいは最初から、全てに気付いていたという可能性もあるか。そう考えればつじつまの合う場面がいくつもある。まあ探偵に必要なのは推理力だが名探偵に必要なのはむしろ直観力だからな」

「一番必要なのは判断力だと、思いますけれど」

「そうかな。ま、考え方は人それぞれ、十人十色でいいと思うよ。みんながそれぞれ適性にあったやり方を見つければいいんだ。どうやら勘繰郎嬢は、組織に属せるタイプじゃなかったらしい。せめて敵に回らないことを祈ろうじゃないか」

「そうですね。祈りましょう」

少なくとも勘繰郎が逆島あやめの二の舞三の舞を踊るのではという可能性だけは、否定しておきたいところだ。勘繰郎の十年先が逆島あやめだなんて——そんなことは、考えたくもない。それじゃああまりにも、報われない。勘繰郎がではなく、逆島あやめが。彼女という存在が。今度会うときは敵同士かもしれないと勘繰郎自身は言っていたが、それは私が真摯《しんし》でさえあれば、私が道を真っ直ぐ間違えることさえしなければ——ありえない可能性だ。少なくとも虚野勘繰郎は、真っ直ぐな一本道を外れることはないのだろうから。

「ところで榿嬢。このラストのパートで榿嬢はカードを確認したんだろう？　結局そのカードは、ハートのエースだったのかな？」

「探偵でしょう？　先輩。そのくらい、自慢の頭で自分で推理してくださいよ」

「うん？　うん。そうだな～」三秒ほど思考する黒衣の先輩。やがて顔を上げ「ああ、分かった」と言う。「そうか。そのカードは——ジョーカーだったんだな？」

正解だった。ブラックジャックの正規ルールではジョーカーは使用しない。けれど逆島あやめはあのとき、果たしてうっかり忘れていたのかそれとも最初からイカサマする心づもりだったから手間をかける必要もあるまいと判断したのか、箱から取り出したカードの束をそのままシャッフルした——結果、山の中にジョーカーが混ざってしまったのだ。

「ブラックジャックの特殊《ローカル》ルールとしてジョーカーを使用する場合、ジョーカーは0として扱うか、あるいは20として扱うか、そしてあるいは——1から11まで何にでも使える万能札として扱うか、だからな。これなら『エース・トゥ・シックス』が成立しているといっても間違いではないだろう。しかし皮肉な話だな、樒嬢？　『殺眼』は自らの暗示であるスペードのエースと『静』の暗示であるスペードのジャックでブラックジャックを成立させたが――勘繰郎嬢もまた、自ら名乗った暗示のカード、ジョーカーをして勝負に勝ったというのだからな」

「笑えるでしょう？　しかも結局二人とも、そのカード、確認してないんですよ。本当、笑えますよね――なんていうのか……出来過ぎで」

しばらく、先輩と二人で笑いあった。全く――思い出すだけで、おかしい。何にでもなれるカード。不吉な暗示のカードでありながら、同時に無限の可能性を秘めたカード。結局のところ――虚野勘繰郎は、そういうことだと思う。探偵《ヒーロー》ではなくあくまで道化師《ジョーカー》として、不吉《スペード》の英雄《エース》と静寂《スペード》の兵隊《ジャック》に相対した。

「――しかしあれだな、最近の樒嬢は仕事に対して真摯になったと見受けられるな。いいことだよ」

「――あの。もう何度か言ったと思いますけれど」

褒められて少し嬉しかった。仲間がかけてくれる言葉の暖かさを、最近、知った。でもそれは照れくさい。ぶっちゃけていうと恥ずかしい。だからそれを誤魔化すために、口を尖《とが》らせて、わざと拗《す》ねたように言った。

「もう私、宇田川樒なんて名前じゃありません」

「おっとそうだったっけ。失礼失礼、樒嬢はせんだってDネームを登録したのだったっけ。悪かった。どうも最近物覚えがな～」

「認知症じゃないですか？」

「酷いことを言うなあ。その何気な毒舌がみんなとうまくやれない一番の理由だと、気付いていないのかな？　それじゃ、総代に呼ばれているんで、この辺で失礼するよ」

先輩は私の後ろを離れ、廊下に向かう。総代に呼ばれたということは、またぞろ何か事件だろうか。全く、探偵にとって気の休まる暇などない。楽をせずにいようと思えば、暇なんてありえない。逆島あやめ言うところの、これが際限のない地獄という奴か。

「それにしても……地獄か。本当、うまいこと言ったもんだね」

けれど私はその地獄をあえて繰り返そう。それが私の人生だ。私は地獄のことを愛してなどいないし、どうやらあちらさんからもそれほど好かれているわけでもなさそうだけれど、それでも、私はよっぽどに地獄を語り続けよう。それが今回、私が学んだことだ。どうせこの世は台本通り。あの世を含めて脚本通り。予想外の展開はあっても予定外の演出は有り得ない。約束は呪いのように守られて、王道は魔術の如くに広がって。失敗は場違いなほどに間違い、解決は戸惑いさながらの曖昧。日常は異常なくらいに非日常。最後には自作自演で自縄自縛《じじょうじばく》。だけどせめて。だからせめて。だったらせめて――自分の定理と、自分の当為は、自分で決めよう。周囲の他人のせいにせず、過去の自分のせいにせず。下らない戯言《いいわけ》なんて一つも口にせず――この先勘繰郎と再会したときに、そのときこそ対等に彼女と向かい合えるように、ひょっとすれば虚野勘繰郎にとってハードルとみなされる危険があるくらいに、誇らかな自分を形成しておくことにしよう。自爆、自滅することはあっても、決して降参することのないような気位の自分を形成しておくことにしよう。昔のように、十五の頃のように、ひた向きに真っ直ぐに、傍若無人《ぼうじゃくぶじん》に真っ白に、がむしゃらにまっしぐら――それが無理であったとしても、せめて自分に自信が持てるように。自分を信じられるくらいに。自分が理想に抱いた名探偵の生き様を志し、誰かが志してくれるような生き様を目指して、だから少なくとも私が生きているとはっきり言えるその間だけは、憎まれようが恨まれようが呪われようが、さすがに殺されたらちょっと困るかもしれないけれど――この私は、探偵をやっていようと思う。

だから私は私のことで手一杯。

あなたのことはあなたに任せます。

ではでは。

1997/06/13 (Fri)
日本探偵倶楽部第一班所属　探偵番号321
蘿蔔むつみ

トリプルプレイ助悪郎《スケアクロウ》

JDC TRIBUTE

Author
NISIOISIN
Cover Design Veia

講談社文庫

トリプルプレイ助悪郎《スケアクロウ》

西尾維新

講談社

トリプルプレイ助悪郎《スケアクロウ》

目次

第一回

『唯一』

「やあ、とうとうおっしゃってくださいましたね。ぼくはさっきから、だれかがそれをいってくださるのをお待ちしていたんですよ。どうも少し……」

――横溝正史

『迷路荘の惨劇』

登場人物紹介

海藤幼志《かいとうようし》——探偵。日本探偵倶楽部所属。
刑部山茶花《おさかべさざんか》——泥棒。通称スケアクロウ。
髑髏畑一葉《どくろばたけいちよう》——小説家。百足の長女。
髑髏畑二葉《どくろばたけふたば》——小説家。百足の次女。
髑髏畑百足《どくろばたけむかで》——小説家。現在消息不明。
切暮細波《きりぐれさざなみ》——編集者。講談社社員。
別枝新《べつえだあらた》——執事。裏腹亭管理人。

□　□

――もしもこの世界に。

もしもこの世界に小説なんてものが存在するというのなら、是非ともそれを読んでみたいものだわ――

髑髏畑《どくろばたけ》一葉《いちよう》は、周囲をぐるりと、本棚《ほんだな》の壁に囲まれた状況《じょうきょう》で――そんなことを思う。父親の書斎《しょさい》、この部屋にあるだけでも蔵書《ぞうしょ》の冊数は軽く五千を超《こ》えるだろうが、果《は》たしてこの中に、一冊だって小説と言えるだけの値打ちのあるものが存在しているのかどうか――と、そう思うのだ。

小説らしきものならば数えることができる。

小説もどきだってそれなりにあるとは思う。

小説の真似事なら大半を占《し》めているはずだ。

しかし小説そのものとなれば――

――そんなものはない。

一冊だって、否《いな》、一個だってない。

一葉はそう確信する。

そんな彼女の職業は小説家である。国立大学四回生のときに文学新人賞を受賞し、それから五年間、途切《とぎ》れ途切れ、あまり多作であるとも活動的であるとも言えないが、かと言って時代の波に取り残されることなく、専業作家を続けているのだった。今現在、定期連載《れんさい》を一つ、不定期の連載を二つ抱《かか》え、単行本はこれまでに三冊、出版されている。

だから。

だから彼女、髑髏畑一葉がこの世に小説なんてものは存在しないと確信するのは、いわば八百屋《やおや》の店主が野菜なんてものは生まれてこの方聞いたことがないと公言しているようなもので——酷《ひど》く矛盾《むじゅん》している。実際一葉は、これまで、臆《おく》することなく、作家仲間や編集者達にそのようなことを言っては失笑《しっしょう》を買い、だったらあなたの書いているものはなんなのですか——などと揶揄《やゆ》されているのだ。

そこでむきになって反論するほどの若さを、既《すで》に一葉は失っている——否、そんな感性を彼女は子供の頃《ころ》から少しだって持っていなかったけれど——が、しかし、小説なんてものが存在しないと思うことと、自分が小説家で食べていることとは、彼女の中では全く矛盾していない。

——何故《なぜ》なら。

たとえば、画家だ。

人物画や風景画ならばまだしも、否、それを含《ふく》めてさえ言えるかもしれないが、一枚の抽象画《ちゅうしょうが》を仕上げた一人の画家を前に、この絵に描かれているものはこの世界には存在しないじゃないですか――と疑問を投げかけたとして、それはまるっきり芸術を解《かい》してはいないけれど、しかし、取り立てて間違った指摘《してき》というわけではない。

筋《すじ》は通っている。

そんな抽象《もの》は――

この世界には存在しないのだから。

――だから。

だから小説なんてものがたとえこの世界に存在しなかったとしても、それを書くことは可能なのだと――一葉は考えている。

大抵《たいてい》愛想《あいそ》笑《わら》いで済ませてしまうので、一葉はここまでの論を誰《だれ》かの前で広げたことはないけれど、しかし仮にそうしていたなら、そのたとえ話は意味が全然違いますよ――と反々論《はんはんろん》されることは目に見えていた。

抽象だろうが具象《ぐしょう》だろうが、画家はあくまでもものを描いているのであって絵を描いているわけではなく、そしてそれと同じように、小説家もものを書いているのであって小説を書いているのではない――と、そう言われるに決まっているのだ。

しかし、それは的外《まとはず》れだ、と一葉は思う。

少なくとも自分に対する指摘としては的外れだ、と。

それでお金を貰《もら》ってご飯を食べている以上、あまり誇《ほこ》って言えることではないけれど、一葉にものを書いている――物語を書いているという自覚はない。

髑髏畑一葉は小説を書いているのだ。

未《いま》だかつて、見たことのない――小説を。

空前絶後にして唯一無二《ゆいいつむに》の、小説を。

この世界に――

一冊だって一個だって存在しないそれを、ただひたすらに、つたなくも模写《もしや》している だけだと、そう思っている。

一葉にとっては――だから、それ以外の小説と呼ばれるあれこれなど、ただの作文と等価だ。否、そもそも、作文がどこから小説になってどこまでは小説未満なのかという問題に、この定義は触《ふ》れてしまうことになるけれど――

とにかく。

この部屋の本棚に並《なら》ぶ五千冊の蔵書など――一葉にとってはなんでもない。これまでの二十七年の自分の人生で読んだ本の数の、軽く十倍以上の物量に、全く圧力を感じないわけではないけれど――しかしそんなもの、ただ、部屋が狭くて数が多いという、それだけでしかない。

圧力であって迫力ではない。

それだけだ。

都会の大型書店に行けば十万冊二十万冊、ざらにあるわけで、それに比べれば、五千冊などたかが五千冊、それ以上でもそれ以下でもない。

ただの数だ。

ただの数値だ。

それ以上でも――それ以下でもない。

それだけだ。

それだけ、なのだ。

――しかし。

それにしても、と一葉は思う。

本の内容や冊数なんて、だからどうでもいいけれど――書斎の壁に、それが壁紙であるかのように配置されている本棚、そこに並べられた本の並べ方を見ていると――思うところはある。

無論、本そのものにではなく。

この部屋の持ち主について――だ。

――『元』持ち主と言うべきか。

何しろ——五千冊の本が、たった一冊の乱れもなく、著者ごとの五十音順に、きっちりと並べられているのだ。まさに一糸《いっし》乱《みだ》れぬという奴《やつ》で、それぞれの著者の中では、作品が年代順になっている。本の並べ方としては一般的なそれだが、しかし、それこそ都会の大型書店であったって、ここまで神経質に揃《そろ》えられてはいない。五千冊に一冊、否、もっともっと高い頻度《ひんど》で——乱れていることだろう。

それがない。

全くない。

——神経質と言うより、これは。

これは——偏執《へんしつ》的と見るのが正しいかもしれない。

いずれ、ほめ言葉ではないけれど。

一葉は、部屋の中を静かに移動し——それぞれの本棚を目で探る。『夕行の作家』なんて、そんな棚差しはさすがにないけれど、とにかく、そのあたりで視線を停《と》めた。

『髑髏畑』という苗字《みょうじ》を、そこに見つけようとしたのだ。

ない。

髑髏畑一葉という作家の名前がそこにないこと、彼女の本がないこと、これは当然と言えば当然——というより、これは当然と言う他にない。一葉が作家として文壇《ぶんだん》に出た五年前の時点で、これらの本棚を使っていた人間は、失踪《しっそう》し、行方不明になっていたからだ。

今にしてなお、彼が行方不明のままである以上――一葉の本がここに並ぶ理屈はない。父親としての責務を一切《いっさい》果たされた記憶のない一葉からしてみれば、たとえ彼が失踪していなかったところで、自分の本がここに並んでいたかどうかは疑問だが――しかし今このとき、一葉が意外に思ったのは――

――彼の本もない。

髑髏畑百足《どくろばたけむかで》――父親の名前。

この本棚の、持ち主の名前。

その名前が背表紙に記された本もまた――並んでいなかった。

髑髏畑一葉の父親――髑髏畑百足も、また、小説家だった。ただし一葉は彼の本を読んだことはない。流石にタイトルくらいはそれなりに押さえているけれど、作家としての使命だかなんだか知らないが、幼《おさな》かった自分と母親を捨てた人間の本を手に取ろうと思うほど、一葉は寛容《かんよう》ではなかった。母親は未練がましく何度か百足の本を買ってきたりはしていたが、そのたび一葉は、すぐに古本屋に足を向けることになるのだった。

――割と高く売れたりして。

いい小遣《こづか》い稼《かせ》ぎに、なったりした。

そう――一葉の父親、髑髏畑百足は、いわゆる人気作家――いわゆる流行作家という奴だった。一葉の作家としてのポジションなど、彼の前では吹けば飛んで消えてしまうような、酷く脆弱《ぜいじゃく》なものでしかないくらいの、段違いな流行作家。一葉が文章を発表しているのが純文学と呼ばれるジャンルであり、百足の活動場所は通俗娯楽《つうぞくごらく》のエンターテインメントだったという違いなど、ちっとも考慮《こうりょ》するまでもない、圧倒的格差がある。

キャリアも長い。

一葉が生まれたときには百足はもう一流の名をほしいままにしていた。デビュー時の年齢こそ一葉の方が早いけれど、彼女が父親に対し、数字で勝てるものと言えば、精々それくらいのものだった。

総著作数五十三冊、総計部数は五百万部に届く。

一冊につき十万部売れている計算になり――出版不況の現在も、その数字は悩むことなく伸び続けているとかいないとか。

――五年前の失踪、行方不明。

それがセンセーショナルに取り上げられたことも、売り上げに無関係ではないのだろうが――しかし、失踪以前から彼の評価は、誰も文句をつけられない領域にまで高まっていた。

――失踪。

だから、たとえ最新刊であっても、髑髏畑百足の本は、必然的に五年以上前に出版されたものということになるのだが——

——ふうむ。

ないのか。

別に手に取ろうと思ったわけではないし、まして今更《いまさら》彼の本を古本屋に売るわけもなく、本当になんとなく探してみただけなのだけれど——ない。

ならば多分、他の部屋にあるのだろう。

一葉はそう考えた。

父親がどれだけの奇人変人人異人外であっても、自分の著作を一冊も持っていない作家なんて、流石にいるわけがないので——

恐《おそ》らく、自分を特別な何かだと、信仰のようなレヴェルで思っていた百足は、自分の書いた本を、他の凡百《ぼんぴゃく》の小説家の書いた本と並べることが、忍《しの》びなかったのだろう。

我慢ならなかったのだろう。

だから他の部屋にあるはずだ。

——あるからと言って。

別に読みたいわけじゃないけれど。

強《し》いて探す気も、ないけれど。

一葉は本棚から離れる。

父親の書斎。

まだ昼間だというのに、薄暗い部屋。

窓が半分、本棚で隠《かく》れている所為《せい》だ。

その窓に近づいて行って――一葉は、外を覗《のぞ》く。

見えるのは――木々だけだった。

――奇人変人。

人異人外。

一葉は、大きくため息をついた。

ここは――岐阜《ぎふ》県の山奥だった。


自分と母親を捨てた後――父親が移り住んだ家。

裏腹亭《うらはらてい》と、そう銘《めい》打たれている。

一番近い集落からでも車で数時間かかる、山奥どころか秘境《ひきょう》のような場所である。勿《もち》論《ろん》周囲近所には誰も住んでいない。動物がいるかどうかだって怪《あや》しいものだ。

単純に家と言うよりは別荘と言った感じの趣《おもむき》の小さな建物だが、髑髏畑百足本人に言わせれば、ここは執筆空間以外の何物でもなかったのだろうと――一葉は思う。

――あの人に。
あの人に――生活なんてものはない。
あるのは、仕事だけだ。
実際のところ、一葉は百足とは、子供の頃に別れて以来一度も会っていないので、つまり一葉の百足に対する感覚というのは全《すべ》て物心つく前の分別なき時期のものでしかないのだが――
そういう確信がある。
母親は、自分の娘である一葉に対して、元夫への不満、恨《うら》み言《ごと》など一つだって漏《も》らさなかったので（というより、母親は母親で、どうも百足に、一葉に内緒でこっそりと会っていたらしい節《ふし》がある）、その感覚は、多分、自分だけのものだ。
自分で決めて、自分で育てた感覚。
嫌悪《けんお》――とは違う。
憎悪《ぞうお》――でもない。
怨嗟《えんさ》――とは違う。
怨恨《えんこん》――でもない。
回避《かいひ》――とは違う。
忌避《きひ》――でもない。

それでも何か言葉で表せと言われれば、一葉も一応は文章で商売をするものとして、迂回《うかい》という言葉を選ぶだろう。

迂回。

一葉は、髑髏畑百足を迂回したいのだった。

——それなのに。

それなのに。

それなのにどうして自分はこんなところにいるのだろう——と、一葉は首を傾《かし》げざるを得ない。失踪後どころか、百足が健在《けんざい》の頃でさえ、決して近付かなかった、この場所に。

こんな場所に。

——理由ははっきりしているのだけれど。

けれどそれは理由であって原因ではない。

ここに来る必要は認めたうえで——

——断ることはできたのだ。

断つことはできたのだ。

父親のことなんて今更関係ない、あんな人とは父でもなければ娘でもないと——一蹴《いっしゅう》することは、できたはずなのだ。

だから――一葉は首を傾げる。
どうして自分は、こんなところにいるのだろう。
どうして自分が。
馬鹿馬鹿《ばかばか》しいこと――この上ない。

きい、と。


扉《とびら》が開いた音が、背後でした。

「ああ、先生。見つけちゃいました」

部屋に入ってきたのは、切暮細波《きりぐれさざなみ》だった。

「いつもいつも、黙《だま》って何処《どこ》かに行っちゃわないでくださいよ。ふと隣《となり》みたら誰もいなくなってて、私、びっくりしちゃったんですから」

「隣にいる人間が移動したことに気付かない方が悪いんですよ、切暮さん」

振り向いて、一葉は切暮の姿《すがた》を確認しつつ、そう言って批難をかわす。それに対し、切暮は言い訳するように、

「仕方ないじゃないですか。あのおじいさんが出してくれた紅茶、本当においしかったんですから」

と言った。

「紅茶が？　おいしい？　相変わらず面白いことを言いますね、切暮さんは――」

一葉は苦笑する。

「――紅茶は飲み物ですよ。おいしいとかまずいとか、そういうものではありません」

「面白いことを言っているのは先生の方だと思いますけれど――いえ、なんでもありません」

切暮は、何かを言いかけて、しかし飲み込んだようだった。

何かが何なのか、一葉にはわからない。

切暮細波は、作家・髑髏畑一葉の、現在、四人いる担当編集者の一人で、講談社という大手出版社の社員である。年齢《ねんれい》は一葉と同じ、性別も一葉と同じ。ただし、切暮は編集者としては、先日異動してきたばかりの新人なので、なんとなく互いの関係のイニシアチブは、作家としてはまだ駆け出しの域を脱していないにもかかわらず、一葉の方が握っていた。

もっともそれは、まだ半年に満たない関係でも一葉にはっきりと分かるくらい、切暮が粗忽者《そこつもの》であるというのもあるのだが。

そばにいると、これは私がしっかりしなくてはと思わせる資質を、切暮は持っているのだった。

とは言え、それを言うなら、切暮の方も一葉に対して、なにやら言いたいことはあるみたいなのだが――

「いやあ、それにしても」

と、切暮。

「こりゃ何とも圧巻《あつかん》じゃないですか。眼福眼福。さすが大作家の仕事部屋ですね」

「ここは仕事部屋じゃありませんよ」

一葉は切暮の言葉を訂正する。

「ただの書斎です。仕事部屋は――」

「ああ。地下、でしたか」

「ええ。『開かずの間』です」

開かずの間――などという言い方をすれば、とんでもなく大袈裟《おおげさ》な言葉に聞こえてしまうけれど、実際のところ、そんな大したものではない。ただ単に、五年前、百足が失踪するにあたって、その仕事部屋の鍵《かぎ》を持っていってしまったので、その部屋は誰も扉を開けることができないし、誰も扉から入れないことになっているという、ほんのそれだけのことだ。

地下なので窓はない。

当然、窓からの侵入は不可能だ。

だったら扉をこじ開けたらよさそうなものだけれど、何があっても絶対にこの部屋には入るなという百足からの命令を忠実に守り続ける一人の執事《しつじ》が、それをかたくなに拒《こば》んでいるのだった。

執事の名は別枝新《べつえだあらた》。

百足がここで暮らすようになって以来の雇《やと》われで、先ほど切暮がおいしいと評した紅茶を淹《い》れた、この裏腹亭の管理人である。己《おのれ》の主人が失踪した今も、彼は忠実にその言いつけを守り続けている——というわけだ。

——仕事部屋か。

そうか、と一葉は思い当たる。

ひょっとしたら、この部屋の本棚には並んでいなかった百足の著作は、その仕事部屋にこそ並んでいるのかもしれない、と——思い当たる。

恐らくそうだろう。

——もっとも。

だから——どうということもないが。

どうということもない。

「しかし先生——どう思いますか？」

「何がですか」

「いや——正直、私、ここに来るまでは、そんな荒唐無稽《こうとうむけい》なこと、あるわけがないんじゃないかって思っていたんですけれど——でも、なんか、いざ着いてみると、えっと、この、その、雰囲気《ふんいき》、ありますよね」

「雰囲気、ですか」

曖昧《あいまい》な言葉だな、と一葉は思う。

「ええ。不気味っていうんじゃなくて、かといって底知れないっていうんじゃなくて、ほら、薄暗い感じが、廃墟《はいきょ》なんかに似た雰囲気で、そこはかとなく怪しくて」

「廃墟、ねえ」

曲がりなりにもまだ人が住んでいる場所をそんな風に形容してしまうところが、この女の粗忽なところだ——と一葉は感じたが、ここでは何も言わなかった。性格の修正までは一葉の手に負えないし、責任も負えない。また、確かに、こんな辺鄙《へんぴ》なところに住んでいる方が、まともじゃないのだから。だから一葉は、ただ、切暮の次の言葉を待った。

「そうです。何もなくても何かが起こりそうっていう感じなんです。だから——」

「ここになら、あのスケアクロウが現れても——」

不思議じゃありません、と、切暮は括《くく》った。

あまりにもフレキシブルな物言《ものい》いで、私には全くわからない感性だな、と一葉は心の中で失笑したが、しかし、案外そういうのは編集者としては必要なスキルなのかもしれない、と思い直す。実際、切暮のそういう感覚的な物言いが、文章を書く上でのインスピレーションにつながったのは、一度や二度ではないからだ。

——常套句《じょうとうく》で言うなら。

いい勘《かん》してる——とか、そんな感じか。

もっとも、今回このときだけに限《かぎ》って言うなら、切暮のその言葉は、一葉の中のどんなインスピレーションとも結びつくことはなかったが。

「くはっ——」

と、あからさまに、若干《じゃっかん》の誇張《こちょう》を込めて、一葉は切暮へ、唇《くちびる》の端《はし》を吊《つ》り上げて見せる。

「世紀の大泥棒《おおどろぼう》、スケアクロウ、ねえ——一回盗みに入るたびに三人殺す、三重殺《トリプルプレイ》の案山子《スケアクロウ》——会えるものなら、確かに私も会ってみたいかもしれませんね」

「面白がってばかりもいられませんけれどね」

一葉の皮肉には気付かなかったようで、切暮は言葉とは真逆《まぎやく》に楽しげな風に言う。

「今この家には、生きている人間は四人しかいないわけで——本当にスケアクロウが来たら、たった一人しか生き残れない計算になるんですから」

「実在するかどうかもわからない泥棒相手に、実在するかどうかもわからない宝物を守ろうだなんて――まるで道化《どうけ》です」

一葉は言う。

「馬鹿馬鹿しい限りですよ」

「でも、実在すれば素敵《すてき》じゃないですか」

切暮はすぐに言い返した。

「前者はともかく、後者はね」

「そりゃ――切暮さんの立場からすれば、そうでしょうけれどね」

――宝物。

実在するかどうかもわからない――宝物。

「私の立場からすれば――どうでもいいという他ありません」

「え、でも。売ればお金になりますよ」

即物《そくぶつ》的な切暮の言葉に、一葉は、

「馬鹿馬鹿しい限りですよ」

と、もう一度、繰《く》り返した。

本当に――馬鹿馬鹿しい限りだ。

「私はもう、そんな夢を追うほどに夢見がちな年齢では、ありませんからね――仮にそんなものがあったとしても、私は受け取りを断固として拒否しますよ」

母は欲しがるかもしれませんが——と、小声で付け加えてから、

「妹にでも、くれてやります」

と、一葉は言った。

「妹——二葉《ふたば》さんですか」

「ええ。あれは俗物《ぞくぶつ》ですからね。宝物だとか、お金になる話だとかには、過敏《かびん》なまでに反応するだろうと思います」

「俗物とはきついですね」

さすがに切暮は苦笑《にがわら》いする。

この流れでは自分のことを言われたのと大して変わらないと、粗忽なりにそう思ったのかもしれない。

「彼女は俗物ですよ。俗物のような俗物のごとき俗物だと思われる俗物としての俗物を、俗物と表現することは何も間違っていません」

「仲が悪いとは聞いていましたが——」

そこまでとは思いませんでした、と切暮は言う。

仲が悪いというわけじゃありませんけれどね、と一葉は、自分に言い聞かせる意味も込めて、ゆっくりと言う。

「ただ、嫌いなんです」

「嫌い、ですか。そっちの方が、どっちかと言えば、きつい言葉ですけれどね――」

「言葉は選んでいますよ。気を遣《つか》ってね」

小説家ですから、と一葉。

「あの女とは――もう会いましたか？　切暮さん」

「いえ――それとなくあのおじいさん――えっと、別枝さんでしたっけ、に、訊《き》いてみたんですけれど、どうやら自分のお部屋でお休みのようでして」

「お休み？　それは寝ているという意味ですか――こんな真昼間《まっぴるま》から、だらしのない。私だけならばともかく、切暮さんという客人を迎えておきながら、その態度。とても社会人とは思えませんね」

「社会人とは言っても、ずっとこの家で育って、ほとんど外に出ていないっていうんでしょう？　まだ若いんですし、それくらいの常識外れは、許容範囲内だと思いますけれど」

「それは、確かに、あの父親に育てられたことを思えば、あれでマシってところなんでしょうけれどね――」

奇人変人の父に――俗物の妹。

「とはいえ、実際に育てたのは、ほとんど別枝さんなのでしょうけれどね。そもそもあ、の人に子育てができるとも思えませんし」

　はき捨てるような調子で、一葉はそう言った。

　髑髏畑百足は、自分の妻と長女は捨てたが——

　次女は引き取った。

　次女——髑髏畑二葉。

　一葉の、すぐ下の妹である。

　百足に彼女が引き取られていって以降——彼女との接触はほとんどなかった一葉だが、その僅《わず》かずつの付き合いの中でも、二人の仲は険悪《けんあく》だった。

　仲が悪いと言うより——

　お互《たが》いがお互いを嫌い合っていた。

　どうしてなのかわからないが、ソリが合わない。

　それは、今に至《いた》るまで。

　多分自分の父親を迂回したいと思う気持ちの、その大半は——あの女のことがあるからじゃないのかしら、なんて、一葉はそんな風に考えることすらあった。

　しかし——つい最近までは、それは一葉にとって、それほど心を悩ませることではなかった。滅多《めった》に顔を合わせることのない実妹《じつまい》と険悪なことなど、一葉にとってはどうでもいいことの一つだった。彼女以上に顔を合わせることのなかった父親よりも、ある意味で。

だがしかし。

二葉は去年――小説家として、デビューした。

父親と同じ、通俗娯楽のジャンルにおいて。

――無論。

だからどう――ということも、ない。

やはり、どうでもいい。

どうでもいいことだ。

父親と同じく、姉妹が共に小説家になったことは、それは確かに、因縁《いんねん》めいたものを感じざるを得ないことだが、しかし、そんなことを気にするほど、一葉の神経は細くない。

神経の図太さには自信がある。

だがしかし――

「あれのあれは、小説じゃないでしょう」

苦々《にがにが》しげに――

むしろ憎々《にくにく》しげに、一葉は言った。

「切暮さんには何度も言ったよう——私はこの世界に小説なんてものは存在しないと確信してはいますけれど——しかしそれにしたって、あれはいかにも酷い。小説もどきですらない、作文以下です。蛙鳴蝉噪《あめいせんそう》という四文字が羅列してあるようにしか私には見えません。あんなものを評価する人間がいるということが——私には我慢ならない」

それを見たとき——

一葉と二葉との間の亀裂《きれつ》は、決定的になった。

「でも——」

ここで切暮は、ある意味とても編集者らしいことを言った。

「でも、売れてるらしいですよ」

「——売れている」

「ええ。私の部署の人間じゃありませんけれど、今度ウチの会社でも一本頼もうかと思っている編集者もいるようで」

よろしくと言われています、と切暮。

それを聞いて、益々《ますます》眉《まゆ》を顰《ひそ》める一葉。

汚いものでも見たかのように。

「売れることが、正義ですか？」

「正義ではありませんが、力ですね」

「力？」

「力の証明には、なるでしょう」

「力に証明が必要ですか？」

「証明があれば、力があると主張することは、少なくとも可能ですから」

切暮は知ったようなことを言う。

「確かに文章に稚拙《ちせつ》なところはありますけれど、実際、編集者の間でも、二葉さんの文章は読みやすいと評判ですし」

「読者が読みやすい文章というのは作者にしても書きやすいものなのですよ。裏を返せばただ単にテクニック不足ということです」

「先生は純文《じゅんぶん》の人ですからね。エンターテインメント主体の二葉さんとは、スタンスが違うってことじゃないですか？　哲学とか」

「だから――それ以前の問題なのですよ」

よくある言葉で無難にまとめようとする切暮に、一葉は若干語気を荒《あら》げて、言った。

「あと、純文学とかエンターテインメントとか、編集の人間が文章をそういう風にジャンル分けするのに携わる、私にはあんまりいいことだとは思えません。気持ちいいことだとはね」

「ああ――そうでしたね。失礼しました」

少し前に議論になり、既に決着のついたことなので、切暮はすぐに頭を下げた。そこに畳《たた》み掛《か》けるように一葉は、

「それにしたって、あれは通俗であるだけであって――娯楽じゃありませんよ。お近付きになりたいとは思えない。才能なんて全く欠片《かけら》もない、周囲からいいように踊《おど》らされているだけ――あの女の文章は、それだけの文章に過ぎません」

と言った。

「いや、でも――好きで、読んでいる人がいる以上は――」

「あれがそれでも娯楽であるのだとすれば――それは他人の失敗を見て嘲笑《あざわら》うような、とても下品な種類の娯楽でしょうね。あれのあれは――ただの、子供の落書きなのですから」

「落書きだなんて――酷いなあ。言い過ぎですよ、先生。たとえ先生にとってそうでも、そう思っても、そこまで言うことないじゃないですか。そんなきつい言い方をわざわざすることはないですよ。いくら嫌いだからって」

切暮は、恐らくは、何とはなしに、言った。

「――二人きりの、姉妹でしょうに」

「二人きり？」

その言葉に──一葉は、心底《しんそこ》、鼻白《はなじろ》む。

表情に出たかもしれない。

二人きり？

「あの女と二人きりになったことなど、一度もありませんよ──会うときは、いつも別枝さんが一緒でしたから」

「いえ、先生、そういう意味でなく──」

切暮はそんなことを言ったが、しかし、そういう意味でないのは、むしろこっちの方だった。だが──それこそ、馬鹿馬鹿しい限りだ。

偉大なる父に──優秀な妹。

売れることが力だとすれば──まさにそうなる。

そういう定義になる。

それを否定することはできない。

それを否定することは、敗北だ。

だからといって、その間に自分が挟《はさ》まれているかのような気持ちになるのは──不愉快だった。そもそも、この裏腹亭に来るにあたって、取材旅行でもないのに切暮に同行してもらったのは、むしろ彼女の方が乗り気だったことや、ここまでの道のりのアシという問題も勿論あったがそれ以上に、あの女と二人っきりになる可能性を少しでも潰《つぶ》しておきたかったから——というのが大きいのに、いちいち、こんなことで切暮と言い合っていたら本末転倒である。一葉はそう思って、「しかし、それにしても、宝物ですか」と、多少強引にではあったが、話を戻すことによって、話を変えることにした。

「確かに——しかし、あるならあるで、見てみたいかもしれませんね。スケアクロウさんを見てみたいのと同じ意味で、全く同じ意味で、確かに見てみたいかもしれません——」

実在するかどうかもわからない、宝物。

それもやっぱり——

あの、『開かずの間』に、あるのだろうか。

「それによって、私は生まれて初めて——小説と言うものを、読めるかもしれませんから」

□　□

裏腹亭。

かつて稀代《きたい》の巨匠《きょしょう》、悪魔の大作家、推理小説の鬼、乱歩《らんぽ》正史《せいし》に続く三人目——とまで高く高く評《ひょう》されたことのある小説家、髑髏畑百足が拠点《きょてん》とし、そしてその姿を消してしまった最後の場所である、岐阜県の山中の——その建物。

その座標へと向かう唯一の、あまりに頼りなく草木に侵食されるばかりの、軽自動車が一台通るのがやっとというような、道とも言えないその道を――歩いて登ってくる、影があった。

生地《きじ》の厚いズボンに、裾《すそ》の長いジャケット。

靴《くつ》だけはかろうじて登山用のそれ。

風格や貫禄《かんろく》からして、少なくとも二十歳は過ぎているのだろうが、しかしとてもそれ以上には見えない、幼《おさな》い顔つきで――男は、口笛を吹きながら、一歩一歩、裏腹亭へと、近付いていく。

そうは言っても、クルマでもなおさらなのに、徒歩では到着まではかなりの時間を要するだろうが――

男はそんなこと、意に介《かい》す風もない。

むしろ、この山道を登るのが楽しくて楽しくて、今この瞬間が楽しくてたまらないとでもいうように――にこにこ顔で、汗一つかかず、歩いている。

口笛交《ま》じりに。

とても――楽しげに。

まるで、長い間音信不通だった親友とこれから再会するかのような――そんなほがらかな笑顔で歩く。

男の名前は海藤幼志《かいとうようし》。

日本探偵倶楽部《くらぶ》第三班所属――

特別知能窃盗《せっとう》犯罪S級担当部、部長。

空想上の生物でしかないとまで思われていた三重殺のスケアクロウを、かつて捕《つか》まえたことのある――唯一の人間である。


（続く）

第二回

『二人』

「そうしたまえ。我々が犯罪をつき廻したって、迷路をさまよい、やたらに犯人を製造するばかりさ。全くもって、小説家にとっちゃ、犯人ならぬ人間は有り得ないから、考えてみたって、全然ムダだ」

――坂口安吾

『不連続殺人事件』

登場人物紹介

海藤《かいとう》幼志《ようし》——探偵。日本探偵倶楽部所属。

刑部《おさかべ》山茶花《さざんか》——泥棒。通称スケアクロウ。

髑髏畑《どくろばたけ》一葉《いちよう》——小説家。百足の長女。

髑髏畑《どくろばたけ》二葉《ふたば》——小説家。百足の次女。

髑髏畑《どくろばたけ》百足《むかで》——小説家。現在消息不明。

切暮《きりぐれ》細波《さざなみ》——編集者。講談社社員。

別枝《べつえだ》新《あらた》——執事。裏腹亭管理人。

□　□

その手紙が一葉《いちよう》の下《もと》に届いたのは、ほんの一週間前のことだった。

予告状

髑髏畑《どくろばたけ》一葉様

来たる七月二十四日、貴女《あなた》のお父上である髑髏畑百足《むかで》先生の最後の作品を頂戴《ちょうだい》しに裏《うら》腹亭《はらてい》に参《まい》ります。どうかお構いなく。

刑部山茶花《おさかべさざんか》

手書きのサインと共に記《しる》されている刑部山茶花という名前に、一葉は全く心当たりがなかったが、しかしインターネットの検索《けんさく》エンジンで調べてみたら、その正体はすぐに割れた。

一回の盗みにつき三人殺す。

人呼んで三重殺《トリプルプレイ》の案山子《スケアクロウ》――

通称、大泥棒《おおどろぼう》・スケアクロウ。

さすがに、その名前には――心当たりがあった。

アルセーヌ・ルパンや怪人二十面相《かいじんにじゅうめんそう》、古いところでは鼠小僧次郎吉《ねずみこぞうじろきち》、石川五右衛門《いしかわごえもん》――要するにああいった周辺をイメージさせる、芸術家としての泥棒――として、一時、メディアを賑《にぎ》わせた存在。

あれは一種の、ムーブメントだった。

病のような流行だった。

確か、スケアクロウが一番取りざたされたのは、一葉が小説家になってすぐの頃だったから、五年前辺りのことだったはずだ。鮮《あざ》やかな手口と胸のすく結果で、あくまで若者層の一部に、という限定条件つき、前置き掛かりではあるが、ちょっとしたヒーローのような扱《あつか》いを受けて、当局の頭を悩《なや》ませていた。

活動場所は特に限定されておらず、網走《あばしり》刑務所を襲《おそ》った次の日には西表山猫《いりおもてやまねこ》を狙《ねら》ったり、まさに神出鬼没《しんしゅつきぼつ》の、広域窃盗《せっとう》犯。ふざけた文面の予告状を、事前に送りつけることも――有名な話のようだった。

その署名《しょめい》が『案山子《かかし》』だったことから、スケアクロウと呼ばれたその大泥棒は――最終的には、京都駅ビルを盗み取ろうとした際に京都府警に逮捕されたというのが、公式の記録だ。

ヒーローはあっさりと地に落ちた。

それは、ただ失敗して捕《つか》まったからというわけだけではなく――彼が、刑部山茶花というごく普通の名前を持つ一人の人間であることが明らかになったからというわけでもなく――その後の調べで、スケアクロウが一回の盗みにつききっちり三人、人間を殺していた、大泥棒どころか殺人鬼の名に値《あたい》するような、凶悪な行為に及《およ》んでいたことが明らかになったからである。

窃盗犯どころか――強盗殺人犯だ。

ゆえに――三重殺の案山子。

――もっとも。

一回につき三人云々《うんぬん》のエピソードは、逮捕後も冷《さ》め遣《や》らぬスケアクロウ人気への対抗案として、当局が発表した虚偽《きょぎ》の情報である疑いも、少なくないとか――否《いな》。

それをいうなら、もっと根本的に、そもそもそんな泥棒など最初っから存在していたのかどうかも――どうやら、怪《あや》しいらしい。

都市伝説としての泥棒なんて――よくある話過ぎて、一葉あたりにしてみれば例を挙げる気にもならないけれど。

しかし、少なくとも現に、スケアクロウに関する情報は、ある程度以降、すっぱりと途絶《とだ》えてしまっているわけで――

——私も忘れていたぐらいだ。

刑部山茶花という名前も、ならば聞いたことくらいはあったはずなのに、それをすっかり忘れてしまうくらいに——続報がなかったということだ。

——ふむ。

しかし、考えてみれば——いずれ、スケアクロウが存在していようがしていまいが、そんなことは、この場合、何の影響もない。どちらでもいい。どちらにしたところで、この『予告状』などと銘打《めいう》たれた手紙は、ただの悪戯《いたずら》に決まっているのだから。スケアクロウが存在しているのなら、どんなによくたって未《いま》だ刑務所の檻《おり》の中から出られるわけがないはずだし、まして存在していないなら、予告状が届くわけがない。

『案山子』ではなく『刑部山茶花』と本名を書いていることの意味はよくわからないが、しかし、深く考えるほどのことはないだろう。

一葉はそう考えて、その手紙をそのままシュレッダーに通しかけたが——すんでのところで思いとどまった。

——髑髏畑百足先生の——最後の作品？

その単語が——気になったのだ。

失踪《しっそう》した父親の最後の作品といえば、普通に考えればそれは失踪直前に出版した本——ということになるのだろうが、しかし、その手紙から伝わってくるニュアンスは、なんだか、違う。

違う。

文章が違う。

文脈が違う。

裏腹亭の名が出ていることが——違う。

本ならば書店で売っているのだから、あんな辺鄙《へんぴ》な山奥にまで盗《と》りに行く必要など、まるでないのだから——ならば何故、あんな辺鄙な山奥まで。

裏腹亭に——

裏腹亭に、何があると言うのか。

このとき、一葉に、何か確《かく》たる考えがあったわけでも、思いついたわけでもなかったが——しかし、とりあえず彼女は、手紙をシュレッダーにかけるのだけは、なんとなく、やめにした。

無造作《むぞうさ》にその辺に放置したというだけの違いでしかなかったけれど——しかしその手紙を、たまたま一葉の家にまで原稿を取りに来た編集者、切暮細波《きりぐれさざなみ》が手に取ったことで、事態は急転した。

「先生——これは」

切暮は手を震《ふる》わせながら言った。

「裏腹亭にお父上の遺稿が眠っているということではないですか！」

一葉の父、髑髏畑百足は、あくまで行方不明であって、死亡説はあってもその説が何らかの証拠をもって確定しているわけではなく、その意味では『遺稿《いこう》』というその言葉のチョイスは間違っているというより不敬ですらあったが、しかし——

——しかし、それなら。

一葉は考えた。

もしそうだとすれば——

この手紙は本物かもしれない。

本物の——予告状なのかもしれない。

順当に考えれば、一葉が百足の娘であることを知った、父親の熱狂的なファンか何かの悪戯と推測するのが妥当《だとう》なのかもしれないが——それが普通なのだろうが、しかし、その可能性に気付いた上で見過《みす》ごすことは、一葉には、できなかった。

ただの泥棒というのなら、看過《かんか》したかもしれない。

父親の書いた文章が、裏腹亭の何処《どこ》かにあるのだとしても——そんなことはどうでもいい。

ただ——予告状が本物で、スケアクロウが実在の人間だとすれば——その作品とやらを盗むために、彼、刑部は、三人——人を殺すということになる。

三重殺。

そして過去現在通して見ても、裏腹亭に関わる人間——関わってきた人間というのは、たった三人しかいない。それはたったというべきか、ぴったりというべきか——

髑髏畑百足。

髑髏畑二葉《ふたば》。

別枝新《べつえだあらた》。

行方不明の父親や、険悪《けんあく》な間柄《あいだがら》である実妹《じつまい》であっても、さすがに死んで欲《ほ》しい、殺されてしまえとまで思っているわけではないし、別枝に至《いた》っては一葉からすれば本当にほとんど無関係の他人だ。交わした言葉は社交辞令のみといっても過言《かごん》ではない。そんな無関係の他人が殺されるかもしれない可能性は——放っておけなかった。

そんなわけで、その手紙を持って警察に行ってみたのだが——案《あん》の定《じょう》というべきか、一笑《いっしょう》に付《ふ》されて、それだけで終わった。

あるいはそれがなかったら、案外《あんがい》、一葉は切暮にクルマを走らせてもらって、裏腹亭に向かうことはなかったのかもしれない。そのとき対応した警察官の、人を茶《ちゃ》にした不愉快な態度が、プライドの高い彼女を意地にさせたという側面を否定することは無理があるだろう。

ともあれ。

そんなわけで、髑髏畑一葉と切暮細波は、七月二十四日、岐阜《ぎふ》県山中、裏腹亭に到着し——

□　□

「——到着した、というわけですか」

そこまで、ほとんど相槌《あいづち》もはさむことなく、黙《だま》って話を聞いていたその男——海藤幼《かいとうよう》志《し》と名乗ったその男は、得心《とくしん》いったという風《ふう》に、一葉を見、別枝の淹《い》れた紅茶を口にした。

——なんか——胡散臭《うさんくさ》い。

それが、一葉の、海藤に対する第一印象だった。

生地《きじ》の厚いズボンに、裾《すそ》の長いジャケット。

風格や貫禄《かんろく》からして、少なくとも二十歳は過ぎているのだろうが、しかしとてもそれ以上には見えない、幼《おさな》い顔つき。

ついさっき、この裏腹亭のインターホンを鳴らした海藤は——その五分後の現在、当たり前のような顔をして、リビングのソファに腰掛《こしか》け、一葉から話を聞いているわけだが。

――どうして。

どうして私はこんな男に、ぺらぺらとことの内情を語って聞かせているのだろう――と、全《すべ》てを語り終えて、今更《いまさら》、一葉は怪訝《けげん》に思った。

――こんな。

こんな――胡散臭い男に。

なんだか――さっきまでは、まるでそんなことを思いもせずに、海藤に色々喋《しゃべ》ってしまったが――今となっては、言葉巧《たく》みに乗せられたのでは、というような、そんな、後悔《こうかい》にも似た気持ちが、一葉の胸中《きょうちゅう》に押し寄せてくる。

目が醒めたような。

熱が冷めたような奇妙な気分。

「ああ。おいしい紅茶ですねえ、これ」

そんな一葉の心境など知ってか知らずか、海藤はにこにこ顔で、そんな暢気《のんき》な――今、一葉の隣《となり》に腰掛けている編集者、切暮と同じようなことを言った。

――紅茶がおいしいなんて――変。

紅茶は――飲み物なのに。

「失礼ですが――海藤さん」

「はい？　なんですか？」

「あなたが有能な探偵だというのは――本当に本当なのですか？」

「本当ですよ。やだな」

そこを疑われては心外だとでも思ったようで、海藤は居住《いず》まいを正し、一葉に向かう。

「日本探偵倶楽部《くらぶ》第三班所属――盗難系の犯罪を専門に扱っている探偵です。さっき、ブルー・ＩＤ・カード、見せたでしょう？」

「その……、日本探偵倶楽部というのが――私には、もうよくわからないのですけれど。組織――なのか、組織だとして、どんな組織なのか」

「んー。軽くとはいえ、一応ちゃんと説明したつもりだったんですけれどね」

海藤は腕を組む。

「そちらの編集者さんは、如何《いかが》です？」

「へ？」

突然話を振られて、面食《めんく》らった風の切暮。

「あ、いや――私も、あまり」

「そうですか。なあんだ。思ったより、まだ知名度、低いんですね――日本探偵倶楽部をそもそも全く知らないんじゃ、この海藤幼志の名前を知らなくても、そりゃ当然か」

でもそれでもスケアクロウの名前は知っているんだから世の中ってのは不公平ですよ

ねえと、海藤は、まるで同意を求めるように、一葉に向けてそんな台詞《せりふ》を言った。

——求められても。

困る。

理屈でいえば、この場合困らせているのは一葉なのだから。

「んじゃ、一から説明しますと——日本探偵倶楽部ってのは、簡単に言うと探偵集団ですよ。ああ、簡単に言うと却《かえ》ってわかりにくいかな——探偵というものは、ご存知《ぞんじ》ですよね？　何せ、一葉さんはあの髑髏畑百足さんの娘さんでいらっしゃるわけですから」

「——そういう言われ方は不愉快です」

一葉は気分を害したことを隠そうともせず、海藤の言葉を遮《さえぎ》った。

「まるで私にはそれ以外の価値がないかのような言い方——それは私の人格を否定するのと同じです」

「あ、いえ、そういうつもりでは」

海藤は慌《あわ》てたようにそう言って、困ったような笑顔を作る。

——よく笑う。

愛想笑《あいそわら》いというより、元々そんな形であるかのように。

よく笑う。

「探偵といえば——犬のようにペットを探したり、ストーカーのように浮気相手を探《さぐ》る、確か、ああいった人たちのことを言うのではありませんか？」

「――ひどく人格を否定されている気分になりましたが、お互い様ということで我慢しましょう。それはともかく、いえ、僕《ぼく》が今言っているのは、そういう真っ当な探偵のことではありません。いわゆる推理小説に出てくるような、名探偵のことです」

「えっと――推理小説に出てくるような――というと、明智小五郎とか、金田一耕助とか？」

「そうです。シャーロック・ホームズとか」

わが意を得たりと、海藤。

なるほど、と一葉は、先ほどの海藤の言葉の意味を理解した。父――髑髏畑百足の書く小説は主に通俗娯楽《つうぞくごらく》のジャンルだったが、その中でももっとも得意としたのが推理小説という分野だったらしい。らしいというのは、つまりよく知らないからで、父親の作品のみならず、一葉は狭い意味でも広い意味でも推理小説そのものをほとんど読んだことがないからで、だから探偵といわれてもすぐにそちらを連想することができなかったのだが、ともかく。

――そういうことか。

「そういった人間を集めて作った組織ですよ――言うならば民間警察のようなものですね。あくまで警察庁の許可を受けた上でではありますけれど、捜査権を持っている民間人なんて現代では日本探偵倶楽部の従業員くらいのものですよ」

「へえ――」

そういえば、さっき、ブルー・ＩＤ・カードとかいう身分証明証を玄関口でこちらに見せたときに、そんなことを言っていたような気もする。

言っていなかったような気もするが、多分、言っていたのだろう。

「――すごいんですね」

実際は何がどうすごいのか、一葉にはよくわかっていないけれど、とりあえずそう言ってみた。すると、褒《ほ》められたと素直に受け取ったのか、

「それほどでもありませんよ」

と、海藤は照れ臭そうにした。

胡散臭い。

「それで――どうしてその日本探偵倶楽部所属の探偵さんが、こんなところに？」

粗忽者《そこつもの》の本領発揮というべきか、切暮の方は一葉が感じているような胡散臭さを全然胸に抱いてはいないようで、そんな迂闊《うかつ》な質問をした。

その質問では――相手を認めたようなものなのに。

「勿論《もちろん》、スケアクロウを捕《と》らえるためですよ」

海藤は、切暮の質問に、普通に答えた。

「それが、探偵の仕事ですから」

「――そんな依頼をした憶《おぼ》えはありませんけれど」

正確なところはよくわからないが、しかし、探偵というのはそれがどんな種類のものであっても、依頼があって動くような存在であるはずだ。

一葉は依頼していないし――切暮も依頼していない。まして、この裏腹亭の二人が、そんなことをするとも思えない。しかし、だとしたら――

「あ。ひょっとして、先生、あれじゃないですか？　あれあれ。あの、先生がまず相談に行った、おまわりさん――」

「その通りですよ」

切暮の推理を、首肯《しゅこう》する海藤。

「我々日本探偵倶楽部と日本警察機構は、色々軋轢《あつれき》もないわけではありませんが、基本的にはツーカーの間柄ですからね――つまり、依頼人は警察と思っていただいて結構です」

「――はあ」

気の抜けた声で、一葉はとりあえず頷《うなず》いたが――しかし、今の海藤の言葉は、要するに、日本探偵倶楽部とやらは、警察と同等の捜査権どころか、それ以上の権力を持っているだろうことを示唆《しさ》しているのではないだろうか――

――権力というより。

力――か。

ともあれ、と一葉は考える。

この男の言うことが本当だとするなら、いくら胡散臭いからといって、おいそれと追い返すわけには行かないということだ――いや、そもそもこの裏腹亭は一葉の持ち物ではないから、そうでなくとも、一葉が海藤を勝手に追い払うことなんて、できないのだが、それでも。

「捜査権はあっても逮捕権はないんですけれどね」

などと、とぼけたことをいう海藤。

「しかし、それなりに助けにはなれるだろうとは自負しておりますよ――僕は日本探偵倶楽部第三班所属、特別知能窃盗犯罪S級担当部、部長ですからね。倶楽部の中じゃ、もっとも泥棒相手に特化した探偵なのですから」

「そうなんですか――だったら」

そこで――

切暮に少し遅れる形で、一葉もとりあえず海藤のことを認め――質問に転ずることにした。もし、この男が本当に本人の言うよう泥棒相手に特化した探偵だというなら――

「だったら、教えてほしいのですけれど――海藤さん。スケアクロウという泥棒は、本当に――存在するのですか？」

「します」

全ての本質を根本から問い質《ただ》すような一葉の台詞に、海藤はあっさりと答えた。

「それは間違いありません――ただし、一度捕らえられたあと、隠蔽《いんぺい》されてしまいましたがね」

「隠蔽？」

「ままあることなのですよ――あまりにも凶悪な犯罪はね、L犯罪と言って、世間に対する公開を政府レヴェルで禁止されてしまうのです。あんまりおおっぴらに使いたい言葉じゃありませんが、いわゆる、情報統制という奴《やつ》ですか――」

「――でも、スケアクロウそのものの情報は――インターネットで、いくらでも集めることができましたけれど」

「個人の口に戸は立てられませんからね」

苦笑のような表情を浮かべる海藤。

「だから最近は、情報をただ規制するよりも偽《にせ》の情報をどんどん流す方が、有効な手段になっているようですね――元々スケアクロウは、ヒーロー扱いを受けるに足る、愉快な愉快な愉快犯だったので、情報統制には及ばないだろうとL犯罪指定は受けていなかったんですけれど――盗人《ぬすっと》を捕らえてみればっていうのとは違いますが、蓋《ふた》を開けてみれば、とんでもない――殺人鬼だったわけで」

「殺人鬼」

三重殺の案山子。

嘘《うそ》じゃなかったのか。

「ええ。だから、後付《あとづ》けで——L犯罪に位置づけられた、極めて稀有《けう》な例とでも、言ったところなんですかね——」

——だから。

だから、都市伝説化——か。

続報がないわけだ。

「でも、それでも——ですよ」

次の質問をしたのは、切暮だった。

「スケアクロウは——捕まったんでしょう？」

「——ええ」

海藤は頷く。

表情を苦笑《にがわら》いから——苦々《にがにが》しいものに変えて。

「ただし、一ヵ月もしない内に、脱獄《だつごく》してしまいましたけれどね」

「だ——脱獄」

「それ以来、ずっと——約五年に亘《わた》って、音沙汰《おとさた》がなく、消息不明という有様だったのですが――」

消息不明――行方不明。

髑髏畑百足。

五年前なら――同じ頃か。

勿論そんなことはただの偶然に決まっているのだろうけれど、と一葉は、自分の思い浮かべた考えを、即座に否定する。

否定する。

「今回――ようやっと、その尻尾《しっぽ》をつかめそうなのでね――僕の出番とあいなったわけです」

そこで、にやりと、海藤は微笑《ほほえ》んだ。

「僕のような若造《わかぞう》が担当では、あなたがたはひょっとしたら少なからぬ不安を感じられるかもしれませんが――しかし安心してください。僕は自身の存在を証明してみせます。大泥棒にして殺人鬼、三重殺のスケアクロウなんて、とんでもなくふざけた男に――」

「――正義の力を示すことでね」

正義。

臆面《おくめん》もなく、まっすぐにそんな言葉を口にした、この男に――

やっぱり、一葉は、胡散臭さを感じたけれど。

しかし、隣の切暮は、ただ単純にその台詞に感じ入ったようで、ほう、と、感心したような息を漏《も》らした。

「少なくとも――あなたの立場は理解しました」

一葉は居住まいを正し、言った。

「しかし、この裏腹亭の現在の主人は妹の二葉ですので――もしもこの家での滞在《たいざい》を望むというのでしたら、彼女に許可を取っていただかないと――」

「妹の――ああ」

海藤はぽんと手を打って、

「存じ上げておりますよ」

と言った。

そりゃ彼女は有名ですからね、という言葉が口をつきそうになったが、一葉はすんでのところで思いとどまる。

まるで僻《ひが》みだ。

嫌みではない――僻み。

「勿論、実際、あの妹に管理能力なんてあるわけがないですから、管理人は先ほどの別枝さんということになりますけれど――」

「そうですか。ええ、大丈夫ですよ、滞在費くらいは経費で落ちますし――あなたがたに負担を強《し》いることは一切《いっさい》ありません。それに、もしもスケアクロウを捕らえることができたなら、あなたがたにもそれぞれ報奨金《ほうしょうきん》が出ると思いますから――」

それに、と海藤。

「二葉さんだって、自分の父親の最後の作品を――守りたくないわけが、ありませんからね」

「最後の――作品」

その言葉に――一葉は、反応した。

実在するかどうかわからない――宝物。

スケアクロウの方は、実在したわけだが。

「でも――海藤さん。そもそも、そんなものがあるかどうか――私達には、分からないんです。髑髏畑百足の未発表原稿がもしもこの裏腹亭にあるというのなら、それはそれで確かにものすごい発見であることくらい、私にだって分かりますけれど――でも、そんなものがあるなんて保証はないんです。別枝さんでさえ、そんなものは聞いたこともないって――」

「ありますよ」

先刻と同じように──

海藤はあっさりと、肯定《こうてい》した。

「スケアクロウは、いつだって、そういう手法で──とても盗めそうもないものばかり、盗んできたのですから」

だから──

「予告状に、ここでそれを盗むと書いてあったというのなら──奴は、ここでそれを盗むつもりなんです。それだけなんですよ」

刑部山茶花とは、そういう男なんです。

海藤は、含《ふく》みを持たせて──そう言った。

その雰囲気《ふんいき》に、一葉は、胡散臭さ以外のものを、わずかにではあるが、感じ取った。

なんだか、この男とスケアクロウ、刑部山茶花との間には、探偵と泥棒という関係ではない、もっと深い、密接な関係でもあるんじゃないだろうか──と。

そんなことを、思った。

「何、それがこの裏腹亭のどこにあるのか分からないっていうんだったら、それを探すのも僕の仕事ですよ。お任せください。それはボランティアというか、ま、サービスということで。大丈夫ですよ、髑髏畑百足の最後の作品となればそれは日本探偵倶楽部にとってみてもかなりの値打ちがある代物ですけれど、別に証拠物件として押収《おうしゅう》したりはしませんから」

「はあ――」

「そうそう、その代わりと言ってはなんですけれど、一つ、個人的なお願いがあるんですけれど」

と、最後に海藤は付け加える。

「もしも、スケアクロウを退け、そしてその未発表原稿をこの裏腹亭の中から見つけ出すことができれば――一回でいいですから、その原稿、僕に読ませてはもらえませんかね？」

大ファンなんですよ、と海藤は言った。

それに対し、
一葉は、何かを言おうとして――

い、い、い、い、
したところで。

「構いませんよ、探偵さん」

――と。

リビングに、誰《だれ》かが――這入《はい》ってきた。

誰か、なんて考えるまでもない。

白砂糖に甘えたような、舌《した》っ足《た》らずな声音《こわね》。

一葉は顔を起こし、その姿《すがた》を捉《とら》える。

灰色の長袖《ながそで》パーカー、デニムのホットパンツ。

裸足《はだし》。

大人のする格好では、とてもじゃないが、ない。

化粧《けしょう》などしているわけもない。

切暮ならばそうはいってもぎりぎりで――自分の姉の身内《みうち》だからともかくとしても、全くの赤の他人である海藤の前に、そんな寝巻《ねま》き同然の姿で出てくる常識性の無さが、一葉にとっては、それが自分のことでもないのに、自分のこと以上に、恥《は》ずかしい。

海藤は――

海藤は、彼女を見て、呆《ほう》けていた。

呆然《ぼうぜん》と、していた。

彼女の服装に――ではないだろう。

何故なら、彼女は、去年小説家として世に出たものの、一貫してその姿を衆目《しゅうもく》の前には晒《さら》していない――顔写真さえも公開していない。ゆえに、海藤が彼女の小説の読者だったとしても、彼女を見るのは、これが初めてのはずなのだ。

だから――呆けている。
一、葉、に、そ、っ、く、り、な彼女の顔を見て――呆然と。

呆然と、している。

さすがに、双子とみまごうばかりとまではいかないが、こうして並べて見れば、一葉との間には確実に血縁関係があることが瞭然《りょうぜん》である、彼女の顔つき、その表情。

一葉本人から見ても――否、一葉本人だからこそ、その彼女の姿を見ると、あたかもそれは、昔のアルバムでも見ているかのような、そんな錯覚《さっかく》に捕らわれてしまう。

それが――不愉快だった。

いくら同じ両親を持つ姉妹だからといったって――

――ここまで似ることは、ないだろう。

ともあれ――
裏腹亭の現主人、髑髏畑二葉の、登場だった。
自然――一葉の態度が、硬《かた》くなる。

表情が、硬くなる。

そんな一葉を、二葉は見て、
にっこりと微笑し、

「お久しぶり、お姉さま。健在そうで何よりですわ」

と。

それだけ言って、それだけで、本当にそれだけで、それだけでしかなく、二葉はすぐにその視線を、海藤の方へと転じ——

「お父様の遺作。とても興味深いお話ですわ、探偵さん——是非に見つけてくださいな。そうお願いしても、よろしくって？」

と、言った。

遺作——と、言ったのだった。

□　□

海藤幼志は実際のところ正義なんて概念《がいねん》は全く信じていなかったし、逆に、それほど頼《たよ》りなくくだらないものは他にないとまで思っていた。

正義を憎んでいたといってもいい。

何故なら、正義のための凶悪犯罪も正義のための殺人鬼もこの世界には数多く存在していることを、既《すで》に少年時代から、彼は知っていたからだ。

己《おのれ》の経験をもって、よく、知っていた。

だから、彼が探偵を職に選んだのは、そもそも社会正義とはなんら関係ないし、法律を遵守《じゅんしゅ》する番人になろうと思っていたわけでもない。

単純に、推理小説が好きだったからだ。

推理小説に出てくる名探偵に憧《あこが》れて――

海藤幼志は日本探偵倶楽部の門を叩《たた》いた。

それは、中学校を卒業してすぐのことだった。

地味な下積みを経験してからしばらくして――五年前、彼は、究極の大泥棒、スケアクロウの犯罪を未然に防ぎ、スケアクロウの身柄を拘束《こうそく》することに成功した。

逮捕まで一年近くかかったが――功績《こうせき》だった。

まだ全然新人の頃の話である。

新人というならその五年後の現在辺りでもまだ全然新人のままで、部長職なんて正直言って自分には重荷だと彼自身は思っていたけれど――

しかし、どうやら。

日本探偵倶楽部総部長の言葉によれば、しかしどうやら、海藤幼志には、そういった方面の才能が——あるらしかった。

それは——本音を言うなら、海藤幼志本人としては、探偵職の花形《はながた》である、倶楽部第一班の特別連続殺人担当部あたりに憧れを抱《いだ》いていたのだが——しかし逆に、総部長直々に、言外に、お前にはそういうのは向いていないよ、と言われてしまったようなものだった。

正直、心外ではあった。

大体、海藤という苗字《みょうじ》の自分が泥棒——つまり怪盗を追うだなんて、くだらない言葉遊びのようで、ぱっとしない感があった。実際、警察や他の探偵組織に協力を求める際、ブルー・ＩＤ・カードを提示すると、みな一様に、彼の苗字に失笑《しっしょう》するのだった。

だから彼は、名を名乗るときに、

——海藤幼志です。

と、フルネームで名乗ることを忘れなかった。

それにしたって解答用紙との洒落《しゃれ》になってしまっていて、彼はその点において酷《ひど》く両親を恨《うら》んでいるものだったけれど——

それはさておき。

しかし、彼が正義を信じていないタイプの探偵だからと言って、それこそ倶楽部第一班の花形探偵達と同様に、犯罪者との知恵比べを純粋に楽しめるような一種の異常さを持ち合わせているかと言えば、そういうわけでもなかった。

人が殺されるのは嫌いだったし。

死体を見ると嫌《いや》な気分になった。

だから――

総部長の言うよう、そういった方面こそが――そもそも海藤幼志にはお似合いだったのかもしれない。才能の有無自体は、ともかくとして。

ともかくとして、だ。

そういった方面の才能。

総部長のその言葉には、三重殺の案山子に対し勝利を収めた功績が基盤として底にあるのだろうが、しかし、彼自身は、あの勝負は、引き分け以下の結果だったのではないかと思い、周囲にもそう漏らしていた。

結局、最終的には逃げられたからだ。

それは彼の責任ではないけれど。

だから――

彼は探偵として生きてきた、そう長くない時間の中――自分の基盤の曖昧《あいまい》さを、ゆるゆるみたいな土盤を、多少ながら不確かに感じていたのだった。

そして、だから。

だからこそこのたびの、髑髏畑百足の未発表原稿を狙うというスケアクロウの予告状が、百足の長女の下に届いたという警察からの情報に——

彼の心は、躍《おど》った。

ほとんど五年振りに、躍った。

今度こそ——と、思ったのだった。


つまり、私情だ。


正義ではなく、私情。

私情でしかない。

海藤幼志が裏腹亭へ向かう決意をしたのは、あくまで、私情の結果なのだった。

否、正義すら、突《つ》き詰《つ》めれば私情の一種だろう。

公憤《こうふん》も義憤《ぎふん》も、所詮《しょせん》は私憤の一種類。

『探偵なんてのは所詮テメエ勝手な生き物よ——何一つ他人のことなんか考えてやいやしない』

このフレーズは日本探偵倶楽部内偵《ないてい》第ゼロ班に属し、自分自身探偵でありながら探偵という生き物を何よりも軽蔑《けいべつ》していた、とある探偵の言葉だが——

それは海藤幼志にも、どうやら当てはまるようだった。

所詮、現実は——物語のようには行かない。

事実は小説よりも奇なり——などというのも、所詮は小説の中の、一つの文章でしかないのだ。

閑話休題《かんわきゅうだい》。

リビングで、裏腹亭の現当主である髑髏畑二葉への挨拶《あいさつ》を終え——この家の中における自由行動の許可を頂《いただ》いたところで、早速海藤は、捜索を開始した。まずは当然、一番怪しいと思われる地下の『開かずの間』へと、まるで隠し通路のような階段を降りて、移動する。

一人で、だ。

二葉が協力を申し出たが、それは固辞《こじ》した。推理は一人で行うのが、海藤幼志の主義だったからだ。無理して押し通すほどの主義ではないだろうが、できるだけそれに忠実でありたいと海藤は思う。

さて——

『開かずの間』の扉《とびら》は、鉄製だった。

見るからに重厚《じゅうこう》で、押してみるまでも引いてみるまでもなく、押しても引いても、ぴくりともしそうにない。

困ったものだ。

海藤は、もっと薄っぺらい扉を想像していたのだが――認識が甘かったことを痛感させられる。さすがは髑髏畑百足の仕事場――とでも言ったところか。

聞いた話ではあるが、百足は自分の原稿の扱いに対して、異常なまでに神経質だったのだという。通常、小説のゲラのチェックは初校《しょこう》と再校《さいこう》の二回なのだが、百足は出版社に対し、最低三回以上、ゲラを出すことを要求していたという。インタビューやエッセイでも、同じ条件を出していたというのだから平伏《へいふく》するしかない。どれだけ通信が発達しても完成した原稿をメールで送ることをよしとせず、どころか郵便局すら信用ならぬと、必ず編集者を自分のところにまで原稿データを取らせに呼んでいたというのだから極《きわ》まっている。作品のことをわが子のように愛する小説家というのは決して少なくはないが、百足はその更《さら》に上を行っていた――

――裏返せば、それだけプロってことか。

ならば――この扉の分厚《ぶあつ》さも、頷ける。

ここは仕事部屋であると同時に――金庫でも、あるのだろうから。

――となると。

海藤は思う。

となると、件《くだん》の未発表原稿――遺作とやらも、この中にある公算が大――だ。確か、予告状を受け取った長女、髑髏畑一葉も、そのようなことを言っていたし——

しかし、たとえそうだとしても、部屋の中に入れないのでは話にならない。地下だから、窓から入るというわけにもいかないし——と、海藤は、ドアノブの辺りに、視線を傾《かたむ》ける。

鍵穴《かぎあな》。

そこに、鍵穴がある。

無論、そこから部屋の中を覗《のぞ》けるようなレトロな代物《しろもの》ではない、むしろ最新式の鍵である——最新といってもむろんあくまで五年前の最新ではあるけれど。

——ピッキング。

できるかなあ、と海藤は首を傾《かし》げる。

それくらいの対策はしていそうだ。かといって、この扉の分厚さではサムターン回しというわけにもいかないし、そもそもそんなことができる構造なのか、どうかもわからない。扉の向こう側が、こちらからは窺《うかが》えない以上、下手《へた》な真似はできない。

——ふむ。

八方塞《はっぽうふさ》がり——というより、一方通行の通行止めといったような有様《ありさま》だ。しかし、もしもこの『開かずの間』にこそ未発表原稿があるのなら——

——案山子は、狙った獲物は逃さない。

ささて、トリプルプレイのスケアクロウならこの扉をどう開けたものだろうか――と。

海藤がそんなことを呟きながら、とりあえず試すだけピッキングを試してみるかと、ポケットから用具を取り出そうとしたところで――

「なりません」

と、さりげなくではあるが、しかし強い意志を持って、後ろから肩をつかまれた。全く気配を感じていなかったので――階段を下りてくる音すらしなかった――海藤は「うわあ！」と大声をあげて驚き、慌てて振り返る。

そこにいたのは――別枝新だった。

この裏腹亭の管理人――にして。

百足、そして今は二葉に仕《つか》える、老執《しつ》事《じ》。

別枝は――驚きのあまり呼吸が乱れてすらいる海藤を、何の感情もこもってなさそうな目で見つめていた。まるで、今までずっと後ろから見ていたかのような物腰《ものごし》だった。

――まさかな。

その考えに、海藤はぞっとしたものを覚えながら、

「や、やあ、別枝さんじゃないですか」

と言った。

どもってみせたのはわざとだ。

そうしている内に、冷静さを取り戻す。

「どうしたんですか？　手伝いなら不必要ですよ――というより、一人の方が、僕は動きやすいんで――」

「この部屋に百足さまの許可なく入ることは――なりません。扉に触れることすら、まかりなりません。たとえあなたが――日本探偵倶楽部の探偵様であろうとも、です」

目と同様、感情のこもっていない口ぶり。

――これも。

プロフェッショナルということか、と海藤は、幾《いく》らかの物怖《ものお》じを感じながら、「いや――いえしかし」と、精一杯の反論を試みる。

「僕は、二葉さんから、百足先生の原稿を探すよう依頼を受けて――」

「二葉さまのご命令よりも百足さまのご命令の方が上位に属します。この扉を開けては――なりません」

「――で、でも」

「なりません」

「で――いえ、わかりました」

これ以上何か言っても時間の浪費だと、海藤はすばやく思考を切り替えた。一葉やあの切暮という編集者、あるいは二葉を相手にしたときのように、この執事を言いくるめるのは無理だ、と判断したのだった。

さすがに――年季《ねんき》が入っている。

忠誠心にも、あるいは、器そのものにも。

老練というより――老獪《ろうかい》に近い。

ん、とそこで、海藤はふと思いつき、別枝に向けて、

「ちなみに、別枝さんがこの部屋に、最後に入ったのはいつなんですか？」

と質問した。

「入ったことはございません」

「へ？」

「一度も、ございません」

「でも――許可なく入ることを禁ずるってことは、許可があれば入ってもいいってことでしょう？」

「百足さまがご自身以外の人物にその許可を出したことは、一度たりともございませんから」

「へ――へえ」

そうなんですか、とかろうじて頷く海藤。

さりげなく背後の、鉄扉《てっぴ》をうかがう。

ということは――執事の別枝さえこの部屋の中が、一体どういう風になっているか、どういうことになっているか――わからないと、いうことだ。

なんとなく――ごくりと、唾《つば》を飲み込む。

「――では、別枝さん。そこまで言うなら、僕も無理矢理、この部屋に入ろうとは思いません」

今のところはね、と小声で、聞こえないように付け加えてから、

「でも、一応、この部屋の見取り図のようなものがあるようでしたら、それをいただけますか？　内部の構造くらいは知っておかないと、お話になりませんので」

と言った。

「かしこまりました」

全く間《ま》を空けずに、そう言われることを予測していたかのように即座に頷いて、そして別枝は、「それでは失礼します」と、少しも足音を立てないままに、来た道であるのだろう階段を、上り始めた。

その背中に、

「別枝さん」

と、海藤は言った。

「探偵は万が一の可能性も考慮しなくてはならないので、こんなことをあなたに訊《き》かなくてはならないのは、非常に心苦しいのですが――」

「なんなりと」

足を止め、振り向く別枝。

なんなりと、といいながら――

如実《にょじつ》に、拒絶の雰囲気を匂《にお》わせていた。

海藤は「えっとですね」と前置きして――

「こ、の部屋、の中、に髑、髏、畑百足、先、生、がい、らっ、しゃ、る、――なん、て、こ、と、は、あ、り、ま、せ、ん、よね？」

と、訊いた。

「――ございません」

まるで、それ以上の質問を禁ずるかのように、それだけ、ぴしゃりとした口調で言って――別枝は直後、踊《おど》り場《ば》を折れ、海藤の視界からその姿を消した。

それを受けて――

ふふふ、と、海藤は、一人、ほくそ笑む。

にこにこ顔で——腕を組む。

「さすがは髑髏畑百足大先生の周囲に集《つど》う者たち——面白い素材が揃《そろ》っているとでも言うべきかな。どうしようもなく心躍る登場人物が揃っているよ。おかしな話だ。みんな元気で、殺されるかもしれないっていうのに——」

登場人物は——これで、揃ったのだろう。

髑髏畑百足。

髑髏畑一葉。

髑髏畑二葉。

別枝新。

切暮細波。

そして——海藤幼志。

三重殺の案山子こと刑部山茶花は、これで果たして、この内三人、誰と誰と誰を殺す結果に終わるのだろうか——それは現時点では、海藤にすらわからないことだった。

犯罪を未然に防いでこそ、本当の名探偵——

ただし。

そんな離《はな》れ業《わざ》を実行している探偵など日本探偵倶楽部にだって一人もいないことは周知の事実どころか暗黙の了解であり——それは海藤幼志が、正義以上に信じていなかった、最高に胡散臭い——フレーズだった。

（続く）

第三回

『第三』

「ひひひひひ、女王様の首がなくなったそうだね。ひひひひひ、斬る首がなければ、死刑も出来ないはずだ。女王様のためには万々歳、あっぱれ忠臣がいたものだ」

――高木彬光

『人形はなぜ殺される』

登場人物紹介

海藤幼志《かいとうようし》——探偵。日本探偵倶楽部所属。

刑部山茶花《おさかべさざんか》——泥棒。通称スケアクロウ。

髑髏畑一葉《どくろばたけいちよう》——小説家。百足の長女。

髑髏畑二葉《どくろばたけふたば》——小説家。百足の次女。

髑髏畑百足《どくろばたけむかで》——小説家。現在消息不明。

切暮細波《きりぐれさざなみ》——編集者。講談社社員。

別枝新《べつえだあらた》——執事。裏腹亭管理人。

□　□

髑髏畑二葉《どくろばたけふたば》は、本当のところ、姉である髑髏畑一葉《いちよう》を、それほど激しく嫌っているわけではなかった——少なくとも、一葉が二葉に向けているほどの悪感情を、心の底から持っているわけではなかった。

嫌いは嫌いだが、しかし同時に好意も抱《いだ》いていた。

嫌いであるのと同じくらい、あるいはそれ以上に——好きだった。つまり総合してしまえば、二葉は一葉に対してかなりニュートラルな立ち位置にいるといっていい。

ただ、向こうはどうやらかなり一方的にかなり一元的に二葉のことを嫌いなようなので、二葉がそっちの方の感情を披露《ひろう》する機会は、これまでなかったわけだけれど。

——仕方がないか。

と、二葉は思う。

二葉が父親、髑髏畑百足《むかで》に引き取られて以来、一葉とはそんなに多く会ったわけではないが——その少ない機会と、それから、一葉がこれまでに発表した文章を読んでみれば、分かる。一葉が自分をこれほどまでに執拗《しつよう》に嫌う理由は——分かるのだ。

分かりやすいくらい。

分かり過ぎるくらい。

分かるのだ。

もっとも、その推測が当たっているかどうかなんて、どうしたって本人に確認の取りようがないけれど——だから二葉は、それについては、仕方がないかという、その程度の認識でいる。

どうせ——ほとんど会う機会のない姉なのだし。

髑髏畑二葉が父親の真似事《まねごと》をして小説家になってしまった今でも、その活動するジャンルはまるで違い（恐《おそ》らく読者はほとんどかぶっていないだろう）、出版業界内でも、一葉と二葉が姉妹であることを知っている者はごくごくほんのわずかであるくらい、縁の薄い姉妹なのだ。

——それなのに。

それなのに——見た目だけはそっくりだから。

二葉は、そこまで似ているとは思っていないのだが、しかしそれでも、そう思うのはどうやら二葉だけのようで、二葉以外は、母親でも一葉本人でも、それ以外の誰でも——そっくりだ、という。

百足ですら——そう言った。

それが一葉には、気に入らないらしくて。

──いいんだけれど。

二葉にしてみれば──どうでもいい。

所詮《しょせん》そんなことは──些事《さじ》なのだから。


私はそういう風に──作られている。


夕食の席にも姿《すがた》を現さなかった海藤《かいとう》を探し、入浴を済ませた二葉は裏腹亭《うらはらてい》の中をそれとなくなんとなく、うろうろとしてみて──二階の、髑髏畑百足の書斎《しょさい》（百足自身は図書室と呼んでいた）で、彼のその姿を発見した。

木製の机の上に足を組んで座《すわ》って、彼は一冊の本を読んでいた。距離が遠いので、その本のタイトルまではうかがえないが、どうやらハードカバーの本のようだった。

書斎の扉《とびら》は最初からかすかに開いていて、そして二葉は普段からの習性としてノックせずにその扉を開けたので、海藤はすぐには二葉が入ってきたことに気付かなかったようだが、二葉が、

「探偵さん」

と声を掛《か》けることによって、はっとしたように机から飛び降りて、

「し、失礼」

と、慌《あわ》てた素振《そぶ》りで言った。

「行儀《ぎょうぎ》の悪いところを、見せてしまいまして」

「構《かま》いませんわ。お気になさらず」

机の上に座ることがどうして行儀が悪いことになるのか、二葉には本気でわからなかったので、心の底から嘘偽《うそいつわ》りなく、二葉は微笑《ほほえ》んでそう言う。

そうですか、と海藤は決まり悪そうに頭をかきながら、読んでいた本を本棚《ほんだな》に戻す。

「——何か、その本にヒントでも？」

「ヒント？」

「お父様の遺作のヒントか——それともスケアクロウのヒント」

「え？　いや、あっははっは」

海藤は快活《かいかつ》に笑った。

「そんなわけがありませんよ。今のはただの本です。しかしただといっても違う意味でただ、相当な値打ちものでね——出すところに出せば、百万はくだらない」

「はあ」

百万円。

それは大金なのだろうか。

よくわからない。

「こんな価値のある本が、本棚にあいうえお順で無造作《むぞうさ》に並んでいたから、僕《ぼく》もちょっと面食《めんく》らっちまいましてね——思わず、読み込んじゃったというわけです」

五十音順のことを、海藤が子供のようにあいうえお順と言ったことがかすかにおかしくて、二葉は含《ふく》み笑いをしてから、

「お父様にとっては」

と言う。

「値段なんていうのは——細かい問題に過ぎません。それよりも大事なのは、秩序《ちつじょ》ある空間だったのでしょう」

「——そのようで」

と、海藤。

「それに、考えてみれば、髑髏畑百足の財産からしてみれば、あの程度の本、値打ちもの の内には入らないかもしれませんね——」

「そうですね」

それは二葉にとって当たり前のことだったので、別に謙遜《けんそん》するでもなく、二葉は同意した。実際二葉は、その『髑髏畑百足の財産』を食いつぶす形で、去年までは暮らしていたのだから。どんな速度で食いつぶしたところで、最早《もはや》努力といっていい形で消費したところで、振り込まれてくる印税の物量には、全くもって敵《かな》わなかった。

「しかし——探偵さん。もう夜ですよ？」

二葉は言う。

「こんなところで本を読んでいる暇《ひま》があれば、地下の『開かずの間』でも調査した方が、よっぽど有効な手段であるような気がするのですけれど、それは私の気の回し過ぎでしょうか？」

「いえ——的確な助言ですよ。ただ、別枝《べつえだ》さんに釘《くぎ》を刺《さ》されてしまいましてね——あの部屋には近付くこともできない有様《ありさま》ですよ」

海藤は肩を竦《すく》める。

「なんとか見取り図だけはゲットしましたけれどね。しかし、どうもこういうのはピンと来ない。なんていうか——建築は専門じゃないもので」

「お父様が得意とされていた推理小説というジャンルでは——見取り図というのは、大切な一要素であったと思うんですけれど——」

語尾が頼《たよ》りなげに消えていったのは、二葉自身、それをよく知らないからだ。別枝から聞いただけの知識に過ぎない。

二葉は、それでも年齢《ねんれい》の割には本を読んでいる方ではあるが、しかし濃縮《のうしゅく》重厚《じゅうこう》の四字熟語で示され評されることの多い父——髑髏畑百足の本には、あまり手を出せていない。

難しくってよく分からないのだ。

漢字が多くルビが少なく改行が僅かで会話もない。

文字が小さくて──しかも厚い。

姉の、一葉の書く文章くらいならなんとかついていけるのだけれど──百足クラスになれば、それはもう辞書を読んでいるのと大して変わりがない。しかも、自分とは全く縁遠い種類の辞書を。

「そうなんですけれどね。日本探偵倶楽部《くらぶ》には、そういうのを十八番《おはこ》にしている探偵も、結構いますよ。『館《やかた》の女王』なんて呼ばれちゃったりしてね──はは、一回対決してみたい探偵ですよ──と、これは別に発言する必要のない問題発言か」

海藤は言う。

「ただ、今回に関しては、見取り図なんて大して意味がなさそうですね──大体、見取り図っていうのは、現実の事件では役に立つことはほとんどないんですよ。『館の女王』も特殊な例です」

「どうしてですか？」

「推理小説で謎解《なぞと》きに見取り図が必要になってくる建築というのは、大抵《たいてい》の場合は違法建築だからですよ」

訴えられたって文句は言えません、と海藤。

「この裏腹亭は、名前こそ奇を衒《てら》っていますけれど――百足先生のことだから断腸《だんちょう》亭あたりをイメージしたんですかね――建物としての間取りは、至極《しごく》真っ当《とう》ですから。地下室、あの『開かずの間』も、建築思想としては、恐らくAVルームという趣《おもむき》だったんでしょうね」

「ふうん。そうですか」

断腸亭って何だっけ、と思いながら、二葉はとりあえず、頷《うなず》く。知ったような顔は、二葉の得意技だった。

「ねえ、探偵さん。あなた、お父様のご本、お読みになられてますか?」

「勿論《もちろん》ですよ。大ファンなんですから」

海藤はにこにこ顔だ。

「勿論、二葉さんの本も読ませていただいております。えーっと、二冊目のあれ、僕、かなり面白かったです」

「別に気を遣《つか》ってくれなくともよろしくてよ」

本当に読んでくれているのかもしれないが、しかし、海藤は年齢的に、二葉が書いている本の射程距離圏内にいるとは思えないので、二葉はそう言って、変に話が広がる前に「それで」とすぐに話を先に促《うなが》した。

下手でもお上手でも社交辞令は苦手だ。

どちらにしても——

たとえ本当だったとしても、自分の書く本の内容に触《ふ》れられるのは、二葉はあまり好きではないのだった。

「お父様のご本、面白いですか？」

「そりゃもう。巨匠《きょしょう》ですから」

海藤は、誇《ほこ》らしげにそう言った。

「僕にとっては神様みたいな小説家ですよ。僕が今現在、探偵なんて仕事をやっているのも、百足先生のお陰《かげ》っていうのも少なからずあるんじゃないですかねえ」

「そうですか——」

小説ごときが人間の人生にそこまで影響を与えるものなんだろうか——と二葉は本気で首を捻《ひね》ったが、しかしそんな二葉の態度に疑問を覚えることはなかったらしく、海藤は、

「二葉さんの小説の読者にも、二葉さんに人生の指針を決定されたという人が、きっといますよ」

などと、二葉の首の捻りを助長するようなことを言ったのだった。

「人が人に影響を与えるなんて——あまり、私にしてみれば、現実的な考え方ではありませんけれど」

「そうですか？　しかし——たとえば一葉さんや二葉さんだって、お父さんが小説家だったからこそ、小説家になったんでしょう？」

さすがにそれは無神経過ぎる物言《ものい》いだなと二葉は思ったが、姉の一葉ならばともかく、自分は別に気を悪くするようなところでもないので、

「いいえ」

と、ただ、首を振った。

「姉が小説家になった理由は、私の存ずるところではありませんが——しかし、少なくともお父様は、私のことを小説家にしようなどとは思ってはいなかったはずです」

「へ？　そうなんですか？」

「お父様は——私をお人形にしたかったようですからね」

「おにんぎょう——」

「この裏腹亭から外に出したくなかったんだろうと思いますよ——たとえ小説家という形にしたって」

二葉は言った。

「実際のところ、お母様に会いに行く以外の用事では、私、ほとんどこの家から出たことはありませんからね——」

「学校や、なんかは？」

「教育を受けた経験はありません」

別枝からというのなら、話は別ですけれど。

二葉のその言葉に、海藤は少なからず驚いたようだったが、しかしやがて——

「なるほど」

と、言った。

「百足先生らしいといえば——百足先生らしい」

「——らしい」

「才能と狂気は仲良しこよしですからね。しかし——そうなると、そもそもなんで、長女の一葉さんは母親の下《もと》に残しながら、次女のあなたを引き取ったのか、それが少しわかりませんけれど」

「私もわかりません」

二葉は言う。

「わかる必要があるとも、思いませんし」

「——質問しても、よろしいですか？」

今更《いまさら》のように改まって——

海藤は二葉に近寄ってきた。

小説家になったところで、マネージャー的、あるいはエージェント的な役割を全《すべ》て別枝に任せているので、一葉と切暮《きりぐれ》のような形で、二葉が編集者に接することはない。だから、面識の少ない人間と言葉を交わす、という機会は、二葉にはこれまでほとんどなかったわけだが——

　しかし、二葉は人見知りとは無縁の性格なので、近寄ってくる海藤に、根拠なき恐怖を抱くようなことはなかった。

「別枝さんは、非常に、頑《かたく》なでしてね。あの人が僕に何かを教えてくれるとは思えない——特に、髑髏畑百足最後の作品については、彼は何かを知っていたところで、口が裂《さ》けても沈黙を守ることでしょう」

「——でしょうね」

　形の上だけでは、別枝は現在二葉に仕《つか》えているわけだが、しかしそれは、ただ単純に二葉に仕えているのではなく、彼は髑髏畑百足の次女である髑髏畑二葉に仕えているのだ。

　別枝新《あらた》が仕えているのは髑髏畑の名であって——

——私じゃない。

　それは——さすがに、自覚している。

「だから、です」

　海藤は言葉を改める。

「だから――だからこそあなたに教えていただきたいのです。二葉さん――」

「髑髏畑百足とはどんな人間でしたか？」


それは――

あまりに、直截《ちょくせつ》的な、問いかけだった。

「言ってしまえばね、正直手詰《てづ》まりなんです。この書斎に限らず、この裏腹亭――『開かずの間』以外の場所は大抵捜索《そうさく》し終わったつもりなんですが、しかし、猫《ねこ》の子一匹《いっぴき》、出て来やしません」

猫の子どころか鼠《ねずみ》もね――と海藤は無理矢理におどけた調子で言う。

「スケアクロウに対するもっとも有効な対抗手段としては、まずはその未発表原稿を先に押さえることだと思ったんですけれど――しかし、これが一筋縄《ひとすじなわ》じゃいかない」

「それも――でしょうね」

「ものがどこにあるのかわからないんじゃ、狙《ねら》ってくる賊《ぞく》に対し、防御《ぼうぎょ》のしようがありませんから」

「でも、探偵さん、その条件はあちらのスケアクロウも同じなのではなくて？」

「いや――この場合、スケアクロウは原稿のある場所を特定していると仮定して動くべきでしょうね。楽観的予測に基《もと》づいて行動できるほど、スケアクロウはぬるい相手じゃありません」

予告状を出してきていることからも、それはそうするべきなのです——と海藤は言う。

たかが泥棒《どろぼう》を過大評価し過ぎなのではないかしらと二葉は思ったが、しかし、日本探偵倶楽部の探偵が言うのならまあそうなのか、と思い直した。

「原稿なんてデータにしちゃえば何処《どこ》にだって隠せそうなものですからね——実を言うとさっきまで、ここの本棚の、本の隙間《すきま》にでもメモリースティックが挟《はさ》まっているんじゃないかと、探していたんですが」

ありませんでした、と海藤は言った。

単に本を読んでいたわけではないらしい。

五千冊以上あるのに、と二葉は素直に感心した。

「ひょっとすると——その未発表原稿は、そういう探し方をするべきじゃないのかもしれない——」

意味ありげに、そんな言葉を呟《つぶや》いて——

「だから」

と、海藤は言う。

「だから——こうなれば、逆のベクトルからプロファイリングするしかありません。百足先生がどういった人間だったかをまず知り——その百足先生のやりそうなことを予測する、という手段——」

「お父様なら、一体原稿を何処に隠すかを、推測するということですか？」

「それも勿論ありますが——」

「——原稿の内容が推測できれば言うことはない」

「——そんなことが、可能ですか」

「可能かどうかはわかりませんが可能性はあります——費用対効果を考えれば、試《こころ》みるだけの価値はあると思います」

海藤は、聞きようによってはかなり確信的な口調で、そう言った。

「だから——百足先生のことについて、知っていることを全部教えてほしいんです。本を読むだけじゃ分からない、百足先生自身のことを。それを一番よく知るのは、別枝さんを除けば、あなた一人ということになるのですから——」

「仰《おつしや》ることも、仰る意味も、よくわかりましたが——しかし、探偵さん」

二葉は言った。

「本を読めば、全て分かる――そうですよ」

「――どういう意味ですか？」

まるで用意してあったかのような二葉の答に――海藤は怪訝《けげん》な顔を見せる。

「私の言葉ではありません、お父様の言葉です――お父様は口癖《くちぐせ》のように仰ってました。俺のことが知りたければ俺の本を読むことだ――と」

そこに全てが書いてある。

と。

髑髏畑百足は――そう言っていたのだ。

「――それは」

海藤は、それを聞いて、しばらくの間、深く思い悩むような表情をし――やがて、

「単純な意味合いじゃ――ないですよね」

と、慎重《しんちょう》に、言った。

「単純に、本を書くことこそが自分の証明である――とか、そんな凡百《ぼんぴゃく》な作家の意見とは一線を画した言葉であるはず。しかし、それじゃあ――」

「私は、お父様の小説を、ほとんど読めていませんから――」

二葉は、まだ思考中であるらしい海藤に対し、次の質問を投げかけられる前に、とばかりに、言った。

「逆に言えば、私ほど――髑髏畑百足のことを知らない人間はいないかも、しれません」

一葉も――そうだろう。

彼女も、父親の作品をほとんど――あるいは全く、読んでいないはずだ。買うたびに捨てられる、と二葉は母親から愚痴《ぐち》を聞かされたことがある。実際は、捨てていたのではなく古本屋に売っていたらしいが。

人間らしいエピソードだ。

「大ファンだったというのなら――お父様のことは、まだしも探偵さんの方が、よくご存知《ぞんじ》かと」

少なくともお父様のことに限っては。

一応、二葉はそう限定をつけた。

少なくとも二葉自身は、自分の書いた小説に自分自身が証明されているとは思っていないからだ。あんないい、ものいで自分を判断されては――たまらない。

――お姉さまはどうなのかしら？

ふと――二葉は、そんなことを思った。

すぐに振り払う。

「探偵さんから見て――お父様は、どんな方だったのですか？　本を読んだ――印象として」

「――神経質な完全主義者、かな」

さすがに、その実の娘を前にして率直《そっちょく》な意見を口にするのははばかられるのか、海藤は少し言葉を選んで――そう言った。

「はっきり言ってもよろしくてよ？」

二葉はそんな海藤に言う。

「表情が語っていますわ。異常なくらいの偏執狂《パラノイア》――と」

「――異常」

海藤は、瞬間、頷きかねたようだったが、しかし、その後すぐに――

「確かにね」

と、苦笑した。

「たとえばね――二葉さんは自分自身小説家でいらっしゃるから、このことの異常さっていうのはわかると思いますけれど――」

「髑髏畑百足の小説には誤植《ごしょく》がないんです」

――誤植が――ない。

総著作数五十三冊——単行本に収録されていない短編が二十二本、中編が七本——総文字数が一体どれくらいかなんて、二葉には想像もつかない。

「ひ——一文字すら？」

「一文字どころか、文法ミスや行間のズレすら存在しない——いくらゲラを最低三回以上、念校《ねんこう》まで逃《のが》さず読んでいるとは言っても——それでも、誤植のない本なんて、数十冊に一冊あったら宝籤《たからくじ》ってのが常識ですよ。それなのに、百足先生の本はまるで国語の教科書のような有様なんです」

否《いな》。

国語の教科書にだって——誤植はあるはず。

海藤の言う通り、自身小説家であるからこそ——二葉にとって、それは頭を殴《なぐ》られたような衝撃だった。ありとあらゆる誤植を網羅《もうら》した文法ミス製造機とまで揶揄《やゆ》されたこともある二葉ならでは、だ。

「有名な話——なんですか」

「ファンの間じゃね。僕も、その昔、全てチェックしたことがありましたが——初版の段階から、一個だって見つけられませんでした」

この探偵、海藤幼志《ようし》がですよ——と、彼は付け加える。

「か——完璧主義者」

「今や髑髏畑百足の本に誤植があると思う読者は一人だっていないでしょうね――ま、度が過ぎているとはいえ、それはまだ、仕事の鬼ってだけで片付けられるかもしれないんですけれど――読んでないとは言っても、百足先生が、推理小説を自分のフィールドとしていたのは、ご存知ですよね？」

「それくらいは、勿論」

何せ、二葉は一年前までその印税でぬくぬくと暮らしていた身分だ。

「推理小説っていうジャンルで活躍する作家っていうのは、普通、ナチュラルに――というよりデフォルトで神経質なものですが、しかしその中でも百足先生は群を抜いていたようですね――しかし」

「しかし？」

「いえ――そう。作風――の問題ですね」

「作風といいますと――」

「彼ほど作風が首尾《しゅび》一貫《いっかん》している作家はいない――というのが、僕の見解です。勿論、個人的見解で、他にどれくらいの人間が同意してくれるかはわからないんですけれど――」

「作風が一貫している――ことが、何か、悪いことなのですか？」

「悪いことじゃないですよ。ただ――小説家っていうのは、普通、もっと色々とやりたがるものなのですよ。若い内は勿論、年を食ってからも――自分の幅《はば》を広げることに、普通は四苦八苦するものなのです」

「色々やりたがる――というのは、まあ、私にもわかる言葉ですけれど。パターンを増やす、という意味ですよね」

「しかし――百足先生は、正に完璧主義者、偏執狂《へんしつきょう》。悪意ある読者からは、マンネリと評されるほどに」

「マンネリ――言われたくない言葉ですね」

「しかし、百足先生に関して言うなら、反論の難しいところではあるんですね。百足先生は、大家であり、巨匠でもありますが――ではその代表作は何かと問われたとき、これだと言える作品が、ないんです」

「代表作が――ない？」

「いえ、ないんじゃなくて――統一見解がない、といったところです。あれがそうだ、これこそがそうだとか――しかし、それが議論に発展することはありません。何故《なぜ》なら――どれを読んだって同じようなものだから」

「同じ――だなんて」

マンネリ。

作風に――幅が、ない。

「勘違《かんちが》いしないでくださいよ。重ねて言いますが、僕はそれが悪いと言っているんじゃありません。僕をはじめとする髑髏畑百足のファンは、髑髏畑百足を読んでいるのであって——そうですね、俺のことが知りたければ俺の本を読むことだ——という言葉は、その意味じゃ、僕らのようなファンに向けた言葉だったのかもしれません」

「では、代表作がないんじゃなくて——全てが代表作と言うべきなのでしょうね」

しかしそれなら——と二葉は続ける。

「それなら、ひょっとしたらですけれど——探偵さん。一つ、素人《しろうと》考えを申し上げて、よろしいでしょうか？」

「？　どうぞ？　なんでしょうか？」

「マンネリで作風に幅がない——と言うんだったら、お父様の未発表原稿——探偵さんなら、それこそ、内容を予測できるんじゃないですか？」

何処に隠したか——どころではなく。

原稿の内容だって——わかるはずでは。

それこそ——だ。

それは、海藤にしてみれば、全く新しい発想であったらしく——彼はきょとんとした顔で二葉を見て——

「ああ、そうか——」

と、放心した感じで言った。

「その手が、ありましたね」

「可能かどうか、わかりませんけれど――」

「いや――不可能では、ないと思います。そう、たとえば――推理小説であることはまず確実でしょうからね」

「なるほど」

「最近流行のメタ本格ではない、王道の本格推理小説――びっくりトリック系でもないでしょうね」

「びっくりトリック？」

「普通、推理小説っていうのはあらかじめ伏線《ふくせん》を張っておいて、最後にその伏線を回収する形で真相を明らかにするわけなんですが――びっくりトリックは、伏線なしで、いきなり真相を明らかにするんです。今まで登場していなかった誰かが、突然、犯人として指摘されたり――そんな感じで、帽子から鳩《はと》を取り出すようなものですね。百足先生は、そういうトリックを『フェアじゃない』と、殊《こと》の外《ほか》お嫌いだったようです」

「はあ――そうですか」

既《すで》にこの時点で多数、二葉には理解できない専門用語が頻出《ひんしゅつ》していたので、彼女は質問を挟むことすらできず、ただ頷いた。

「髑髏畑百足の推理小説は、数学の証明問題に類するものでして――そうですね、びっくりトリック系じゃないという以前に、あまりトリックという感じでもありません。論理パズルみたいなもの——否、論理パズルそのものですね」

「そういう話、そういえば聞いたことはありますけれど——しかし、なんだか、面白みに欠けそうですよね」

専門外のことに口を出す気は、二葉にはないけれど、しかし、数学の問題を読まされて何が面白いのか——全くわからない。そもそも、二葉が昔、父親の本を読もうとして挫折《ざせつ》したのは、その問題っぽさが鼻についたのではなかったか。

「二葉さんからしたら、そうでしょうね——キャラを立てていないことでも、百足先生は通っていましたが。いわゆる——人間が書けていないという奴《やつ》です」

キャラが立っていないのと人間を書けていないことは、本来対極であると同時に問題の根を共にするものなのですけれどね——と、二葉にしてみればよくわからない補足を、海藤は入れた。

「名探偵を書くのも、あまり好きではなかった様子です——登場したところで、狂言回し、かませ犬の扱《あつか》い。いつもそうでした。百足先生の小説を読んで探偵になりました、なんて僕がいっても、だから百足先生は嬉しくもないのかもしれませんね」

「でも——推理小説に名探偵はつき物なんじゃないですか？」

よく知らないけれど、そうなはずだ。

「えーっと、シャーロック・ホームズとか、エルキュール・ポアロとか――フィリップ・マーロウとか」

「刑事が主人公っていう小説も、決して少なくないんですよ。具体的な例を挙げて二葉さんに分かるほどにメジャーな存在となると、残念ながら僕には思いつきませんけれど――それに百足先生はそういうものは書きませんでしたけれど、社会派推理小説なんかは、大抵そうですね」

でも、普通は刑事が狂言回しなんですけれど。

海藤はそう言って、「それから」と続ける。

「バラバラ殺人や猟奇《りょうき》殺人など、奇を衒《てら》ったようでいても現実に存在している題材ならば、百足先生は多用しましたが――しかし、同じ奇を衒った題材であっても、密室殺人などの、現実にはまずありえないものは、一切《いっさい》、書きませんでしたね。そうそう、それに、推理作家、髑髏畑百足の一番の特徴として――誤植が皆無であることからも知れるように、地《じ》の文に対する気の遣い方も、尋常《じんじょう》じゃありませんでした。どんな些細《ささい》なものであっても、叙述《じょじゅつ》トリックを使ったことは、一度もありません」

「叙述トリック？　とは？」

「文章っていうのは、絵と違って、目で捉《とら》えるものでありながら、視覚的なものではないじゃないですか。たとえば――そうですね。『益子《ますこ》』という名前のキャラクターを登場させておいて、それを男性のように描写しておきながら、実は『髑髏畑益子』という名の女性だったとか——そんな感じです」

「男性と描写しておきながら女性だったたっていうのは——アンフェアなんじゃないですか？」

「男性のように、です」

海藤はきっぱりと言った。

「男性とは一度も描写せずに——読者に男性と勘違いさせるトリックです。一人称を『僕』にしたり、『まるでプレイボーイだ』みたいに曖昧《あいまい》な比喩《ひゆ》を使ったりして——ね」

「はあ——」

「ただ、これをやるとどうしても地の文が不自然になるという弱点がありまして——真実の姿を迂回《うかい》して描写しなくちゃいけないんですから、当然といえば当然ですが」

——迂回。

なんだか——

どこかで聞いたような言葉だ。

二葉は関係のないところで、疑問を覚えた。

「男女の性別トリックなんてのは代表例ですけれど、他にもバリエーションは色々あります。登場人物達が思ったことや喋った台詞には、勘違いや嘘があってもいいということになっていますから、その辺が作者にとっては腕のみせどころなんですが――いや、あまり詳《くわ》しく言うと、ネタバレになっちゃいますから、伏《ふ》せますけれどね」

二葉さんもこれから推理小説を読むことがあるでしょうから――と、気遣《きづか》いを見せる海藤。

別にいらない気遣いだと二葉は思った。

「あと、一人称語《かた》り部《べ》なら地の文に嘘はあってもいいとか、言い始めちゃえば更に細かいルールもありますが、しかし百足先生はその手のトリックを一切使いませんでした。恐らく文体が崩《くず》れるのを恐れ――百足先生は叙述トリックを嫌ったんでしょうね。それこそ――」

「迂回、ですか」

二葉は先回りして、そう言った。

ふむ、と海藤は、もっともらしく頷く。

「――この調子で、他にも細かいところを詰《つ》めていけば、不可能ではないかもしれませんね。つまり、核となるテーマさえ推測できれば、件《くだん》の未発表原稿の内容の推測も、無理とまでは言えない」

「それは――お力になれてなによりです」

「しかし、二葉さん。それとは全く関係ないことですが、僕からの質問に、もう一つだけ、答えていただけますか？」

「ええ、何なりと」

「あなたは僕に対して髑髏畑百足の『最後の作品』を探して欲しいと言いましたが――一葉さんならばまだしも、百足先生の小説を読んだことがないというあなたがそれを探して欲しいという理由は、何なのですか？」

「お父様の形見ですから」

しれっとした風《ふう》に、二葉は答えた。

「お父様の遺作――私にとっては、読めなかったところで、価値は存分にありますわ」

「遺作――」

海藤は――

二葉の物言いに、怪訝以上の反応を見せる。

「二葉さんは――百足先生は既に亡《な》くなられているとお考えなのですか？」

「ええ」

二葉は頷いた。

「消息不明だなんて、とんだ誤魔化《ごまか》しですわ――『最後の作品』というのは、そういう意味でしょう？　スケアクロウにとっても――」

「――かもしれませんね」

海藤が、頷いたのを見て――二葉は微笑む。

余裕を持って。

知ったような顔で。

「他になにか、ございますか？　探偵さん」

「そうですね――やはり、別枝さんに何を言われようと、気になるのは『開かずの間』なのですけれど」

海藤は遠慮《えんりょ》がち――というより、駄目で元々という感じで、もう一つだけのその先を、口にした。

「合鍵《あいかぎ》って、ありませんか？」

「――合鍵？」

「二葉さんか、別枝さん――どちらかが合鍵を持ってるんじゃないかと、僕は踏んでいるんですが――」

「持ってませんよ。私は」

二葉は正直に答えた。

嘘をつく必要のないことだ。

「そうですか――残念です。じゃあ、あなたも、あの部屋に入ったことは――ないんですね？」

「いえ、ありますよ？」

これにも――二葉は正直に答えた。

しかし、さっきは予想通りという風に流した海藤は、これには驚きの表情を返す。

「え――でも、別枝さんは、百足先生がご自身以外の人物に入室許可を出したことはないって――」

「私は、お父様の、人形ですから」

二葉は言った。特に何も含めずに。

「人物という表現には、あてはまりません」

もっとも。

そうはいっても、最後にあの地下室に入ったのは、百足が失踪する以前、五年前よりも昔の話になるのだが――

しかし。

確かに、二葉は、髑髏畑百足本人以外で、あの『開かずの間』に入ったことのある――唯一の人間なのだった。

「じゃ――じゃあ、二葉さん、何かご存知ないですか？　あの部屋への、扉以外の侵入路、とか――」

地下であるがゆえに――

窓からの侵入も不可能。

扉は鉄扉《てつび》。鍵がなくては開かない——

見取り図からでも、何も読み取れない、となれば——

「秘密の通路、ですか？」

「ええ——そうです」

「そんなものが、あると思います？」

「ある——と可能性を追求するだけの、根拠はありますよ。だって——一番、その、髑髏畑百足先生の『最後の作品』がある可能性が高いのが『開かずの間』だとすれば、スケアクロウはそこに侵入しなくてはならないのですから——だから、扉以外の侵入路が、ある可能性は、あるんです」

「——はあ」

多少、牽強付会《けんきょうふかい》を感じないでもないが——

——筋は通っているか。

逆説的に。

スケアクロウが何者であろうと、少なくとも、『開かずの間』の鍵を持っているということは、ないのだろうから——と考えたところで、二葉は、思い出す。

五年以上前に——這入《はい》った、あの部屋を。

髑髏畑百足の、仕事部屋を。

——そう言えば。

「——秘密の通路みたいなものは、私の記憶を探る限りにおいて、ありませんけれど——そうそう、そう言えば」

二葉は、故意に、思わせぶりに間を空《あ》けてから、言った。

「通風孔が——ありましたね」

「つ——通風孔《つうふうこう》？」

「地下なので、換気《かんき》は大事ですから。天井《てんじょう》にはプロペラが回ってましたよ。まだ動くのかどうかはわかりませんが」

「通風孔——そうか、見取り図には、通風孔までは描かれていませんでした。なるほど、通風孔——なら、そこからの出入りは——」

「スケアクロウが子供なら」

海藤の思考の流れが読めたので、二葉は割り込む形で、注釈した。変な期待をさせては悪い。

「不可能じゃ、ないかもしれませんね」

「子供——？」

「八歳くらいまでの子供なら、通れなくもないでしょうけれど、しかし——大人ならもう無理です。スケアクロウが子供なのか、それとも、極端に体の小さな大人なら──そこからの侵入は可能でしょうね」

「──スケアクロウ、刑部山茶花《おさかべさざんか》は、逮捕された時点で、二十一歳──現在、二十六歳。体格は、あれから変わっていないとしたら──中肉中背《ちゅうにくちゅうぜい》。太ることはあっても、痩《や》せてもあれじゃ、知れているでしょうね」

二十六歳。

百七十センチ、六十二キロ──

それが、スケアクロウこと、刑部山茶花の、二十一歳のときの身長体重である。海藤幼志と大体同じくらいと言っていい。

常識で考えて、通風孔からの出入りは不可能だろう。

「頭は通っても──胴《どう》が無理でしょうね」

二葉は率直な意見を言った。

それに頷いて、

「──参《まい》ったな。こっちの道も──行き止まりか」

心底参ったように、海藤はぼやく。

それきり、黙り込んでしまった。

どうやらこれで本当に質問はおしまいらしい。

ようやく——と言った感がある。
それにしては成果がなかったという感も。
同じことを感じているのか、海藤は俯《うつむ》いたままだ。
少し、耳を澄ませてみれば。
通風孔——通風孔——と。
海藤は、未練《みれん》がましく、その単語を、呟き続けていた。
そんな海藤に二葉は、さすがにこの辺りかな、と見切りをつけて、
「私で力になれることがあれば、なんなりとおっしゃってくださいね」
と言い、
そして、踵《きびす》を返した。
ドアまで行って振り返り、
「ごきげんよう」
と、挨拶《あいさつ》し、廊下《ろうか》に出る。
海藤は——挨拶を返さなかった。
——期待薄かな。

あの調子じゃあ——上限は知れている。

底も割れている。

一発逆転があるかもしれないけれど、そんなものを期待する段階で——つまりは期待薄ということだろう。

二葉は、海藤との会話を思い返しながら、そんな風に考えつつ、くあ、と小さく欠伸《あくび》をする。

いい時間だ。

いい加減、眠い。

二葉は、夜は早い方だった。

——眠ろう。

と、自分の部屋に帰ろうとしたところで、
向かいから歩いてくる人物が——視界に入る。

「——あら」

その人物は——二葉の姉の、髑髏畑一葉だった。

「お姉さま？　道に迷われたのかしら？」

無邪気《むじゃき》に——

無邪気を装《よそお》って、声を掛ける。

それが姉の気に障《さわ》ることを、知っていながら。

一葉は、既に、二葉を視界に収《おさ》めた時点で顔を顰《しか》めていたのだが、それをより一層深くして――

「二葉」

と、憎々《にくにく》しげに、彼女の前に、立ち止まった。

「あなた――海藤さんに、父さんの原稿を探すよう依頼していたけれど――見つけてもらって、どうする気？　売って、お金にでもするの？」

「そうかもしれませんわ、お姉さま」

飄々《ひょうひょう》と答える。

実際、二葉はもう、父親の印税に頼らずとも生活が可能なレヴェルの財力を所有しているが、あえてそう答えるのだった。

「高く高く――買ってくださる方が、たくさんいるでしょうからね。何なら、スケアクロウに売るという手も――」

「――俗物《ぞくぶつ》が」

ほとんど、殺意にも似た剣呑《けんのん》さを含んだその言葉に――さすがに、二葉はたじろいだ。無言になった二葉に、更に一葉は、ずずい、と身を乗り出し、ほとんど接触せんばかりまで、二葉の顔に自分の顔を近寄せて――言う。

悪意のこもった、呪《のろ》いの言葉を。

「あなたの小説なんてすぐに売れなくなるわ――あなたの小説を読んだことなんて、みんなすぐに忘れちゃうのよ。あなたは延々と――無価値を創造しているに過ぎない」

ゴミよ。

搾りかすなんだわ――。

悪意のこもった――呪いの言葉。

それに対し、二葉は――

くすりと、笑ってみせる。

一葉のただならぬ雰囲気《ふんいき》に、それだけに、呑《の》まれそうにはなるものの――その程度の言葉、二葉にとっては、何の意味も――なさないのだった。

「相変わらず、くだらないところで止まっているんですね、お姉さまは――ぐるぐる回って、本当に、お可哀想《かわいそう》」

一歩、後ろに下がって――

一葉との間に、距離を置く。

笑《え》みが、姉の視点から、よく映《は》えるように。

「か――かわいそう」

「色々考え過ぎなのですよ、お姉さまも――それから、お父様も――本当に、この上なく最大限に突き抜けて、お可哀想」

「小説なんてものはね——書けて読めれば、それでそれだけなのですよ——」


ぱしぃん——と。

二葉の頬《ほお》が、鳴り響《ひび》いた。

一葉の、平手打《ひらてう》ちだった。

叩《たた》かれたのは五年ぶりだ、と二葉は思う。

一葉相手に限れば——初めてか。

それでも興奮冷めやらぬのか、それともさすがにもう言葉をなくしたのか、一葉は、それ以上、取り繕《つくろ》うようなこともなく——

言葉もなく。

二葉に背を向けた。

来た道を、そのままに——戻っていく。

ひょっとしてお姉さまも探偵さんを探していたのかしら、と二葉は思ったが、しかし、そんなことは、別にどうでもいい些事だった。

ぶたれた頬と同じくらいに、些事だった。

――お父様のことに触れたのが、逆鱗《げきりん》に触れたと見るべきか。

何だかんだ言いながら――否、それは最初から予想通りと言うべきなのかもしれないが――と、二葉は、一人、ほくそ笑む。

「お姉さまったら、父親愛《ファザコン》」

――たかが予告状の一枚で。

今まで近寄りもしなかった裏腹亭を訪れる。

まるで、契機《けいき》を待っていたが如《ごと》く。

分かりやすいと言うしかない。

分かり過ぎると言うしかない。

それにしても、と、歩《あゆ》みを再開したところで、二葉はひとりごちる。

「やっぱり、お父様の遺作があるとするなら――どう考えても、あの『開かずの間』なんでしょうね――」

さてはて、どうしたものか、などと言いながら。

髑髏畑二葉は、自分の部屋に戻るのだった。

まずは、頬を冷やすつもりだった。

□　□

そして翌朝。

七月二十五日。

裏腹亭の地下室——

『開かずの間』において。

とある人物の死体が発見されることとなる。

その人物とは、果《は》たして——

（続く）

第四回

『四季』

「どうです、この組合せをしらないものがひと組ひと組ためしていこうとしたら、全部で何組ありますかね？」

――鮎川哲也『赤い密室』

登場人物紹介

海藤幼志《かいとうようし》――探偵。日本探偵倶楽部所属。

刑部山茶花《おさかべさざんか》――泥棒。通称スケアクロウ。

髑髏畑一葉《どくろばたけいちよう》――小説家。百足の長女。

髑髏畑二葉《どくろばたけふたば》――小説家。百足の次女。

髑髏畑百足《どくろばたけむかで》――小説家。現在消息不明。

切暮細波《きりぐれさざなみ》――編集者。講談社社員。

別枝新《べつえだあらた》――執事。裏腹亭管理人。

□　□

果《は》たして、髑髏畑二葉《どくろばたけふたば》だった。

髑髏畑二葉は——

死体となって、そこにあった。

髑髏畑百足《むかで》の仕事部屋——

裏腹亭《うらはらてい》の、地下室に。

□　□

七月二十四日の夜——

髑髏畑一葉《いちよう》は、リビングで、夜を明かした。

担当編集者、切暮細波《きりぐれさざなみ》と共に。

小説家という職業柄《がら》、徹夜《てつや》には慣《な》れている。職業柄というより職業病と言うべきかもしれない。それは切暮もまた一緒だったから、特に苦痛もなく、自分たちで代わりばんこに淹《い》れたコーヒーを飲みながら、次の作品の打ち合わせをしながら——

夜を明かした。

ちなみに、裏腹亭の冷蔵庫に料理用以外の用途に用いるアルコールは存在しなかった。現当主である二葉がお酒を飲めないためだ。

髑髏畑百足も――下戸《げこ》だったという。

別枝《べつえだ》はそれにあわせているのだろう。

何気にかなりのザルである切暮は散々《さんざん》、何か持ってくればよかったですねえ先生、とぼやいていたけれど、一葉自身も、それほどいけるクチではないので、一夜を共にする相棒としての飲み物はコーヒーで十分だった。

徹夜。

無論――スケアクロウに対する、対策であり対抗だ。

二葉と別枝は――零時《れいじ》を待たずして、いつも通りに、就寝《しゅうしん》してしまった。

――信じられない。

二葉はともかくとして――別枝までが、普段と生活のペースを乱さなかったことが、一葉には、信じられなかった。

いや、信じられるられないの問題ではなく。

――これじゃあ、私達が、まるで馬鹿《ばか》だ。

馬鹿なのだろう。

否《いな》、気を遣《つか》い過ぎというべきか。

元々――一葉がこの裏腹亭に来たのは、スケアクロウの魔手《ましゅ》から、別枝や二葉を、守るためである――無論、そこまではっきりとした意志を持ってやってきたわけではなく、ただ単に、それはなんとなくに類する行動原理だったかもしれないのだけれど――

――父さん。

髑髏畑百足の――最後の作品。

そんなものは、どうでもいい――と一葉は思う。

あるのなら見てみたい――と切暮に言ったのは、それは嘘《うそ》ではないけれど、受け答えとしては本当だけれど、しかし、あれば読むのかと言われれば――即答はできない。

否、きっと読まないだろう。

父親の――作品だ。

まだ、読んだことは――ない。

一行どころか一文字も。

だから――また、読むことは、ないと思う。

――もしもこの世界に。

もしもこの世界に小説なんてものが存在するというのなら、是非ともそれを読んでみたいものだわ――だけど。

だけど――そんなものはないのだから、あるはずがないのだからと一葉は思う。

あってはいけないのだから。

いずれにせよ。

あるのならば盗めばいいし——ないのなら盗めっこない。

ある意味開き直って、一葉は、その『最後の作品』については——無理矢理、考えないことにしていた。思考停止していた、と言ってもよいだろう。

しかし——

——三重殺《トリプルプレイ》の案山子《スケアクロウ》。

人が殺されるのは——嫌《いや》だ。

嫌だとかいうそんな個人的感情以前に、社会的に許されることではないのだから。

だから一葉は、この裏腹亭にいる。

だから——

たとえ、二葉や別枝が眠ってしまったところで——ここで、自分がすやすやと夢の世界に行くわけにはいかなかったのである。

——ほとんど意地だ。

それに付き合わされる切暮こそ、本当に人がよいと一葉は思うが、しかし、自分だってかなりレヴェルの高いお人よしであることも、また間違いないだろう。大嫌いな妹のために——なんでここまで。

大嫌いな妹のために、髑髏畑二葉のために。

しかし。

一葉は——二葉を、殴《なぐ》ってしまった。

平手《ひらて》でとは言え、思い切り、手加減なく。

激昂《げっこう》してしまった。

——相手は、自分より年下の、人間なのに。

自分の方が、お姉さんなのに。

あるいはその罪悪感こそが——

髑髏畑一葉を徹夜させたのかもしれない。

「しかし、それにしてもですね」

明け方ごろ——

結局、何事もなく時間は経過し、窓から明るい光が漏《も》れてきた頃——切暮が言った。

全く眠そうな気配を見せないところは、見事なものだと一葉は感心した。

粗忽《そこつ》なだけではないのだろう。

分かっていたことではあるが。

「それにしても——なんですか？」

「いえ、『開かずの間』の見張《みは》りのことですけれど——海藤《かいとう》さんに任せてしまって、よかったんでしょうか？」

「――よかった、とは？」

徹夜組は――一葉と切暮だけではない。

海藤もまた、眠れぬ夜を過ごしているはずだった。彼の担当は『開かずの間』――その扉《とびら》の前である。

何度かコーヒーを届けに行った。

扉の前で、彼は、壁にもたれもせずに、直立していた。座っていればいいのにと思い、そう進言したけれど、それではいざというときに対応が遅れるということだった。

リビングでのうのうとコーヒーを飲みながらソファでくつろいでいて、それでも見張りだと思っている一葉や切暮とは、心構えが芯《しん》のところから違うらしい。

「いや――あの人、なんか、頼《たよ》りなさそうなところ、ありましたから」

「頼りない――か」

一葉は、胡散臭い――と思っているのだが。

しかし、考えてみれば、胡散臭《うさんくさ》くない探偵――というのも、あまりいないのかもしれない。職業柄というか――職業病というか、それはそういうものであって――だから。

「それは置いておいても、見ず知らずの他人に一番大事な場所の見張りを任せるべきだったのかなって今になってそう思うわけなのですが――」

「本当に――今更《いまさら》ですよ」

結局。

夜までに、髑髏畑百足の未発表原稿のありかを突き止めることのできなかった海藤は、『開かずの間』の前で寝ずの番をすることを、一葉に申し出たのだった。

——それは。

いいいい、それは自分がするつもりだったのだと、その状《じょう》況《きょう》で言うこともできず——しかし、ここまで来ておきながらただ用意された部屋で眠るわけにも行かず、その結果が、リビングにおいての徹夜である。

——とんだ中庸《ちゅうよう》だ。

意味があるとは思えない。

「日本探偵倶楽部《くらぶ》——どこまで信用できるのか、確かに不明ですけれど——しかし、曲りなりであっても一応であっても、プロというからにはプロでしょう。私達のような素《しろ》人《うと》よりは、うまくやるんじゃないですか？」

「そうですねえ——確かに、海藤さん自身がスケアクロウだということでもない限り、滅《めっ》多《た》なことはないんでしょうが——」

と。

そんな会話を交わしていて、
そろそろ小《こ》腹《ばら》がすいたな——などと思ったとき。

リビングに、別枝が——飛び込んできた。

一枚の紙を、握《にぎ》り締《し》めて。

領収証

髑髏畑一葉様
髑髏畑百足先生の最後の作品、確かに頂戴致《ちょうだいいた》しました。
有難《ありがと》う御座《どざ》いました。

刑部山茶花《おさかべさざんか》

い、い、領収証——と、そうあった。

「な——なんなんですか、これは」

一葉は、動揺し——別枝に問うた。

しかし、別枝はそれ以上に動揺していて、言っていることが支離滅裂《しりめつれつ》、まるで説明になっていなかった。

——この人が。

この老執事《しつじ》が、こんなに取り乱すなんて——領収証よりも何よりも、一葉には、それが一番——異常に思えた。

異常事態が進行していることを——窺《うかが》わせた。

「ベ——別枝さん。落ち着いてください」

違う。

落ち着かなければならないのは——一葉も同じだ。しかし、別枝の支離滅裂な言葉の中に、一葉を冷静にさせてくれない言葉が——

含《ふく》まれていて。

落ち着けと一つ言うたびに、一葉自身が——

——乱れる。

乱れて、乱れて、かき乱されて——

「ふ、た、ば、さ、ま」

別枝の言葉が——ようやく、意味を持った。

「ふ、た、ば、さ、ま、の、へ、や、に——い、い、し、ん、だ、い、の、う、え、に」

この手紙が——あったのだと。

そして――

そこで眠っているはずの、髑髏畑二葉が――いなかったのだと。

いなくなっていたのだと。

別枝は、そう言ったのだった。

「――せ、先生」

切暮が一葉の肩に触《ふ》れる。

言われるまでもなかった。

半《なか》ば崩《くず》れ落ちかけている別枝を、二人がかりで引き起こす形で、一葉を先頭に、三人は――地下の、『開かずの間』へと向かった。

海藤は、変わらず、そこに立っていた。

ただし、彼は一目で――

何かあったことは、察したらしい。

既《すで》に別枝の様子だけでなく、残りの二人、一葉と切暮の剣幕《けんまく》もただならなかったわけで――これは、海藤でなくとも、だろう。

二葉の部屋の寝台の上にあったという、その手紙を、海藤は手にとって見て――

非常に難しそうな顔をした。

そして、

「別枝さん」

と――老執事《しつじ》に向かった。

「合鍵を出してください、い、い、い」

当然のように――海藤はそう言った。

言われた方の別枝は、顔を青くどころか白くしたが――しかし、海藤はそこに、

「人命よりも――百足先生の命令が優先されるわけではないでしょう」

と、重ねた。

それは――決定打だったのだろう。

命と命令。

普段の別枝ならば、それでも海藤のその質問に、百足の命令の方が優先されると答えたかもしれないが、動揺に更に恐慌《きょうこう》を重ねたような今のコンディションでそうあることは、いかに忠実《ちゅうじつ》な執事であれど、不可能だったらしい。

別枝は――胸のポケットから。


金色の鍵《かぎ》を、取り出した。

鉄扉《てっぴ》の頑丈《がんじょう》さにそのまま比例するような――重厚《じゅうこう》な空気の匂《にお》う、そんな鍵だった。

海藤はそれを受け取る。

慎重《しんちょう》な手つきで、警戒いっぱいに――

鍵穴に鍵を差し込んだ。

捻《ひね》る。

『開かずの間』の扉は――外開きだった。

人一人分、やっと通れるだけの隙間《すきま》を開けて――海藤は、少し、三秒ほど躊躇《ちゅうちょ》してから、そっとその隙間から、向こう側に顔を突っ込んだ。

一葉は、当然のように、その後に続こうとした。

しかし、海藤は、すぐにすっと後ろに引いて、

「見ない方がいい」

と言った。

そんなありきたりな言葉で――一葉を押さえられるわけがなかった。一葉は我を忘れ、海藤を思い切り突き飛ばし、横によけて、扉を思い切り引いて全開にして『開かずの間』――髑髏畑百足の仕事場へと、飛び込んだ。

視界が、
振れ、
ぶれ、

ずれ、
揺れ、
固定される。
そしてそこで。
実妹《じつまい》——髑髏畑二葉の死体を、発見したのだった。
悲鳴はあげなかったけれど。
一葉の心は、そのとき——真っ白に、なった。
何も考えられないほど——
何もないほど、真っ白に。

□　□

びっくりするぐらい、ただの部屋だった。
否、部屋ですらない。
ただであるがゆえに——部屋ではない。

こんなのは――

――ただの空間だ。

切暮細波は――そう思った。

編集者という仕事上、作家の仕事場にお邪魔することは、まだまだ新人の今でも、既に結構な回数、あったけれど――しかし、こんな部屋を見たのは――初めてだった。

何もなかった。

書斎《しょさい》にあったものよりも幾段《いくだん》高級だろうと思われる動かせそうもないほど重厚なウォールナットの机と、セットの背の低い椅子《いす》――天井《てんじょう》で黙々と回転しているプロペラ。

机の上に旧式のワードプロセッサ。

机の隣《となり》に小さな本棚《ほんだな》。

そこに、髑髏畑百足の全著作が並んでいる。雑誌もあるが、それらは多分、百足の単行本未収録の作品が掲載《けいさい》されているものなのだろう。

そして――それだけだった。

それ以外のものは――何もなかった。

五年間誰《だれ》も立ち入らなかったというだけのことはあって、埃《ほこり》まみれ、壁から床から天井から、真っ白に変色しているといってもいいくらいだったが――そんな埃など気にならないくらいの、簡素さ、だった。

ワードプロセッサが古いのは、単純にこの部屋が五年以上使われていなかったからだろうが――しかし、この部屋について何か感想を持てる箇所《かしょ》があるとするなら、それくらいだった。あとは精々《せいぜい》――

――通風孔《つうふうこう》。

くらいか。

そりゃまあなけりゃ窒息《ちっそく》しちゃうもんな、と思う反面、そんなものがあろうがなかろうが全く無関係に窒息してしまいそうな――息苦しい部屋だった。

息苦しい。

まるで、刑務所の牢獄《ろうごく》――否。

拷問《ごうもん》部屋だ。

――仕事部屋のはずなのに。

それがどんなものであれ、ここで一人で仕事をしろなんて言われたら、切暮は数日で発狂するだろう。あるいは――髑髏畑百足にとって仕事とは拷問にも似たものだったのだろうか、それとも、髑髏畑百足は最初から発狂していたと捉《とら》えるべきなのだろうか

――と、切暮はそんな益体もないことをつらつらと考える。

一葉とこの裏腹亭に向かうことが決まって、切暮は、先輩《せんぱい》の編集者の中に、作家、髑髏畑百足とかかわりを持っていた者を、探してみた。残念ながら直接彼を知っている者

はいなかったが、しかし、他社に勤める友人が髑髏畑百足の担当をしていたという上司に、話を聞くことができた。

奇人変人――

全身これ作家という男だったらしいよ。

そう言われた。

全身これ作家、なんて言葉で評される小説家を――切暮は知らない。現在切暮は、一葉の他に三人、担当している小説家がいるが――一葉も含めて、誰も、小説に命を賭けている――という感じではない。

一生懸命――ではあっても、その域を脱することはない。

命を懸けてはいても、命を賭けてはいない。

正直言って、それは、小説家に多少以上の幻想《げんそう》を抱いていた切暮にとっては、多少以上に落胆した現実ではあったが――

――これが。

しかしこれが、この部屋が、全身これ作家の一側面だというのなら――そんな人間とは関わりたくない。

――だって。

本棚――机の横の、小さな本棚。

その本棚にあるのは――自分の本だけで。

他の小説家の本は、一冊もなくて。

これは――自分のことにしか興味のない人間の空間でしかないと――切暮は、そう感じるのだった。人間を怖いと思うのは――とりわけ、まだ会ったこともない人間を怖いと思うのは、切暮にとって、そうある経験ではなかったので――だから。

切暮は、戦慄《せんりつ》のようなものを、らしくもなく、背中に、ひしひしと――感じるのだった。感じざるを、得ないのだった。

「ねえ――海藤さん」

沈黙《ちんもく》に耐《た》えるにはあまりにも手持ち無沙汰《ぶさた》で、切暮は――通風孔の辺りをチェックしていた海藤に、声を掛けた。

海藤は、ん、と振り返る。

現在、この裏腹亭で、意識を保《たも》っている者は、海藤と切暮、この二人だけだ。

一葉は二葉の死体を見て卒倒《そっとう》してしまい――別枝もまた、それに続いた。二人のその有様《ありさま》のおかげで、心構えができたのだろうか、切暮は――倒れなかった。

倒れられなかった。

――意識を切った方が楽だったか。

ともかく。

一葉と別枝、それに、二葉の体を——階上へと運ぶ作業に、まずは時間を費《つい》やすこととなった。一葉と別枝はともかく、死体である二葉を勝手に動かしていいのかどうか、それは切暮には疑問だったが（現場保存の鉄則くらいは、純文《じゅんぶん》畑の編集者である切暮だって常識の範疇《はんちゅう》として知っている）、海藤は携帯電話のカメラ機能でこの部屋の写真を何枚か撮《と》っただけで、そうするだけで、二葉を、自分の背中に、担《かつ》いだのだった。

——そのままにしておくのが、忍《しの》びなかったのかもしれない。

探偵にしては、随分《ずいぶん》と人間的な感情だけれど、人間的であることは勿論《もちろん》悪いことではない、と切暮は思う。こういう事態に手慣《てな》れている風《ふう》なのは、さすがと言った感じだったが。

しかし、そう言うと、

「慣れるなんてことは、ありませんよ」

と、重々しげに、海藤は答えたのだった。

人間的だ。

と、思った。

そして——それから、当然の処置として、警察を呼ぶ運びになったのだが——当然のように、圏外《けんがい》。固定電話があるにはあったが——

電話線が切られていた。

不通になっていた。

誰の仕業《しわざ》かなど考えるまでもない。

刑部山茶花——それが署名の名前だった。

警察を呼びにいくには、これで手段は直接行動しかなくなったわけだが、意識をなくした人間二人を放置していくわけには行かず、かといって、一人だけがこの裏腹亭に残るというのもいかにも心細い話で——取《と》り敢《あ》えず、二人の意識の回復を待とうということになって、そして——

そして——


そして現在。


切暮は、一人、地下室の調査をしていた海藤に——声をかけたのだった。

「——なんですか？」

そう訊《き》き返す海藤の表情からは——何も読み取れない。頼りないという印象は、既にないけれど——むしろこの状況、頼れるのはこの海藤だけだという認識が、切暮にはあるけれど——

——胡散臭い。

それは——一葉が言っていたのだったか。

「あの……、海藤さん——こんなときにこんなことを訊くのは、常識外れというよりはむしろ不謹慎《ふきんしん》なのかもしれませんけれど——この部屋に、あったんだと、思いますか？」

「——何が」

「何がって——勿論、髑髏畑百足の、未発表原稿が——ですよ」

「——あったかも、しれませんね」

海藤は如何《いか》にも渋々《しぶしぶ》といった感じに、答えた。

「僕《ぼく》は、ひょっとしたらこの部屋の中に髑髏畑百足先生その人が隠棲《いんせい》していたんじゃないかという可能性も考えていたんですが、この部屋の埃の具合を見る限り、どうもその考えはいささか現実味に欠けそうですし——しかし、もしも百足先生の未発表原稿がここにあったのだとしてもスケアクロウ、つまり刑部山茶花が、どうやってこの部屋に入ったかという謎《なぞ》に——直面するわけなんですが」

「謎」

「謎、です」

海藤は言う。

「これはね——推理小説で言うところの、密室状況という奴なのですよ、切暮さん——」

「みっしつ――状況」

でも、と切暮はすぐに反論する。

「合鍵は――あったわけでしょう？」

「ええ――いえ、それは予測範囲内だったんです。僕にしてみればね。たとえどれだけ百足先生が神経質だったとしても――否、神経質だったからこそ、保険は用意してあるはずだ、と。神経質な人間なら、自分自身が鍵を紛失《ふんしつ》してしまう可能性を、当然、考慮《こうりょ》しないはずがありませんからね――二葉さんか別枝さんか、どちらかが合鍵を持っているだろうことは、推測できていました」

「――なら」

なら、どうなるのだろう？

二葉を殺した犯人は別枝である――となるのか？

刑部じゃ――なくて？

「違いますよ」

切暮の考えを読んだようで、海藤は言った。

「合鍵の有無など、この場合は無関係なのですよ――この僕が、その扉の前でずっと構えていたのですからね」

「――ああ」

そう言えばそうだった、と切暮は頷《うなず》く。

寝ずの番——だった。

「別枝さんはおろか、二葉さんさえ——地下には、現れませんでした。一葉さんが三回、コーヒーを届けてくださっただけでね——その一葉さんでさえ、扉に触れてすらいない」

「じゃあ——」

推理小説で言うところの——密室状況。

その言葉通りの、ようだった。

「しかし、切暮さん。もしもこの部屋に髑髏畑百足の未発表原稿があったとしても、僕は案外、スケアクロウはまだそれを盗み出していないのかもしれない——と思うんですよ」

「どうして——ですか？」

「まだ、一人しか——死んでいない」

一人しか、と海藤は言った。

「スケアクロウなら——三人殺す、はずだから」

「——ですね」

そうかもしれない。

三重殺の案山子――

しかし、だとすれば――まだこの部屋にあるのだろうか。ひょっとすると、海藤は今、それをこそ探しているのかもしれない、と切暮は思った。単純に、二葉殺しを推理しているのではなく――と。

――けれど。

この部屋の、どこを探すというのか。

何もない、この部屋を。

探す箇所があるとすれば、ワードプロセッサの中身とか、本の隙間とか、あとは――

――通風孔とか。

そこくらいしかない。

通風孔は、部屋の、かなり天井に近い位置にある。

切暮では手を伸ばしても届かないだろう。一葉にも二葉にも、多分無理だ。別枝なら――届くかもしれない。

海藤は――

すっと、背伸びをして、手を伸ばし、その蓋《ふた》に触れた。無論、手袋を装着している。取っ手をつまんで、蓋を引き上げる。開閉可能な蓋のようだった。蝶番《ちょうつがい》が上部についている。手を離せば、蓋は勝手に元の位置に戻った。

ふむ、と海藤は頷く。

「——通風孔の中がどうなっているのかは、見えませんでしたね」

「じゃあ、その中に？　その中に、原稿が——」

「いえ——やはり、ここじゃ、無用心《ぶようじん》過ぎるでしょう。一応、後で確認はしますが——多分、この通風孔はミスディレクションという奴《やつ》ですよ——ただの引っ掛けです」

「でも——」

それじゃあ。

本の隙間は一番にチェックしていたようだし——いくらなんでも、この場でワードプロセッサを解体するわけにはいかないだろうし。

八方塞《はっぽうふさ》がりだ。

『開かずの間』は——開いたというのに。

「——海藤さん」

「なんですか？」

「二葉さんの死因は——撲殺《ぼくさつ》、でよかったんでしたっけ」

「ええ。撲殺です」

確信を持った風に、頷く海藤。

「素人でもわかる、わかりやすさでしたからね、あれは断定できますよ。あなたも、見たでしょう？　頭蓋骨《ずがいこつ》が——頭の形が、歪《いびつ》に変形して——中身がそこから、漏れていたのを」

頭蓋骨の変形——頭の変形。

切暮の目の奥に、それは焼きついている。

血とも脳漿《のうしょう》とも分からない液体が——

そこから、どろどろと——思い出したくない。

「死亡推定時刻みたいな細かいことは——僕にはわかりませんけれどね。専門外です。コロシとヌスミって、普通はあんまり接することのない相互《そうご》ですからね——あくまでスケアクロウは例外ですよ」

「音とか、しなかったんですか？　ほら、その、殴る——音とか」

殺す、音とか。

扉のすぐ前に、海藤はいたのだ。

だったら——何か勘付《かんづ》いてもよさそうなものだが。しかし、部屋に誰かが侵入したことにすら気付かなかったのに、それは——無理というものかもしれない、と、答が返ってくる前に、切暮は思い直す。

「鉄の扉ですからねえ」

海藤はそう言った。

それもそうか、と切暮は頷く。

「ある意味、二重の密室ですよね——スケアクロウはそういう人間だから、見張りつきの閉ざされた密室に入り込むくらいのことはやってのけるでしょう——けれど、二葉さんは——」

「二葉さんだけなら——」

と、海藤は、何かを言いかけて——やめたようだった。

何を言おうとしたのだろう。

切暮には、わからない。

「そうだ、それに海藤さん——私、密室よりも何よりも、もっとわからないことがあるんですけれど」

「わからないこと——何ですか？」

「どうして——」

「どうして二葉さんは——裸にされていたんでしょう」

裸に——されていた。

そう。

二葉は裸で——死んでいたのだ。

「——スケアクロウ——刑部山茶花は、変態性欲者だったと、そう言うことなんでしょうか？」

「そのようなデータはありませんね」

海藤は即座に、否定した。

それだけは間違いがないという風に。

「それが必要だったと——言うことでしょう」

「必要——」

人権ある人間を裸に剝《む》いて——その上殺す理由なんて、果たしてこの世にあるのだろうか——と、切暮は、考えただけで気持ち悪くなるようなその問題を、考えてみる。

答は出なかった。

出ない方がまともなのだろう。

たぶん。

「そもそも、これがスケアクロウの仕業であるという保証も、考えてみればないんですけれどね——」

考えてみれば当然かもしれないが——しかし、考えようによっては今までの前提を全《すべ》て覆《くつがえ》しかねない台詞《せりふ》を、海藤は、至極簡単な風に言った。スケアクロウを追ってここにきた探偵の言葉とは思えない——切暮はさすがに、怪訝《けげん》さを覚えた。

しかし、それは海藤にしてみればただの何気ない台詞だったようで、

「推理小説のパターンとしては、そうですね、死体から服を脱がす理由とすれば、その服でロープを作る必要にかられた、などが考えられますね。あるいは単純に、その服に犯人を特定する証拠が残っていたとか——ただの捜査攪乱《かくらん》という線もありますがね」

と、すぐに話を戻した。

「ロープが——必要ですか？」

「必要ないでしょうね。ただのたとえです」

「じゃあ——攪乱」

「それも、ただのたとえです」

海藤は自説を、さっさと引き下げる。

確かにこの地下室で——ロープなど作っても仕方ないだろうし、捜査の攪乱にだって意味はないだろう。元々、最初から、状況は攪乱されている。

不要なほどに。

——となると。

証拠、か？

二葉の服に犯人を特定する証拠が——残っていたのだろうか。

残っていたとして――それは、何なのか。

答は――出ない。

「あの――海藤さん。これが――」

「はい？」

「二葉さんを殺したのが、スケアクロウでないとすれば――誰だと思うんですか？」

「誰であっても無理ですよ」

海藤はあっさりと言った。

「密室状況――なのですから」

「――でも、それは、スケアクロウだって条件は同じなんでしょう？」

「でしたね。しかし、それでも――少なくとも、切暮さんと一葉さんではないでしょう。二人にはアリバイがある」

互いに――アリバイを証明できる。

リビングで、共に一夜を明かした。

――とすると。

逆に、別枝と海藤には――アリバイがない、現場不在証明がないと――言うことになるのか。海藤は、『開かずの間』の番をしていて――そして別枝は合鍵を持っていた。

そうだ、と切暮は思い当たる。

もしも別枝と海藤が手を組めば——密室状況は簡単に、手品のように消えてなくなる。鉄扉は別枝が開けられるし、海藤はただ、別枝が『開かずの間』に入るのを見逃せばいい——

——無理か。

リビングの扉は——開けていた。

廊下を行き来する者があればわかるように——だ。別枝の部屋は、二葉と同じく二階にあるから——もしも地下室へ行こうとするなら、一葉と切暮の目を逃れることはできない。

ただ置物のようにソファでコーヒーを飲んでいたわけではないのだ——周囲に対する警戒は怠《おこた》っていなかった。

となると。

「不可能——犯罪ですか」

「百足先生の作風とは、まるで反するんですけれど——そういうことになります」

「作風？」

「ああ。昨晩、二葉さんとそういう話になりましてね——百足先生は作風が一貫してらして、それなら、これまで発表された原稿の内容から未発表原稿の内容を予測できるんじゃないかって——」

海藤はそう前置きしてから、二葉と話したという髑髏畑百足の作風について――切暮に語った。若干長い話だったが、講義には慣れているのか、わかり易い説明だった。切暮はそれを聞いて、ふうんと納得しそうになる反面、それ以上に――

違和感を受け取った。

「――どうなんですかねえ」

「え？」

「いや、海藤さん――その話は、よくわかりますけれど――でも、どうなんでしょう。最後の作品でまで――百足先生は同じことをするものでしょうか？」

「――え？」

「最後だからこそ――違うことをしようとするものじゃありませんか？」

「――え――ええ」

「だからこそ――スケアクロウはその原稿を――狙《ねら》うんじゃないですか？　だって、今までと同じで――内容が予測できてしまうようなものを狙っても仕方がないじゃないですか。それならそこに並んでいる五十三冊を、いくらでも読み漁《あさ》ればいいんですから。スケアクロウが『最後の作品』を狙うのは、ただ未発表だからというだけでなく――それが髑髏畑百足にとって最高の――入魂の一作であるからこそなんじゃないですか？」

「ええ――」

海藤は——頷いているのかどうかわからないような、そんな声を連続で漏らすだけで——しかし、それでも確実に、彼が動揺しているらしいことだけは、切暮にまで伝わってきた。

「そうか——そうだった」

やがて——

海藤は、かみ締めるように——言った。

「もしも——髑髏畑百足が全てを知っていたとしたら——全てを予測していたとしたら。五年前の段階で、この状況をわかっていたとするのなら——」

「え？　か、海藤さん——それは、どういう」

「勘違《かんちが》いしていた——」

「原稿の形で——あると、思い込んでいた」

そうじゃない可能性だって、最初からあったんだ——と、海藤は、意味のわからないことを言った。

「髑髏畑百足は誰よりも伏線《ふくせん》にこだわる作家——そして神経質な作家だった」

「——どういうことですか？」

「百足先生はね、びっくり系のトリックを使わないでいながら——数学の証明問題のような小説を書いておきながら、その難易度は鉄壁《てっぺき》を誇《ほこ》っていたんです」

海藤は、声に力を込めて——そう言った。

群を抜いていたのです。

「——難易度」

推理小説が思考ゲームとしての側面を持っていることは、切暮だって知っている。その難易度が高いというのは——つまり、この場合、完成度が高いという意味だろう、と切暮は理解する。

「地《じ》の文に人一倍——否、人三倍気を遣《つか》う作家だったから、フェアでありながらその仕掛けを読者に見抜かせない術《すべ》に長《た》けていたんです。マンネリといわれながらも読者からも業界からも高い評価を得続けた理由は、そこにある。そこにこそ——ある」

ならば、と海藤は言う。

「気付くべきだった——俺のことが知りたければ俺の本を読むことだ——そういう意味か」

俺のことが知りたければ俺の本を読むことだ。

全身これ作家——

髑髏畑百足。

「五百万部が――全て伏線か」

「伏線――」

「切暮さん」

改まって、海藤は切暮に向き直った。

「どうやら――見つけましたよ」

「え――見つけたって、何を」

「勿論、髑髏畑百足の最後の作品を、ですよ――あなたのおかげです。さすがはプロの編集者だというべきでしょうね――」

「じ、じゃあ――何処《どこ》に」

「こ、こ、こ、この裏腹亭ですよ、」

海藤は言った。

「裏腹亭の――何処に」

「裏腹亭の何処に――ではありません」

海藤は言った。

「この裏腹亭そのものが――髑髏畑百足の最後の作品だったんだ――」

そして――

海藤は、突如《とつじょ》、走り出した。自分に向かって突進してきたのかと思って、切暮はとっさに身構えたが、しかし、海藤はそんな彼女の脇《わき》を抜けて、『開かずの間』を出、階段を――上っていく。

すぐに追った。

海藤は一階ではとどまらず、二階にまで上る。そして、きょろきょろと周囲をうかがう。扉の数は五つ。一つは書斎、一つは別枝の部屋、一つは用意された一葉の部屋、そしてもう一つ、同じく用意された切暮の部屋――ならば。

残った最後の一つが、二葉の部屋。

切暮がそう判断する暇《ひま》もぎりぎりあるかないかの速度で、まさにその扉を開けて――海藤はその中に這入《はい》った。

寝台の上に――二葉の死体。

海藤が安置したのだろう。

上から布団《ふとん》がかぶせられて――その様子はうかがえない。

人の形が、そこから読み取れるだけだ。

二葉の体は海藤が一人で運んだので――二葉の部屋に切暮が這入るのは、これが初めてだった。若い女らしい部屋——とでも言うのだろうか、しかしそれでも殺風景な感は否めない。

本棚には漫画本ばかりが詰まっていた。

小説はほとんど見当たらない。

机の上に最新型のパソコン。

だが海藤は、その全てに目もくれず——

ベッドの下を、探ったのだった。

カーペットの敷《し》かれた床に、這《は》い蹲《つくば》るようにして手を伸ばし——

——何をしているんだ？

そんな切暮の疑問は、すぐに解消される。海藤は——ベッドの下から、あるものを、引きずり出してきたのだった。


いい、それは、服だった。

上着から下着から靴下まで——

「誰の——服」

か、なんて、考えるまでもない。

海藤は、切暮に微笑《ほほえ》んで、

「一葉さんや別枝さんに、あとで確認を取ってもらえば証明できる事実ですが――よく覚えていますよ。昨夜、書斎で話したとき――二葉さんが着ていた服です」

と言った。

「――でしょうね」

寝巻きのような――ラフな服装。

否、この場合、本当に寝巻きなのだろう。

二葉が海藤に会ったのは、入浴の後だったはずだから。

けれど――けれど。

それがわかっても――わからない。

切暮には、何もわからない。

わかる方が――まともじゃない。

「どうして、これが――ベッドの下に」

地下室で裸で死んでいた彼女の服が――

服だけが、どうしてこの部屋に？

「ベッドの下でなければ、至極《しごく》まともにクローゼットやチェストを探しただけですよ――ただ、この事件の犯人からしてみれば、ベッドの下が一番いいだろうと、そう推測したに過ぎません――」

「この事件の――犯人？」

それは――案山子。

三重殺のスケアクロウでは――ないのか？

刑部山茶花では――ない？

いや、やっぱり――スケアクロウ、なのか？

「海藤――さん？」

しかし、なんにしたって――謎は。

謎は。

謎は――解けたのか。

「謎は――解けたのですか」

「日本探偵倶楽部なんて言っても、所詮《しょせん》僕はしがない第三班――ここで場を締めるに足るような決《き》め台詞《ぜりふ》なんて持ち合わせてないゆえに、その質問に対してただ素直にただ単純に答えるしかない自分がもどかしい限りですが――ええ」

海藤は――確信的に、頷いた。

「全ての問いは、今や出揃いました」

もう謎は一つもありません。

海藤は——そう言って、
髑髏畑二葉の死体を——悲しげに、見たのだった。

（続く）

この行為が酷《ひど》く時代遅れであることは自覚している。否、時代遅れどころか――時代に逆行するおこないであろう。今時、そんなことをする作家は一人だっていやしまい。否否、どころか、そんなものの存在すら知らぬ者が、読者においても作者においても、大半を占めているのではなかろうか。恐らく、ここまでこの文章を読んできた者の中で、私がそんなことをするのを望んでいる者は皆無《かいむ》だろう。わかっている。作中で髑髏畑二葉が述べたよう、小説などというものは、書けて読めればそれで完結しているというのが現在の風潮《ふうちょう》であり、そしてそれは少なくとも間違いなく真実の一面をついているのだから。しかし――私はそれを痛いほどに理解しておきながら、己《おのれ》の意志を曲げることなく、あくまでそれを実行する。つまり――

私は読者に挑戦する。

裏腹亭において起きた事件の真相を解き明かせる者が、果《は》たして読者諸君の中にいるのかどうか、確かめたいと望む。具体的には、髑髏畑二葉の死の真相、そして髑髏畑百足の『最後の作品』の真相、最後に、三重殺の案山子ことスケアクロウ、刑部山茶花の真相を――解き明かしてもらいたい。

推理小説の世界に古くから続く慣習であるこういった『挑戦状』には、公明正大である――今風に言うならば『フェアである』ことを謳《うた》うのが通例であろうが、敢《あ》えて私はそうは言うまい。たとえ遊戯《ゆうぎ》的趣向《しゅこう》のそれであろうとも、推理小説とはつまるところ読み手を騙《だま》くらかしてとにかく驚かそうという作者の試行であって、ならば、そのような詐欺《さぎ》的行為に、フェアだのアンフェアだの、それらの言葉は偽善《ぎぜん》的だ。言い訳でしかない。

しかし、だからこそ。

フェアでこそなくとも、全ての答はあからさまなまでに読者諸君の眼前《がんぜん》に示されている――と、私はここで宣言しておこう。にもかかわらず、全ての真相を解き明かすことは不可能であろうことも、ささやかなる挑発として、併《あわ》せて記しておく。心配せずとも細かい採点をするつもりはない。極々《ごくごく》アバウト、フランクな合格基準である。証拠も根拠もいらない、たとえただの勘でだって、当てられたならそれでいい。その辺りは個々人の良識に任せるまでだ。それで私は一向に構わない。当てられたって、別に私は損をするわけではないからだ。

それに、そうしたところで、どうせ全てを解くのは無理なのだから。

髑髏畑二葉の死の真相は、恐《おそ》らく解けるだろう。

髑髏畑百足の『最後の作品』で、半々か。

スケアクロウについては――たぶん無理だ。

一人も正解者は出まい。
否、問題の意味すらわかるまい。
問いの意味すらわからぬほどの難問というわけだ。
しかしそもそも試験とはそういうものであって、解答者は六十点から八十点を取って
それで満足し、設問者は百点満点が出ないことで満足する、それで双方成り立っている
ものである。満点が取れる試験など、概念として塵芥《ちりあくた》のようなものだ。ゆえに、髑髏畑
百足の最後の作品について真相が言い当てられたなら、それで満足してもらってもこち
らとしては一切《いっさい》構わない。精神的に向上心がない方が賢明な場合もあるだろう。
老婆心《ろうばしん》ながらの忠告だが、無論《むろん》、髑髏畑一葉の死が殺人ではない、事故や自殺である
という可能性、髑髏畑百足の『最後の作品』などそもそも存在しないという可能性、ス
ケアクロウという泥棒など裏腹亭に近寄ってもいないという可能性——当然全てを考え
ておくべきだ。日本探偵倶楽部所属の探偵だからといって、これまで海藤幼志《ようし》が常に真
実の答を導き出してきたのかといえば、決してそうとは限らないのだから——無作為に
誰かの言葉を鵜呑《うの》みにするのが危険であることは明白である。
ところで、『私』が誰か？
ここでいう『私』とは、誰のことなのか？
この文章は——いったい誰が書いているのか？

それは、現時点では知る必要はない。考える必要もない。それは問題どころか、謎ですらなければ不思議ですらない。伏線かと問われても私は否定の言葉を返す。つまり、それはいずれ、読者諸君がこの物語を読み終えたときに曇《くも》りなく明らかになることなのだから。

では諸君らの健闘《けんとう》を祈《いの》る。
役目を果たし、存在を証明するがよい。

第五回『五々』

「あの泥棒が羨ましい」

――江戸川乱歩『二銭銅貨』

登場人物紹介

海藤幼志《かいとうようし》——探偵。日本探偵倶楽部所属。
刑部山茶花《おさかべさざんか》——泥棒。通称スケアクロウ。
髑髏畑一葉《どくろばたけいちよう》——小説家。百足の長女。
髑髏畑二葉《どくろばたけふたば》——小説家。百足の次女。
髑髏畑百足《どくろばたけむかで》——小説家。現在消息不明。
切暮細波《きりぐれさざなみ》——編集者。講談社社員。
別枝新《べつえだあらた》——執事。裏腹亭管理人。

□　□

「構造だけで語れば――これは酷《ひど》く単純な事件でした」

海藤《かいとう》は――そう切り出した。

裏腹亭《うらはらてい》のリビング――である。

――謎解《なぞと》き。

これが名探偵による、いわゆる謎解き――というような場面なのだろう。髑髏畑一葉《どくろばたけいちよう》は、ぼんやりと、まだ夢心地《ゆめごこち》の中にいるような気分で――それを聞いていた。

聞くともなく、聞いていた。

自分がどこで意識を切ったのか――一葉は全く覚えていない。多分、二葉《ふたば》の死体を見て、直後だろう。寝台の上で目を覚まし、あれは全《すべ》て夢だったのかと、都合のいい考えを一瞬だけ持ったけれど――あの現実感、あの生々しさは――

あくまでも生々しい、現実だった。

時刻は既《すで》に――夕方に近くなっている。

ほとんど一日中、眠っていたに等しい。

昨晩の徹夜も手伝っているのだろう。

同じく、意識を失っていたらしい別枝《べつえだ》は——一葉よりもわずかに早く気がついたらしく、一葉がリビングに降りて行った頃《ころ》には、既にそこにいた。

さすがに消耗しているようだったが。

しかし、気丈《きじょう》な風《ふう》に、表情を固めていた。

——強いな。

まだ足元がふらふらとおぼつかない自分とは大違いだ——と思いながら、一葉もソファに座《すわ》った。別枝がコーヒーを、と申し出たが、それは断った。無理をさせたくはなかったし——それよりも何よりも、何かが喉《のど》を通るとは思わなかった。

たとえそれが、飲み物でも。

空気ですら——あるいは。

そして——

人が死んだのだから、てっきり警察でも来ているはずだと思っていたが、誰一人《だれひとり》、そう見受けられる者はいなかった。訊《き》けば、電話線が切られていたという。

ならば、こうして全員揃《そろ》ったところで、これから警察に向かうため——というよりも、さっさとこの裏腹亭から離れるために、クルマを出すものだとばかり思っていたが——それもまた、そうではなかった。

驚いたことに。

海藤が、既に事件の真相を――看破《かんぱ》したというのである。事件の真相とは、即《すなわ》ち、二、、、、、、、、、、、、、
葉がどうしてあの部屋で死んでいたのか――という問題の答、ということだろう。

――私が眠っている間に。

色々と――あったらしい。

そして――そして、だ。

名探偵による、いわゆる謎解き――というような場面なのだった。

裏腹亭のリビングに――全員が、揃って。

一葉、切暮《きりぐれ》、別枝。

そして探偵役を務める、海藤。

――ぼんやりと、夢心地。

まるで――推理小説だ。

推理小説のよう――なのだろう。

一葉は生々しい現実とは程遠《ほどとお》い、今のこの瞬間を、そんな風に感じながら――一人だけ、立って、演説するかのように語りを続ける海藤に、視線を傾《かたむ》けていた。

「構造だけで語れば――ね」

海藤は、自身の言葉を、繰り返す。

さすがに口振りが慣れた風だった。

「しかし、その裏にある企《たくら》みの深さには、複雑さには、正直、恐怖を禁じえない——今まで僕《ぼく》が担当したことのある事件の中で、もっとも恐ろしい事件であると、言い切ってしまってよいでしょう」

それは、謎解きの場面においてはほとんど決まり文句《もんく》に近い物言《ものい》いだったが——一葉には、そんな台詞《せりふ》でさえ、新鮮だった。

——新鮮とは違う。

未知であるという、それだけだ。

新鮮という言葉から感じられるような清々《すがすが》しさとは全く無縁だ。同じことを感じているのか、隣の切暮も、正面に座っている別枝も、海藤の言葉に相槌《あいづち》すら打たない。

ただ、黙って、聞いている。

まるでそれ以外、許されていないように。

とても——息苦しい。

窒息しそうだ。

密室の、ようだ。

「さて」

海藤はそう区切りを入れてから、

「本来の手順にのっとるならば、事件の真犯人の名は最後まで秘《ひ》し、様々な伏線《ふくせん》を回収しつつ論理を組み立て、そして最後の一行でそれを明らかにする——べきなのでしょうが、しかし今回はあえてその手順を踏《ふ》み外《はず》し、逆向きに推理を披露《ひろう》しようかと思います」

と言う。

「ちょ——ちょっと待ってください」

一葉は、息苦しさを、締《し》め付けられるような苦しさを感じたままに——しかし、聞き捨てならず、ほとんど無理矢理、搾《しぼ》り出すようにして、口を挟《はさ》んだ。

「なんですか？」

まるで予想通りのような、海藤の反応。

「——犯人は——二葉を殺した犯人は、スケアクロウ——刑部山茶花じゃないのですか？」

「違います」

海藤は、きっぱりと言い切った。

「刑部山茶花は——この事件に何の関係もありません」

「え——」

でも。

あの予告状は——一葉のところに届いたあの手紙は。

署名が。

一葉は反射的に、切暮を窺《うかが》った。しかし切暮は、あらかじめそれを聞いていたのか、それとも予測していたのか、海藤のその言い切りに対し、それほど反応を見せていなかった。それとは対照的に、身を乗り出して立ち上がらんばかりの一葉を——海藤は「まあまあ」と抑《おさ》えて、それから改めて、

「それじゃあ」

と言った。

「ここに、真犯人の名前を公開しましょう——ここでいう真犯人とは、単純に髑髏畑二葉さんを死に至《いた》らしめた犯人ということではなく、この裏腹亭における全事象の犯人——という意味ですので、そこのところ、お間違えのなきよう、お願いします」

誰も——返答しない。

それをどういう風に受け取ったのか、海藤は——例のにこにこ顔の、彫《ほ》りを一層深くして——

「犯人は髑髏畑百足です」

と——宣言した。

宣告《せんこく》した——と言うべきか。

全く迷いのない——口調だった。

これには——一葉だけでなく、切暮も——そして別枝も、大いに——反応を見せた。

海藤はそれを満足げに見遣《みや》る。この瞬間のために生きている、とでも言いたげに。

「我々は全員——髑髏畑百足《むかで》という稀代《きたい》の大作家の手のひらの上で——弄《もてあそ》ばれていたに過ぎなかったのです。否《いな》——過去形ではない。今にしてなお——弄ばれ続けている」

この瞬間さえも。

海藤はそう言った。

「ど——どういう意味なのです」

最初の質問者は——別枝だった。

「百足さまは——五年前」

「そうです、五年前——失踪《しっそう》しています」

海藤は別枝に、最後まで喋《しゃべ》らせない。今この場において言葉を口にする権利があるのは自分だけだとでも言うように。

「ところで五年前といえば——髑髏畑一葉さんが小説家としてデビューした頃でもあり、そして泥棒《どろぼう》、スケアクロウが世で騒がれた頃でもありますね——」

五年前。

そこが——何かの焦点《しょうてん》だとでも？

「時系列順に並べるならば、百足先生の失踪が一番先で、その後一葉さんのデビュー、スケアクロウのブーム——となるわけですが、しかし、これはそう単純には捉《とら》えられません。デビューする以前から一葉さんのデビューは決まっているわけですし——ブームになる以前から、当然、スケアクロウは活動していたのですから——」

それは——そうだろう。

当たり前だ。

現象は、起こる前に既に決定されているものだから。確かに、髑髏畑一葉のデビューは五年前でも——そのデビュー自体は、その少し前に決定していた——

「百足先生は——それを知っていたのかもしれませんね。広いようで狭い出版業界——自分の娘、髑髏畑一葉が、新人賞を受賞したという情報くらい——流れてきても、不思議ではない」

海藤は言った。

「スケアクロウのことだって——知ろうと思えば知れる。現実問題、スケアクロウを捕らえる一年近く前から、私はスケアクロウを追っていました。まだメディアには取りざたされていない頃の話ではあっても、それでも推理作家にとっては、大泥棒なんてのは垂涎《すいぜん》の存在でしょうからね」

「で——でも」

それが一体なんだというのか。

「いえ、これはあくまで——補足です。そうだったかもしれない——というだけのことです。そうでなくとも、別に、この事件は成立しますよ。ただ、もしもそうだったなら、髑髏畑百足が五年前、この裏腹亭から失踪した理由に——わかりやすい説明がつくということです」

「わかりやすい——説明」

「実際、一葉さんはまだデビュー内定の頃だったわけだし、スケアクロウの存在だって騒ぎにならないままに終わったかもしれない——という可能性を考えれば、いささか見切り発車な感じは否めませんけれどねえ。ただ、まあ、この場合は——先見の明、と言うべきでしょうか。確信、ですね。確かに信じる——それに、スケアクロウが海藤幼志《ようし》に捕らえられ、脱走し、その後消息不明になることなんて、その時点ではやっぱりわかるわけもないのだから——その辺は単純に、後付けってことなんでしょうかね。あるいは、ただ、予測——していたのかも、しれませんが」

「説明とは——なんなのです」

一葉は言った。

「一体どうして——父は、五年前、失踪したというのです。今——父は、生きているということなのでしょうか」

「二番目の質問から先に答えるなら——恐《おそ》らく、という限定条件付きではありますが、生きていると思われますよ。生きてどこかで——この状況を、嗤っている」

わらって——？

嗤って——いる。

それは、どういう意味なのだろう。

一葉は父の記憶を探る。しかし——

既に、一葉の中の父親像はすっかりぼやけて、そしてぼやけたままに固定され、何も——浮かばない。

「そして最初の質問ですが、それに関しては、僕が答えるまでもない——五年前、髑髏畑百足が失踪したのは——」

「この状況を作り上げるためですよ」

そのための——伏線だったのです。

海藤はそう言って——一葉を見据《みす》える。

いつの間にか、一葉に、聞き手の代表として受け答えをするという役割が振られたようである。

「この——状況《じょうきょう》」

「切暮さんには、既に少し話しましたが——この裏腹亭そのものが髑髏畑百足最後の作品であったという結論に、僕は達しました」

やはり——

一葉と別枝が気絶している間に、切暮は、ある程度まで話を聞いてはいたらしい。

「考えてみれば、五年も前に失踪した作家の『最後の作品』が、原稿用紙や、あるいはデータの形でここにあるだなんて考える方がどうかしていました——『最後の作品』であると同時に、それは髑髏畑百足にとって、最新作でもあるということなのですから。それが具体的な形を取っていない可能性だって、当然考慮《こうりょ》すべきでした」

——この世界に。

——もしもこの世界に。

もしもこの世界に小説なんてものが存在するというのなら、是非ともそれを読んでみたいものだわ——

それが、存在しないのではなく。

まだ存在しないのだという、可能性——だ。

「でも——裏腹亭そのものが作品だなんて言われても、そんなの——全然意味がわかりませ──」

「今、この状況が──まさに、髑髏畑百足の書いている小説であるということですよ」

「そ──そんな」

そんな馬鹿《ばか》な。

そんな馬鹿な話があるか。

「今ここで、この座標において生じている現象は全て髑髏畑百足によって仕組まれた状況である──という意味です。勿論《もちろん》──言うまでもなく、ここの、この、僕らは、現実の存在です。決して──小説の登場人物なんかじゃない」

ただし。

と、海藤は言った。

「この場面を──小説化することはできる」

「しょうせつ──か」

小説化。

小説家。

「推理小説の一形態に──メタ本格というものがあるのですよ、一葉さん。あなたは恐らくご存知《ぞんじ》ないでしょうが──作中作《さくちゅうさく》であったり入れ子《いこ》構造であったり──登場人物が、自身がキャラクターであることを自覚していたり──」

「で、でも」

「そしてこの場面を小説化する作家として選ばれたのが——一葉さん、髑髏畑一葉さん、あなたであることは、最早《もはや》疑いようがありません」

「ち——父が」

「そう」

頷《うなず》く海藤。

「全て——百足先生の、企みです」

じゃあ。

ひょっとして——と一葉は思う。

広いようで狭い出版業界——百足が、一葉のデビューを知っていたとして——その作品を、読んだことが、あると——いうことになるのだろうか。

いつか。

どこかで。

あの父が。

娘の文章を——読んだのか。

「あなたは、髑髏畑百足の『最後の作品』を書く者として——選ばれたのですよ、一葉さん。本当のところ、どこまでが百足先生の思惑《おもわく》通りなのかは、本人に訊くことが叶《かな》わない以上、証明のしようがないことなんですが——」

僕は間違いないと思います。

と、海藤は、再び、断定したのだった。

「で、でもですよ」

そこで——、ようやくと言った感じで、切暮が口を挟んだ。

「この裏腹亭そのものが——なんて言っても、百足先生は、今、実際、ここにはいないわけでしょう？」

「いませんね。少なくとも、この裏腹亭のそばにはいないでしょう。いたら——台無しになる」

「じゃあ——無理じゃないですか」

「無理？　何がです？」

「百足さんが、二葉さんを——殺すのは」

「殺すといっても——何も直接手を下す必要はないのですよ、切暮さん。これも、推理小説を読む者の立場から言えば、初歩の初歩といった知識なのですが、遠隔《えんかく》殺人や交換殺人、プロバビリティーの犯罪など、例は枚挙《まいきょ》に遑《いとま》がありません」

「——遠隔殺人というのは、たとえば、毒殺なんかのことですよね？　交換殺人というのも、語感から何となくわかりますが——ぷろびばりてぃっていうのは、何ですか？」

「見込《プロバビリティー》みの犯罪——ですよ。簡単に言うと、ある人物がいつも使う階段に常にバナナの皮を捨てておく——と言った感じですかね。犯人がやったことは、ただの軽犯罪法違反ですが——それでうまく足を滑《すべ》らしてくれれば、手を下《くだ》すまでもなく、その人物を殺すことができる——とか」

ふむ、と自分の言葉に海藤は口を尖《とが》らせる。

「そうですね——今回の事件は、比較的——それに近い、のかも」

「近い？」

「あくまで本筋とは違いますけれど——では一葉さん」

海藤は切暮から一葉に向き直った。

「具体的な説明に——入りましょう。時系列を追って、説明しましょう」

「——はい」

お願いします、と一葉は言った。

本当に——お願いしたい気分だったからだ。

「髑髏畑一葉さん——まず、あなたのところに届いた、刑部山茶花《おさかべさざんか》からの予告状ですが、既にここまで話した段階で予想はついているでしょうけれど、まず間違いなく——偽物《にせもの》です」

「にせもの——」

「本当の差し出し主は、髑髏畑百足」

海藤は言った。

「一葉さんをこの裏腹亭へと招《まね》くための——伏線だったのです」

伏線——またその言葉だ。

髑髏畑百足が病的なまでに、伏線にこだわる作家だというのは、そういえば、聞いたことがあるけれど——

「切暮さんが一緒に来たのは、恐らく、百足さんの計画にはなかったことでしょうけれど、しかし——それは別にどうでもよかった。一人二人登場人物が増えても、そんな程度では止まらない状況を、百足さんはこの裏腹亭に構えていたからです」

それは——部屋数の、問題だろうか？

確かに——百足、二葉、別枝だけが暮らすには、この家の部屋の数は、やや多目だが。

「一葉さん。あなたは、署名の刑部山茶花という名が、三重殺《トリプルプレイ》の案山子《スケアクロウ》の本名であることを知り、まず二葉さんや別枝さんの身を案じた——これは至極《しごく》常識的な反応です、予想するにも当たらない。そしてまた常識的な反応として、その予告状を警察に届ける——これもまた真っ当な反応。警察が、それに対し木で鼻を括《くく》ったような物言いをするのも、これも普通。そしてここまで当たり前が続けば——あなたがこの裏腹亭にやって来ることは、十分、予測できます」

操《あやつ》れます。

海藤はそう言って、「次に、この僕」と続ける。

「警察が——一葉さんを塩でも撒《ま》かんばかりに追い払ったとは言え、それでも一応、その話を書類に残さないわけにはいかない——そうすれば、スケアクロウ関連の情報は、必ず、日本探偵倶楽部《くらぶ》の下《もと》に入ります。実際、僕がここに来たことから、分かるようにね。しかし——その、僕がここに来ることも、百足さんの思い通りでした」

「え——じゃあ、あなたも」

「そうです。僕も——必要だから集められた、ただの登場人物に過ぎない」

海藤は言った。

にこにこと笑っているが——果《は》たして、それは一体どんな心境なのだろう。

探偵が犯人に操られるなんて。

一葉には想像するべくもない。

「ひょっとしたら僕でなくともよかったのかもしれない。とにかく——今、ここでこうして謎を解く、推理役探偵役が——必要だったということです。多分、日本探偵倶楽部所属の探偵であれば、それでよかった」

「で——でも」

一葉は言った。

「今、ここでこうして――というなら、父の――髑髏畑百足の思惑を、全てとは言わずともほとんど全て、海藤さんが看破しているというのは――父にとっては、計算外のことじゃないんですか？」

「違いますよ」

海藤は一葉に対し、首を振る。

「自分の企みが露見するところまで含めて――百足さんの計画通りなのです。否――髑髏畑百足の企みが知れて初めて、この作品は完成すると言える」

「作品――だから」

「ええ。だからです。考えてもみてくださいよ、髑髏畑百足は推理作家なのです――解決編を書かないような、そんな手落ちをするわけがない」

今にしてなお――弄ばれ続けている。

ん――だったか。

さておき、と海藤。

「必要最低限の登場人物は、これで揃ったわけです――語り部としての髑髏畑一葉、それに探偵役としての海藤幼志。更には、元々裏腹亭に住んでいた――否、百足さんが強《し》いて住まわせていた、髑髏畑二葉に別枝新」

勿論、お二人に住まわせられていたという自覚なんて、ないでしょうけれど――と、海藤は、別枝から反駁《はんばく》が入る前に、補足した。何か言いさした別枝は、それを聞いて――黙る。

「髑髏畑二葉さんに振られた役割は言うまでもなく被害者――そして別枝さんは、証言者、といったところでしょうね。それに――合鍵《あいかぎ》です」

「合鍵？」

「合鍵です。仕事部屋の合鍵、あれは、百足さん本人が鍵をなくしたときの保険として別枝さんに預けていたのだとばかり思っていましたが、そうじゃなかった――いや、確かにその意味も、まったくなかったわけじゃなかったんでしょうけれど、しかし、本当の意味――本当の意味があった。合鍵は、事件が起きたとき――『開かずの間』を開けるための道具立てとして、別枝さんに預けられていたのですよ」

「事件が――起きたとき、とは？」

「二葉さんが『開かずの間』の中で死体となっていても、あの扉《とびら》が開けられないんじゃ、その死体を発見できないでしょう？　死体なくして事件は成立しませんからね――そういうことですよ」

「――なるほど」

得心《とくしん》できるといえば、確かに引っかかりなく矛盾《むじゅん》なく、得心できる論理だが――しかし、あまりにも気持ち悪すぎて、全然腑《ふ》に落ちない。いがいがする。まるで人間を——数式扱《あつか》いだ。

——数学の証明問題。

百足の書く文章は——そう評されていた。

「イレギュラーとしての切暮さんをそこに加えて、これで舞台は整った——表向きは、スケアクロウから百足さんの未発表原稿を守るためという名目でね。その実——その全員で、その作品を作り上げていたというのだから、これは皮肉と言わなければ滑稽《こっけい》と言う他ない」

「あの——海藤さん」

「なんですか？」

「二葉が——小説家になったことも、父の——髑髏畑百足の、思惑——なのですか？」

「恐らく——その通りでしょう。本人はそうは思ってなかったようですが。ただし、それに関しては保険のようなもので、その可能性が潰《つい》えた場合は他の可能性がそれをフォローするといった遊びのある部分であり、あくまでどちらでもよかったのではないかと思いますが——しかし、百足さんが二葉さんにそう促《うなが》しただろうことは、確かだと思います」

「——そうですか」

一葉は引き下がった。

それに対して、一体自分はどんな感想を持ったらよいのか、分からないまま。

「さて、では、物語の話をしましょう。物語の内容の話を。僕は――この僕、海藤幼志は、まずは当然、探偵の責務《せきむ》として、その、あるはずのない原稿の捜索を開始しましたが――あるはずのないものが見つかるわけがない。そしてスケアクロウ――スケアクロウが、ここに来るわけもない。だって刑部山茶花は、予告状なんて出していないのだから」

「――じゃあ」

どうして――二葉は、死んだのか。

その説明が、まだされていない。

「海藤さん――七月二十四日の晩の時点では、少なくとも、髑髏畑百足も刑部山茶花も、この裏腹亭には――いない、いなかった、ということでいいんですね？」

「はい。そういう結論です」

「じゃあ――結論がそれなら、いったい誰が二葉を殺したんです。それに――密室についての説明も――全く、なされていません」

『開かずの間』。

鍵を持っていたのは別枝だけ――。

「二葉を殺した犯人は勿論、二葉自身だって、あの部屋に這入《はい》ることは、できなかったはずなんです。現実的な解釈としては、父、百足が、自分の持っていた本鍵で、あの扉を開けたくらいしか――」

「僕が見張《みは》っていたことを、お忘れなく」

海藤は言った。

「だから――構造自体は、とても簡単な問題なんですよ、一葉さん。一葉さんや、それに切暮さんみたいに、普段から推理小説と慣れ親しんでいない人達にとっては、こんな解決でも、あるいは新鮮に聞こえてしまうかもしれませんが――答はとても簡単なんです。怒られるくらいに簡単なんです。髑髏畑二葉さんは――」

「通風孔を通って、『開かずの間』に入ったんです」

――っ。

通風《つうふう》――孔《こう》。

「一葉さんはすぐに気絶してしまいましたから、知らないかもしれませんが――あの地下室には太い通風孔があるんです。切暮さんは、一緒に見ましたよね？　あそこを通って――二葉さんは」

「ちょ――ちょっと待ってください」

一葉は慌《あわ》てた。

「人間一人が通れるくらいの太い通風孔なんですか？　業務用のビルとかならともかく、こんな一般家屋で、そんな図抜《ずぬ》けて太い、空間を持つ通風孔なんて――」

「そんなに太くはありませんよ。精々《せいぜい》、八歳くらいまでの子供なら通れそう、というくらいです」

「じゃあ――」

八歳の子供。

じゃあ――

「そうですね」

海藤は深く、頷いてみせる。

「そのもの八歳の子供である二葉さんならば――『開かずの間』への侵入が可能だということです」

――大人のする格好では、

――とてもじゃないが、ない。

――化粧《けしょう》など、

――していわけもない。

――子供の落書き。

――昔のアルバム。

――白砂糖に甘えたような、

――舌っ足らずな声音。

「ひょっとしたらですけれど、別枝さんは、ご存知だったんじゃないですか？　そういうルートがあることを」

「――いえ」

別枝は海藤からの問いかけを、否定した。

「私は、全く――」

「そうですか。まあ、そうかもしれませんね。そうなのでしょうね。確率的には、どちらでもありそうな感じでしたが、では――きっと、二葉さんに、その通風孔のルートを教えたのは、百足さん本人なのでしょう」

五年前だから――二葉が、三歳の頃か。

物心つく前から――

自分の娘に、そんなことを、刷り込んだのか。

一葉は、にわかに、戦慄《せんりつ》する。

髑髏畑二葉は——髑髏畑百足が、自分の妻と離婚《りこん》して——まだ幼《おさな》かった自分の娘を捨てて、その後、随分《ずいぶん》時間が経過してから——生まれた娘だ。

離婚後に生まれた娘。

離婚後に作られた、娘。

それも、数年じゃない——十年以上、後。

だから——

だから、一葉は、二葉が——嫌いだった。

汚《けが》らわしい、と思ったのだ。

汚《きたな》らしい——汚《よご》れた存在。

父も、母も——生まれた娘も。

全て——嫌わずには、いられなかった。

幼いながらに——

自分とそっくりの、その顔を見るたび。

苛々《いらいら》を、ざわざわを——抑《おさ》えられなかった。

どうでもいいと——迂回《うかい》するしか、ないほどに。

わずか七歳にして彼女が小説家となったとき——その思いは、爆発《ばくはつ》した。

けれど、と一葉は——思い直す。

もしも、その、二葉という娘を作ったことすら——今のこの状況を作り上げるための、ただの伏線に過ぎなかったというのなら。

自分の手の下に二葉を引き取ったのも、二葉を自分の思い通りに、自分の考えたように育て上げるためだったというのなら。

それは——

そんな。

「そんな——そんな話があるか！」

思わず激昂《げっこう》した一葉を——

海藤は、特になだめようともせず、

「しかし、それしかないのですよ」

と言った。

「あの『開かずの間』に侵入する手段は、あの通風孔しか——ね。そう考えると、二葉さんが裸で死んでいた理由も、わかるでしょう？　あれは切暮さんが言ったような、変態性欲《ペドフィリア》の結果じゃない——二葉さんが、自分で脱いだのです」

「なんで——」

「埃《ほこり》だらけの通風孔の中を通ったりして、服が汚れたら嫌だからですよ」

「埃——」

「そう聞くと、失踪から事件——作品まで、五年の期間を置いた理由も、分かろうってものでしょう？　あ、いや、逆か、事件の五年も前に失踪した理由——ですね。勿論、あの地下室に、埃を積もらせるためですよ——」

たとえ、二葉の体が埃まみれであっても。

通風孔を通っていたことが——わからないように。

そこまで——計算通りだというのか。

——き。

気持ち——悪い。

汚らわしい。

汚らしい——汚れた。

「でも——」

切暮が言う。

「二葉さんは、それでいいとしても——もう一人、犯人は——どうやって、あの部屋の中に這入ったというのですか？」

「犯人——ですか」

「ええ。被害者と犯人、密室の中に最低その二人がいなければ、事件は成立しないでしょう？」

殺人は——成立しないでしょう。

いいえ、と海藤は否定する。

「言ったでしょう？　プロバビリティーの犯罪——ですよ。あの部屋に這入るのは二葉さん一人でよかったのです——切暮さんも、見たでしょう？　あの通風孔——僕が背伸びをして手を伸ばして、やっと届く位置だったのですよ？」

「——あ」

「そんな高さから転落して頭を打てば——子供なら、普通は死ぬでしょう」

——撲殺《ぼくさつ》。

じゃあ——なかったのか。

そうじゃなかったのか。

転落死——しかし、これは、事故じゃない。

「そう、事故じゃありませんね——これは立派な計画犯罪です。二葉さんが転落した後、通風孔の蓋《ふた》が、自然に閉まるような構造になっていたことも、また、作為《さくい》的です。そんな都合のいい設定の通風孔なんて、聞いたことがありますか？　二葉さんが転落死する確率は、その見込みは、恐らく七十パーセントを超《こ》えていた——練習のしようがない初めての行いですからね、これは、当然でしょう」

「初めての行いって、まるで見たようにいいますが、どうしてそんなことがわかるんですか？」

　一葉の問いに、海藤は、「あ、の、部、屋、に、は、何、も、な、い、か、ら、で、す、よ」と答えた。

「二葉さんにとって踏《ふ》み台《だい》になるものがないんです。精々《せいぜい》机と椅子《いす》ですが、八歳の力じゃあの机は重たくて動かせないだろうし、椅子だけじゃ、指先すら届かない。つまり、通風孔のルートは、一方通行なのです」

「じゃあ――扉から出れば」

「そうすると、今度は鍵がかけられません。二葉さんは合鍵を持っていなかったんですから。二葉さん自身そう言っていましたし、今となっては彼女が死亡したことからも、それは証明されたといえるでしょう。服を脱いでいたことから、通風孔を通ったことは明白です――合鍵を持っていれば、そんなことをする必要は一切なかったわけなのですから。まだあの部屋が使用されていた頃の二葉さんの年齢を考慮すれば、『開かずの間』になる以前に練習できていたとも思えませんしね」

『開かずの間』が『開かずの間』であった以上、二葉さんがあの部屋に這入るのが初めてだという結論は揺るぎないのです――と海藤は言った。

　少し、一葉にとっては理屈がややこしかったが、確かに、その通りだった。

　じゃあ――

——それだけか。

それだけのことだったのか。

「それだけのことだったんですよ」

海藤は言った。

「昨晩、二葉さんは、殊勝《しゅしょう》にも、『私で力になれることがあれば、なんなりとおっしゃってくださいね』——なんて、仰《おっしゃ》っていました。八歳くらいまでの子供なら——と僕に教えてくれたのも、二葉さん本人です。彼女は——髑髏畑百足、『最後の作品』に——興味を持っている様子だった。否——」

この場合。

興味を持たされていた、と言うべきでしょう。

海藤はそこで笑みを消して——言う。

「人間の性格は三歳までに決定されるといいますからね——三つ子の魂《たましい》百までという諺《ことわざ》、実は科学的根拠があるのですよ。三歳まで——髑髏畑百足に、付きっ切りで育てられた彼女は——」

人形。

お父様の、お人形。

いつだったか——二葉が、自分のことをそんな風に——語ったことがあった。一葉に向けて。あれは――

――あれは、ひょっとして。

悲鳴のようなもの――だったのか。

小さな女の子の――消え入るような、悲鳴。

――相変わらず――くだらないところで。

――止まっている。

――お可哀想。

――本当に――お可哀想。

汚い――どころか。

なんて綺麗な――少女だったのだろう。

純粋で、無垢過ぎて――何もない。

何一つない。

人権も尊厳も――何一つない。

一葉は――自身を捨てられた子供だと思っていた。髑髏畑百足という父親に、仕事よりも価値のない存在と判断され、捨てられた子供なのだと。

だから――二葉を引き取った百足よりも、百足に引き取られた二葉の方が憎かった。

憎かった。

はっきりと——憎らしかった。

だけど。

それは、なんて、誤解だったのだろう。

ぬくぬくと暮らしていたのは——

むしろ、一葉の方だった。

髑髏畑二葉が髑髏畑二葉であり、髑髏畑一葉ではなかったおかげで——髑髏畑二葉でなかった髑髏畑一葉が、どれほどに救われていたというのか。

一葉は捨てられたけれど。

二葉は与えられてさえいなかった。

——どうして。

——どうして、私には——

あの子の悲鳴が——聞こえなかったんだ。

聞こうとすら、しなかった。

「『開かずの間』が怪《あや》しいことくらい子供にでもわかる。その日、訪問した一葉さんと切暮さんから、そんな『最後の作品』があると聞いて——いてもたってもいられなくなったのでしょう。頼《たよ》りの探偵は——」

海藤は一瞬、言葉をとめた。

しかし――続けた。

「全然、期待薄でしたからね。夜に至って、何も見つけられないくらい」

「期待――薄」

「だから――自分でなんとかしようと、彼女が考えることに、何の不思議もない――自然の流れです」

いや、と海藤は、自分の言葉に、首を振る。

「自然じゃない――自然の流れなんてとんでもない――全部、髑髏畑百足が作った流れじゃないか――！　不自然至極極まりない！」

初めて――声を荒げた。

――謎解きの最中に声を荒げる探偵なんて。

果たして、いるものなのか。推理小説に詳《くわ》しくないので、一葉には、それはわからないけれど。

何も言えず、ただ、見守っていると――すぐに海藤は冷静さを取り戻し、
と言った。

「一葉さん」

「謎解きは、あらかたこれでおしまいですが――最後に、あなたに言っておかなければならないことがあります。探偵役の責務として、あなたに言っておかなければならない

ことが」

「ならない——こと」

「恐らく百足さんは——この作品を、叙述トリックを使って仕上げて欲しいと、あなたに望んでいるはずです」

「——え？　叙述《じょじゅつ》？」

「叙述トリック——地《じ》の文において、読者を錯覚させるトリックですよ——百足先生は今まで一度も、著《あらわ》した文書の中で一回も、そのトリックを使っていない——だから僕は、その『最後の作品』でも使っていないに決まっていると、思い込んでいましたが——」

海藤は切暮をちらりと一瞥《いちべつ》した。

「切暮さんが、僕の蒙《もう》を啓《ひら》いてくれました。『最後の作品』でまで、百足先生は同じことをするだろうか——とね。そう、百足先生は——伏線の悪魔とまで言われた作家でした。最後の最後で使うために——叙述トリックを取っておいたと考えるのが、正当です」

マンネリだと思い込ませることで——

最後に、ゲシュタルト崩壊を目論《もくろ》んだ。

数学の証明問題。

でありながら、難易度を誇《ほこ》った——文体。

伏線の悪魔。

「密室や不可能犯罪——それらのタームをこれまで使ってこなかったのも——そういう理由なのかもしれません。とすると、この裏腹亭の事件を計画したのは、五年前どころではないという話になりますが——しかしそこから先は、推測の域を出ませんが、ね」

「叙述って——具体的には——どういう」

「八歳くらいまでの子供しか通れない通風孔——ならば、二葉さんを大人の女性のように描写すれば、これ以上の不可能犯罪はない——ことには、なりませんか？」

「大人の——」

「一葉という名前の姉に二葉という名前の妹なら——そんなに年齢が離れているとは思えませんしね。間に誰も挟まない、すぐ下の妹——ですし。それに、小説家という職業。若年化《じゃくねんか》が進んでいるとはいえ、登場人物表に『小説家』の肩書きで紹介されているキャラクターを——普通八歳の子供だとは思わないでしょう——お二人がまるで親子のようにそっくりでいらっしゃることも、うまく利用できそうだ」

名前。

職業。

それも百足の、手のひら——なのか。

ぎり、と一葉は歯軋《はぎし》りをする。

百足——髑髏畑百足。

おとうさん。

「僕から言えることは——以上です。日本探偵倶楽部第三班所属、海藤幼志は、これで役目を果たしました。だから、ここから先は、ただの個人としての質問なのですが——どうします？　一葉さん」

海藤は——

何気ない風を装《よそお》ってだろう、訊いてきた。

「髑髏畑百足、最後の作品——書きますか？」


「誰が書くか」

髑髏畑一葉は——精一杯の呪詛《じゅそ》を込めて、言った。

迂回せず——

正面から斬《き》りつけるように、言い切った。

「そんなものを書くくらいなら——死んだ方がましだ」

——たとえそれが。

たとえそれが、この世界で唯一、小説と呼ぶに足るものだったとしても。

海藤はそれを聞いて、
にこにこ顔で、
「よかった」
心底《しんそこ》安心したように、そう言った。

□　□

既に危機は、危機らしきものはこの裏腹亭には存在しないということになったので、警察への連絡には、海藤が一人で行くこととなった。切暮のクルマのキーを借り、山を降りていった。携帯の電波が入るところで、警察と、それから日本探偵倶楽部本部に連絡を取り、戻ってくるとのことだった。裏腹亭までの道程を徒歩で来たという彼だったが、車の運転はむしろ得意な方らしい。

別枝は謎解きの場面が終わるなり、一人さっさと、自分の部屋に戻ってしまった。彼なりに、今回の事件には思うところがあったのだろう。それはそうだ、髑髏畑二葉が髑髏畑百足の人形だったというのなら——別枝新《あらた》もまた、髑髏畑百足にとって、人形だったことになるのだから。『開かずの間』に一歩も入ることを許可されなかった、二葉よりも随分とランクの低い、お人形。

そして——

裏腹亭のリビングで。

昨夜そうしていたように、切暮細波と、髑髏畑一葉は——向かい合って、コーヒーを飲んでいた。

「結局——スケアクロウなんていなかったんですね」

切暮は言った。

「本物のスケアクロウ、刑部山茶花は——今、どこでどうしているんでしょうか」

「さあ、わかりませんね」

他人事《ひとごと》のように答える一葉。

平静を装ってはいても、やはり、ショックは隠しきれないようだ、と切暮は思う。こういうときは、下手《へた》にわかったような口をきくより、ただの無神経な粗忽者《そこつもの》を通した方がいいことを、経験上、切暮は知っている。

「案外、脱獄はしたものの、その辺で野たれ死んじゃったのかもしれませんね——その方が、百足さんにしたら、都合がよかったかもしれませんが」

「——ですね」

「しかし、この裏腹亭そのものが、作品だったとは」

切暮は天井を大きく見上げて、そう言う。

「巨匠《きょしょう》の――意地ってところですか」

「そんな大層《たいそう》なものじゃ、ないでしょう――」

心ここにあらずといった風に、一葉は言った。

しかし、それでも、軽蔑するように。

「――ただの狂人の、妄想《もうそう》ですよ。でも――」

「でも？」

「売れる――でしょうか」

「――売れる、でしょうね」

否定しようかとも思ったが――

切暮は、編集者として、正直な見解を口にした。

「背景までちゃんと書き込めば――かなりセンセーショナルな本になるでしょう」

「――そうですか」

「書きますか？」

「書きませんよ。さっきも言ったでしょう。心は変わりません。私は売れたい――わけじゃありませんから」

ただ、と一葉は言う。

「二葉を――あそこまで否定することは、なかったと――今は思っています」

「今からでも——間に合うんじゃないですか？」

「かも、しれませんね——でも、私——私は、なんで、あんなこと——言っちゃったんだろう」

一葉は——

とても悲しそうな表情を見せた。

そんな表情の一葉を、切暮は初めて見た。

「相手は、全然、年下の——小さくて、可愛らしい、私の——妹だったのに」

それを受けて。

ああ、この人は。

これから、まだまだ、もっといいものを、書いてくれそうだな——と、切暮は思った。

「海藤さんが戻ってきたら、とりあえず食事にしましょうか——しばらく何も食べていない気がしますよ」

「そうですね——でもここは、随分と山の深いところですから、携帯の電波が届くところまでといっても、相当遠いでしょうが——」

「別枝さん、これからここで一人で暮らすことに——なるんでしょうか？　それとも、そもそも、この裏腹亭って権利上は二葉さんじゃなくて、まだ百足さんのものなのでしようか――」

「そうですね――でも、こんな不便なところに住み続ける理由なんて――え？」

そこで――一葉が、目を見開いた。

驚きというよりは――放心したように。

「不便？　不便って――」

「ど――どうかしたんですか？　一葉さん」

そのただならぬ様子に思わず――切暮は、後ずさりながら、一葉に問う。一葉は口元を押さえて、しばらくの間ぶつぶつと呟《つぶや》いてから――

「電話線」

と言った。

「電話線は――誰が切ったんですか？」

「――あ」

電話線――切られていた。

そうだ。

だから――海藤は――切暮のクルマで。

電話線を切った人間。

髑髏畑百足じゃあ――ない。

彼は、裏腹亭に——近寄ってすらいない。

「そ、それに——そうだ」

一葉は続けた。

「二葉の寝台の上にあったっていう手紙は——？　それも、髑髏畑百足には——無理でしょう？」

「——そ、それは——」

どういう——ことだ？

海藤の推理が——外れている？

外れている、とは言わずとも——ずれている。

「ど——どういう」

「え——」

にわかに、二人に、動揺が走った、そのとき——

そのとき。

インターホンが鳴った。

二人、目《め》配《くば》せをして——

揃って、玄関に向かう。

海藤が帰ってきたのだろうか？

そう考えるしかなかった。

そうでなくてはならなかった。

しかし――そうではなかった。

そこにいたのは、長身の黒衣の男だった。

「日本探偵倶楽部の者です」

そう言って、男は名乗った。

長ったらしい名前で、切暮は一度聞いただけでは覚えられなかったが、しかし、それでも、ああ、海藤は無事に連絡を取れたんだな――と、無理矢理に安心しながら、「そうですか」と、とにかく、相槌を打った。連絡を取ったはずの海藤より、この黒衣の男が先に到着したことを――不自然に感じなかったわけではないが――

「少しお話をうかがいたいのですが――」

そう言いながら黒衣の男は、ブルー・ＩＤ・カードを取り出す。

そこには『第一班』と書いてあった。

第一班。

「か、海藤さんの、お仲間ですね」

切暮は、とりあえず――というよりは、なんとなく、そう言った。しかしそれに、ん、と黒衣の男は怪訝《けげん》そうな表情をして――

「海藤をご存知なのですか？」

と、訊き返してきた。

「ご、ご存知も何も――つい先ほどまで、ここにいましたよ。あなたがた――」

あなたがた、といいかけて、黒衣の男がたった一人でここにいることに、切暮は気付く。馬鹿な――応援を呼んだというなら、それがたった一人であるはずは――そもそも警察は、いや、そもそも――海藤は。

ぐるぐると、頭を、思考が巡《めぐ》る。

意味をなさない、言葉をなさない思考が。

「あ、あなたを――ここに呼んだのが、海藤――さん」

「何を言っているのですか？　そんなはずはないですよ――海藤が呼んだなんて――もしかして、ふざけているのですか？」

「ふざけてなんて――」

「でも」

黒衣の男は言った。

死刑宣告でもするように。

「我々の同僚《どうりょう》である海藤幼志は――ここから三キロほど手前の山道において、死体で発見されたところなのですよ？　死亡推定時刻は、昨日の昼間頃ですから――」

最終回

『終落』

「ぼくもその点については、いろいろと考えてみたんですよ。捜査の助けになるかと思いまして、今日は一冊の推理小説を持参しました」

――清涼院流水

『コズミック 世紀末探偵神話』

登場人物紹介

虫原桃生子《むしはらものうこ》――探偵。日本探偵倶楽部所属。

刑部山茶花《おさかべさざんか》――泥棒。通称スケアクロウ。

ことがここに至《いた》ったところで、今更賢明《いまさらけんめい》なる読者諸君に私から説明することが一つだってあるとは思わない。過剰《かじょう》な説明が時として芸術作品の価値を損なうことはこの社会においては普遍的《ふへん》と言えるまでに多々あることだが、しかしそれは私のような眼を持つものには耐《た》えられない苦痛を伴う事実なのだ。

だがしかし、問われたならば答えることも決してやぶさかではない。私だって一人の人間として、自分の為《な》した成果を、不特定多数を相手に自慢したいという気持ちはあるのだ。否《いな》、そもそもそういう気持ちこそが、私を動かす最初の原動力であったといってもいい。

□　□

申し遅れた。

私の名は刑部山茶花《おさかべさざんか》。

三重殺の案山子《かかし》、トリプルプレイのスケアクロウなどと呼ぶ者もいるが、実のところ、私はその呼び名をあまり気に入っていない。何故《なぜ》ならそれは私の名乗った名ではないからだ。私がかつて予告状に付した名はあくまで案山子の三文字のみである。それを横文字で読んで欲しかったわけではないし、物騒《ぶっそう》な修飾語をつけて欲しかったわけでもない。所詮《しょせん》案山子というのもただの記号だ。記号が記号を呼びさらに記号を呼ぶ。記号取りが記号。そんな仕組みは文章を書く者にとっては自明であろうし、読む者だって、本当はかなり初期の段階で、分かってしまっていることのはずなのだ。

だから。

私を呼ぶときはただ、刑部と呼んでもらえればいい——一度海藤幼志《かいとうようし》に捕《と》らえられ、本名が公表されてしまった時点で、それをいたずらに隠す意味は失われているのだから。あの偽《にせ》の予告状に、案山子ではなく刑部山茶花と署名を記した髑髏畑百足《どくろばたけむかで》は、そういう意味では、心得《こころえ》ていたのだろう。

流石《さすが》作家だ。

そう言えば推理小説の世界には『名探偵一同集めてサテといい』というふざけた川柳《せんりゅう》があるらしいが、その流儀《りゅうぎ》に私までが乗る必要はないだろう。私はあくまで泥棒《どろぼう》であって探偵ではない。まして名探偵など畏《おそ》れ多くて、とてもとても、だ。

髑髏畑一葉《いちよう》が私のことを調査する際にそうしたように、この間、スケアクロウという名前——スケアクロウという記号を、インターネットの検索《けんさく》エンジンでチェックしてみたのだが、その結果から推測する限《かぎ》りにおいて、私はどうやら、世間から大きく誤解されているようなのである。それも嫌になるような誤解ばかりだ。私のことを、権力を嘲《あざ》笑《わら》い、ふざけ半分で盗みを行う、愉快《ゆかい》犯のハイエンドであるかのような物言《ものい》いには、さすがに不満を覚えざるを得ない。うんざりだ。それもこれも政府、並びに当局、日本探偵倶楽部《くらぶ》の情報統制の結果なのかもしれないが、しかし、逆に、私があまりにも独善的過ぎたこと、私があまりにも独りよがりだったことも、原因の一つではあると思う。

私は説明義務を果《は》たすべきなのだろう。

否、そうではなく——

ただ、語りたいだけなのかもしれないが。

よい仕事をし終えた後は誰だって能弁になるものだ。

それが、五年ぶりの大仕事だったとなれば、尚更《なおさら》というものである。

ああ——それも違った。

私はまだ、仕事をし終えていない。

役目を果たし切れていない。

存在を証明し切れていない。

忘れてはならない。

まだ忘れてはならない。

本人にはどうやらその自覚はなかったようだが、海藤幼志という男は、間違いなく名《めい》の一字が相応《ふさわ》しい、立派な探偵であった。捕まえられたこの私が言うのだから間違いはない。五年前のあのときを思い出せば今でも内臓が煮《に》えるようだ。京都駅ビルは、今ではすっかり京都に根付いてしまった。今更あれは盗めない。そう考えると私は忸怩《じくじ》たる思いだ。愚痴《ぐち》になってしまうので、これ以上、その件については述べないが——その後、留置場を脱獄したことに関しては、海藤幼志には一切の咎《とが》はないのだから、それによって海藤幼志が自身に不安定を感じる必要などなかったのである。

脱獄後、私は海外へと移住した。

正直言って、日本探偵倶楽部を敵に回したくなかったからだ。日本が犯罪先進国と呼ばれたのは今となっては過去の話、日本探偵倶楽部の存在がある限り私に未来はないだろうと——端的《たんてき》に言えば、私は逃亡したのだった。

貨物船で大陸に渡り、その後は列車を乗り継いで、最終的にはモナコに移った。そこで、余生《よせい》というにはまだ早いかもしれないが、暢気《のんき》な生活を送らせてもらっていた。細かい盗みはそれなりに続けていたが——気分的には、私はもう引退していたのだ。そのことを髑髏畑百足が知っていたかどうかは知らないが——否、恐らく知ってはいたのだろう。

恐らくどころか、絶対。

絶対に知っていた。

調べようと思えば調べられることだ。

日本探偵倶楽部や警察には無理でも――髑髏畑百足にならば、可能だったろう。あれほどの執念《しゅうねん》を持った男は、私は他に知らない。裏腹亭《うらはらてい》の事件が、ほとんど彼の計画通りに進んだことを思えば何をか言わんやであろう。

ただ一つ――

ただ一つだけ。

そう、更に唯一、そこに付け加えることがあるとすれば――前提材料として料理人に提供すべき何かがあるとすれば、彼同様、この私もまた、自分のことに関しては偏執狂《へんしつきょう》と言ってよいまでに、執着《しゅうちゃく》していたこと――であろう。

私は私が大好きなのだ。

より表現に正確さを期《き》すならば――私は私の行為を、愛している。私の行為を愛しているという私の行為まで含《ふく》めて、愛している。

だから私は――

髑髏畑百足が髑髏畑一葉、自分の娘に出した例の予告状の情報を――いち早くつかむことに成功したのだった。日本探偵倶楽部に伝わるような情報ならば、この私に伝わらないわけがないのである。

髑髏畑百足が私の情報をつかんでいたように。

私は、私の情報を、つかんだのだ。

逃《のが》すはずもなく。

と、前置きがいい加減長くなってきたところで、今日の日付は、八月三十一日である。裏腹亭の事件から既《すで》に一ヵ月以上時が経過した。その間何があったかといえば、取り立てて何もなかったと言ってよいだろう。髑髏畑二葉《ふたば》の死が公開され、彼女の本の売り上げが短期的に伸びている真っ最中であるが、所詮それも一過性のものであろう。髑髏畑一葉は、編集者、切暮細波《きりぐれさざなみ》と共に、何か本作りの最中かもしれない。髑髏畑一葉はあまり公に情報が開かれるタイプの作家ではないので、その辺りは判然としない――別《べつ》枝新《えだあらた》がどうなったかということには、私はあまり興味がない。如何《いか》なる鋼鉄《こうてつ》の忠誠心であろうとも、それがその根幹《こんかん》から揺《ゆ》さぶられればどうなるのか、考えれば分かりそうなものだが、まあとりあえず今のところは、まだ裏腹亭にいるのではなかろうか。

そして海藤幼志。

愛すべき名探偵、海藤幼志。

海藤幼志殺人事件については――まだ解決を見ていない。

日本探偵倶楽部、第一班の探偵が一人と言わず二人三人まで出張《でば》っているというのに、まだ糸口すらつかめていないというのがその実際のようだ。

それはそうだろう。

と、私辺りは思うが。

そう――日本探偵倶楽部である。

私は今、その日本探偵倶楽部の本部ビルがちょうど正面に覗《のぞ》ける小さな喫茶店において、紅茶を飲んでいる。別枝新が淹《い》れてくれたそれとは比べ物にならないほど安価で、味もそれに比例するレヴェルの紅茶だが――髑髏畑一葉の言う通り、紅茶は飲み物なので、喉《のど》が潤《うるお》せれば、そして暇《ひま》を潰《つぶ》せれば、それで足る。

日本探偵倶楽部の本部ビルがあるのは、京都、河原町《かわらまち》通り――京都市役所のはす向かいである。八階建てのビルディング。外国の高名なデザイナーが手がけたという建物で、その造形は、思わず私をして盗みたいと思わせるクラスである。

さすがに。

そこまで節操《せっそう》のないことはしないが。

私は節操のある人間だ。

ただ――

こうして窓から眺《なが》め、悦《えつ》に入るくらいは、刑部山茶花の名の下《もと》においても、許される程度の贅沢《ぜいたく》であろう。

私は——

　私は、人を待っているのだ。

　約束の時間は三時だから、相手が時間に正確でさえあれば、もうすぐ姿《すがた》を現すはずなのだが——と。

噂《うわさ》をすれば何とやら。

来た。

今、日本探偵倶楽部の本部ビルの正面ゲートから、徒歩で、小さなハンドバッグだけを持って、彼女は出てきた。

彼女の名は虫原桃生子《むしはらもうこ》。

日本探偵倶楽部の職員である。

肩書きは日本探偵倶楽部第三班所属、特別知能窃盗《せっとう》犯罪S級担当部、部長補佐。名目上は探偵という扱《あつか》いになっているが、実際のところは探偵助手のような役割を務めている。

部長補佐——と言えば、ピンと来るだろう。

海藤幼志は、日本探偵倶楽部第三班、特別知能窃盗犯罪S級担当部の部長だった。そう、彼女こそ、日本探偵倶楽部内において、立場上、もっとも海藤幼志に近かりし者だったのである。

海藤幼志が個人的に親しかった探偵や、あるいは海藤幼志殺人事件を担当している第一班の探偵、思い切って日本探偵倶楽部総部長を相手取ることも考えないでもなかったが――

分《ぶん》を弁《わきま》えよう、ということで。

虫原桃生子を呼び出したのだった。

相応しいといえるだろう。

呼び出したというよりは、正確にはこちらからの捜査協力という名目だが、何、どちらにしても、それは嘘《うそ》にはならない。私は彼女の力になれるし、彼女も私の力になれる。

相互補助だ。

少なくとも私は――説明義務は説明義務として果たさなくてはならないと思いながら、しかしだからといって、やはり自分で説明したくはないのだから。

中庸《ちゅうよう》――という奴《やつ》だ。

どんな自慢話であれ、それはあくまで受動的に語りたいものである。

喫茶店の扉《とびら》がからんと鳴った。

虫原桃生子は店内に一歩入ったところで、きょろきょろと、挙動不審のように、忙《せわ》しげに、首を動かしていた。どうやら私を探しているらしい。その動作が妙に愛らしかったので、しばらく放置してみようかとも思ったが、しかし、それは私の目的の本筋とは外れるわけで、私はさっと左手をあげて、

「おおい」

と言った。

「こちらですよ」

そうすると、虫原桃生子はほっと安心したような顔になって、私の座《すわ》る窓際の席へと、近付いてくるのだった。

にこにこ笑顔を浮かべている。

海藤幼志を見習っているのだろうか。

あるいは類縁かもしれない。

「お待たせしました。会津《あいづ》さんですね？」

「いえ——」

勿論《もちろん》会津というのはアポイントを取るときに使用した偽名《ぎめい》だ。偽名とはいえ戸籍まである名なので、日本探偵倶楽部が相手であろうと、そうそう偽名とは見抜かれないだろうが。

「申し訳ありません。本当は、刑部といいます」

「え？　はあ――おさ」

虫原桃生子は、言いさして、

「あっ」

と――私の顔を、確認する。

整形手術などは施《ほどこ》していない。

その必要がないからだ。

ゆえに――特別知能窃盗犯罪S級担当部の部長補佐、虫原桃生子は当然、トリプルプレイのスケアクロウを、知らないわけもなく――

一致する。

座りかけていた体を浮かし、

「あ、あなた――！」

と、叫び声にも似た大声をあげる、虫原桃生子。

「落ち着《つ》いてください」

私は努めて冷静に言った。

居丈高《いたけだか》に構えるでもなく、冷静に。

「あなたレヴェルの探偵では、私をどうこうできないことくらい――わかるでしょう」

「――う、うう」

「安心してください——ここで何かをどうこうしようというつもりはありません。勿論あなたがそれを望むのであれば、この景色から見える全《すべ》ての人間を虐殺《ぎゃくさつ》するくらいのことはやって見せますがね」

私は窓の外を示す。

その風景の中には——日本探偵倶楽部のビルディングも、含まれている。

「——わ、わかりました」

「助かります——私も血生臭《ちなまぐさ》い真似を、この京都の街ではしたくありませんから。何、い、いいいいや、盗むわけでもないのに——ね。それではおかけください。虫原桃生子さん。まずは、飲み物の注文——でも」

促《うなが》されるままに、私の正面の椅子《いす》に座り、やってきたウエイトレスにアールグレイを注文する虫原桃生子。

いい趣味だ。

名前で選んだだけかもしれないが。

私も同時に追加注文をし、それらが届くまでの間は、まずは沈黙だった。私は何も切り出さなかった。別に勿体《もったい》ぶっているのではなく、話の途中でウエイトレスに邪魔をされたくなかっただけだ。私は私の行為を邪魔されるのが大嫌いだ。虫原桃生子には重圧の時間だったかもしれないが、しかしどうやら、その沈黙の間に少しは自分を取り戻せ

たようで、注文した品が届いて、まず向こうの方から、

「あの」

と、口火を切ってきた。

「かい――うちの班の海藤について何か情報をいただけるとの、ことでした――が」

「ええ」

私は頷《うなず》いた。

こんな状況《じょうきょう》で今更情報も蜂《はち》の頭もあったものじゃないだろうが、しかしそれでも、この刑部山茶花相手に自分から切り出すとは大したものだ。

補佐とはいえ――探偵は探偵か。

存外《ぞんがい》、将来大成するかもしれない。

ならばよい経験を積んでもらうとしよう。

「読むのは――速い方ですか？」

「え？」

私の質問に、虫原桃生子は面食《めんく》らったような顔をする。

「何が――速い、と？」

「だから、小説を読むのが――ですよ。日本探偵倶楽部に所属しているくらいです、推理小説に限定すれば、それなりに精通しているでしょう？」

「それは——まあ」

「では——これをお読みください」

私は——

取り出した原稿を、虫原桃生子に手渡した。

「そんな量ではありません——あなたなら、二時間もあれば読み終わると思います。話は、それからです」

「読め——と言われても」

虫原桃生子は戸《と》惑《まど》いを隠そうともしない。

やはりまだ若い。

「なんなんですか——これ」

「そうですね——強いて言うなら海藤幼志殺人事件の、重要なファクターとなる一品ですよ——」

私は言った。

「髑髏畑百足先生の——最後の作品です」

残念なことに虫原桃生子の読書速度は平均より遅いくらいだった。探偵は皆《みな》読書家であるというのは、どうやら私の思い違いであったらしい。考えてみれば、推理、ミステリというジャンルにおいて、小説という媒体《ばいたい》は現在は下火で、ドラマや漫画やアニメーションがいまや主流であることを思えば、この虫原桃生子くらいの年齢の娘が、読書慣れしていなくとも、それはそれで仕方がないのかもしれない。

時代の流れを感じる。

ひしひしと。

少なくとも虫原桃生子はモーリス・ルブランを知らないのだろうから。たとえそれくらいは知っていたとしても、ルパンのことをリュパンと言えば、もうそれで通じなくなるに違いない。

悲しいものだ。

悲しむのも筋違いだが。

三時間。

虫原桃生子が読了までに要した、それが時間だった。

不愉快そうな――顔つきだった。

読み終わるまで時間を要したのは、それを受ける限り、単純に虫原桃生子の読書速度の問題ではないのかもしれない。

「これは――」

虫原桃生子は言う。

「どなたがお書きになったのですか？」

「だから――髑髏畑百足先生ですよ」

私は答えた。

「誰《だれ》の手を使って、という意味の質問でしたら、この私、刑部山茶花の手――ですがね」

「――あなたが」

「本文にある通り、髑髏畑百足先生本人としては、娘、髑髏畑一葉さんに書いてもらうことを望んでいたのかもしれませんが――彼女はそれを拒絶しましたからね。保険としての不肖《ふしょう》、この私が文章を担当させていただいたというわけです」

否。

ひょっとすると――髑髏畑百足は最初から、この刑部山茶花にこそ、執筆を望んでいたのかもしれない。髑髏畑一葉はあくまでフェイクで――ありうる話だ。

彼女が今にして真実に到達しているかどうかは怪《あや》しいものだし――だがさすがにそこまでは私が教えるわけにもいかなかったのだから、仕方がないというものだ。

仕方がない。

「まあ――ことを単純に理解したいのなら、私が作者ということでも構いません。ところで、どうですか？　私は、髑髏畑百足先生、あるいは一葉先生や二葉先生のように、小説家ではありませんが——それでも、自分の書いた文章を人に読んでもらった以上、感想を頂《いただ》きたいという、そんなごくありふれた欲求を持たないわけではないんですけれどね——」

「——くだらない、です」

「おや。これは手厳《てきび》しい」

そして——勇敢だ。

この刑部山茶花を前に、その態度。

「素人《しろうと》がほとんど初めて書いた小説であることを差し引いて読んで欲しいものですがね——確かに、百足先生の濃縮《のうしゅく》重厚《じゅうこう》な文体を模倣《もほう》しようという努力は、最初から放棄《ほうき》していましたが」

「そういうことではなく」

虫原桃生子は言った。

「こんなものを読まなくっても、海藤幼志殺人事件の犯人があなたであることくらい——既に判明しているということです。髑髏畑二葉のことだって」

「でしょうねえ」

それは——当然だ。

最終的に、別に隠すつもりのないことだった。

「あなたは——裏腹亭へ向かう途中だった我が日本探偵倶楽部の探偵、海藤幼志を、岐《ぎ》阜《ふ》山中で殺害し——着ていた服はおろかブルー・ＩＤ・カードまでを奪い、それらを身につけ——海藤幼志として、裏腹亭へと、乗り込んだ」

私は黙って、頷いた。

やはり謎解《なぞと》きは、するよりもされる方が心地よい。

してやったりという気になれるからだ。

そう。

海藤幼志を殺したのは私である。

本当のことを言えば別に殺す必要はなかったのだが——ブルー・ＩＤ・カードさえ頂ければそれで殺さずともよかったのだが、まあなんだか殺してしまった。ついうっかりだ。

私の名を騙《かた》って、髑髏畑百足の最後の作品を狙《ねら》うなどという予告状を出した誰かに——それは結局髑髏畑百足本人だったわけだが——興味があったのだ。そのため、モナコから日本に帰ってきた。

裏腹亭の、その深いところにまで入り込むには、日本探偵倶楽部の探偵を名乗るのが一番手っ取り早い手段であることは明白だ。スケアクロウの予告状などというものに対し、日本探偵倶楽部が動かない理屈がない——それが海藤幼志であったのは、体格が私とほとんど変わらない海藤幼志であったのは、ラッキーだったが。

ん？

否、それは違う。

五年前に捕らえられたことを恨《うら》んで海藤幼志を殺したなどと、それはとんでもない誤解だ。そんな小さな人間では、私はない。

殺すなんてことは小説と同じだ。

殺して死ねば、それはそれだけなのだから。

勿論——

スケアクロウの名が出てくれば海藤幼志が出てくることは、髑髏畑百足にとっては、予想通り——計画通りだったのだろうが。

そこがかなり、肝要《かんよう》なところなのだから。

いうまでもなく私と海藤幼志は、体格以外は似ても似つかない。髑髏畑一葉と髑髏畑二葉のように血縁関係にあったわけではないのだ。しかし、警察手帳と違い、基本的にその身分を秘匿《ひとく》しなければならない探偵業のこと、ブルー・ＩＤ・カードには顔写真が添付されていないので、髑髏畑一葉や切暮細波を騙《だま》すのは容易《たやす》かった。髑髏畑二葉や別枝新も同じだ。

電話線は、実はかなり初期の段階で、切らせてもらっていた。日本探偵倶楽部に連絡を取られてしまったら、それでおしまいだからである。

「髑髏畑二葉さんも——単なる事故じゃなく、あなたが促して——殺したんでしょう。計画自体は髑髏畑百足のものであっても——それを促進したのは、間違いなく、あなたです」

「どうして——そう思いますか？」

「そうでないと、『領収証』の説明がつかないからです」

虫原桃生子は言う。

「リビングで、一葉さんと切暮さんが扉を開けて見張《みは》っていたから——二葉さんの寝台の上に『領収証』を置くことができる人間は、消去法で言うなら別枝さんしかいません——しかし別枝さんにはそんなことをする理由はない。別枝さんは、二葉さんと同じく、百足さんの人形なのですから」

「ほほう」

私は愉快な気分で、虫原桃生子の言葉に耳を傾《かたむ》ける。

「ならば誰が置けるのか——あなたが置けます。地下の『開かずの間』の扉の前へ行く前に——置けばよいだけなのですから。推測ですが、あなたは、書斎で二葉さんと別れたあと、二葉さんの部屋を訪ね——彼女に直接、促したのではないですか？　通風孔《つうふうこう》を通って――地下室へと向かうことを」

私で力になれることがあれば、なんなりとおっしゃってくださいね。

本当に――彼女は人形だった。

悲しいくらい、人の形だった。

「多分、別に殺すつもりはなくて――内側から、『開かずの間』を開けてもらうために」

「その場にいたかのような物言いですね」

「証拠はなくとも根拠はあります――厳密な可能性を言えば、一葉さんや切暮さんだって『領収証』は置けたかもしれませんが――しかし、そうではないという根拠があります。二十五日の朝、地下に『領収証』を持って現れた一葉さんと切暮さん、それに別枝さんを見て――あなたは即座に『合鍵を』と別枝さんに言った。どうして？『領収証』には――『開かずの間』がどうとかなんて、一切書かれていなかったのに。まして――二葉さんがその中にいるかどうかなんて、わかるはずもないのに」

「――お見事です」

その通り。

私はあの後、髑髏畑二葉の部屋を訪れた。

そして彼女が通風孔に入る手伝いもした。

髑髏畑二葉の服を探すとき、ベッドの下を最初に探ったのは、そこにあることを最初から知っていたからだ。切暮にそれを指摘されたときには、さすがに肝《きも》を冷やしたが、まあ失敗というほどではない。『開かずの間』に入った時点で、私には概《おおむ》ねのところ、髑髏畑二葉がどうして死んだのか、予想がついていたから——切暮細波に話を合わせながら、『開かずの間』においては私は単純に未発表原稿を探していただけで、あの時点で、私は既に謎解きの演出に入っていたというわけなのだが——いやはや。

とは言え——その時点で私は、髑髏畑百足の企《たくら》みに気付いていたわけではない。通風孔のことをミスディレクションと言ったのも、特に考えがあったわけではない、保留したに過ぎない。あの時点では、私はただ単に、『開かずの間』の中に、髑髏畑百足の未発表原稿があるのではないかと思っていただけだ。

切暮は、多少私を——というか、三重殺の案山子を、買いかぶっていたようだ。今までとは違う入魂の作品だからこそ——スケアクロウは『最後の作品』を欲しがっているという彼女の推測は、的外れだった。何故《なぜ》なら、私はその時点で、別にそんなものを欲しいとは思っていなかったからだ。ただ単に偽の予告状を出した人物に興味があっただけである。髑髏畑百足のファンだというのは嘘ではなかったので、その辺の興味も否定しないが——マンネリの作風で知られる髑髏畑百足の作品を、盗んでまで欲しいとは思っていなかった。

欲しいと思ったのは——

だから、その瞬間だった。

だから私は、髑髏畑百足の思惑《おもわく》通りの解決編で髑髏畑百足の思惑通りの探偵役を務めたのである。そんなものをさっさと終えて、作品を完成させるためだけに。

それもきっと。

髑髏畑百足の思惑通りだった。

髑髏畑二葉については、これは私が殺してしまったようなものだなあと最初反省し、どうしたものかと困っていたというのが本音だ。彼女の死の責任の一部、あるいは全部は、確かに私にある。別枝新に見せてもらった見取り図には通風孔についての情報がなかったので（あるいはそれも髑髏畑百足の伏線《ふくせん》だったのか?）、まさか『開かずの間』の通風孔があんな高い位置にあるとは思わなかったのだ。本当は、髑髏畑二葉を彼女の部屋から通風孔に送ったところで、『領収証』をその寝台の上に置き、鉄扉の前で見張っているところを、『開かずの間』を内側から開けてもらって、偽の予告状を出した人物よりも先に『最後の作品』を入手し——そこで髑髏畑二葉を気絶さすなりなんなりする——その後は展開次《し》第《だい》、という手はずだったのだが。

半分までしかうまくいかなかった。

リビングで髑髏畑一葉と切暮細波が扉を開けっぱなしにしていたというのも、私の立場からしてみれば誤算だった。

ふむ。

こうしてみると、私の行動は誤算だらけだ。誤算しかないと言っても間違いではないくらいである。しかし、これはこれでよい。何故なら私は臨機応変当意即妙《とういそくみよう》を金科玉条《きんかぎょくじょう》としているからである。言わせる者に言わせれば、行き当たりばったりの一言で切り捨てられる主義ではあるが、そんな主義でも私の主義だ。

誰にも文句はいわせない。

今回、誤算が一つもなかったのは――髑髏畑百足、その人だけだろう。髑髏畑百足だけが、結局は――全てをうまく成《な》し遂《と》げた。

結局。

こうして――彼の最後の作品は、成就《じょうじゅ》したわけなのだから。

「――確かに、海藤幼志を殺したのは私ですし、それに髑髏畑二葉の死に関しても無関係でないことは認めますよ、虫原探偵。しかしね――私の更に上に、髑髏畑百足がいることをお忘れなく。私は、所詮――傀儡《かいらい》だったのです」

人形。

誰も彼《か》もが――髑髏畑百足の人形だった。

そういうことなのだろう。

この刑部山茶花さえも。

「あの場では『よかった』と言ったものの、あんなのはあくまでも海藤幼志としての演技ですからね――しかし、都合がよかったとも言える。自分で『最後の作品』を書ければ、わざわざ盗む手間が省けますから」

「――駄作ですよ」

虫原桃生子は言った。

「こんなものは――駄作です。こんなものが宝物だなんて――とんでもない」

「酷《ひど》いな。一生懸命書いたのに」

命を賭けては――いないけれど。

「小説としてはどうだか知りませんが――推理小説としては駄作です」

「ほう。髑髏畑百足の作品に対し、随分《ずいぶん》と不遜《ふそん》なことを仰《おつしや》るじゃないですか」

「こんなものは髑髏畑百足の作品ではありません。基本的なルールすら――守られていない。本文中に、あなたは髑髏畑先生の大ファンだと書かれていますが、だとすればそれも、怪しいものですね」

「どういう意味です？　心外ですね。私は誰よりも、髑髏畑先生を敬愛しているつもりですよ。作家としても、そして今となっては――人間としても」

「それなら――髑髏畑百足が、他のどの作家よりも地《じ》の文に気を配る作家だったことを――伏線に気を遣《つか》う作家だったことを、ご存知《ぞんじ》のはずでしょう？」

むきになったかのようにいう虫原桃生子。

「勿論ですよ」

「それなら――私は、探偵としてはそれほど推理小説を読む方ではありませんが、それでもそれくらいはわかっています――それなら、常識として、あなたは知っているはずでしょう。それも、本文中に書いているじゃないですか。推理小説である以上――地の文に嘘があっちゃ、ならないんですよ！」

「わざわざ大声で教えていただかなくとも、知っていますよ。書いている――くらいなんですから」

「だったら――！」

虫原桃生子は怒鳴《どな》った。

「一人称語り部の文体ならばまだしも、三人称視点の小説でありながら裏腹亭にもぐりこんだあなたのことを――地の文で海藤幼志と表記しているのは、アンフェア――いえ、ルール違反じゃないですか！」

推理小説として破綻《はたん》しています！

全く――

虚勢《きょせい》なのか何なのか、大きな声が出るものだ。

随分と頑丈《がんじょう》な喉をしていると見える。

殺してやってもいいのだが――いや。

それでこそ、この原稿を託《たく》す相手に相応しい。

「海藤幼志とフルネームで書いてある場合は、それは確かに探偵海藤幼志のことを指しているんですけれどね――上半分、『海藤』というだけの表記のときは、基本的に私のことを指している、という区別があります」

「そんなのは同じです！　それとも、あなたの本名は本当は海藤で、実は海藤幼志とは生き別れの双子の兄弟だったとでもいうつもりですか！」

「まさか。私の本名は刑部ですよ。いゝい、双子の兄弟だなんて、そんなわけないでしょう。偶然同じ姓だったなんて、そんな伏線のないことをやるわけもありません」

「伏線――」

「叙述《じょじゅつ》トリックについては――どうですか？」

髑髏畑二葉を――

まるで大人の女性のように描写する。

「そ――それは、ギリギリのラインではありますけれど、フェアプレイだとは思います。それは、作中に書かれている通りです。けれど――」

「そういう意味ではありませんよ――その叙述トリックを書かせるために、髑髏畑百足が今までの人生で叙述トリックを一切《いっさい》書かなかった――という点について、です」

「それは――」

「納得できますか？」

「髑髏畑先生の、執着と、言うことなら――」

　そうは言いつつ。

　虫原桃生子は私を睨《にら》む。

「しかし――髑髏畑先生も、さぞかしがっかりしてらっしゃることでしょうよ。あなたのような素人に自分の最後の作品を書かれることになってしまって――」

「いいえ」

　私は首を振った。

「私は少なくとも一葉さんが書くよりも、百足先生の意思に忠実であったと、思いますよ」

「だって！　地の文が――三人称なのに――」

「地の文には一切嘘はありません」

　私は――断定した。

それは何より、書く上で注意したところだ。

ミスはないはずである。

ないと思って欲しい。

「何を——開き直って」

「そろそろ気付いてくださいよ——最後に叙述トリックを使うために何十年もそのトリックを使わなかった男が、髑髏畑百足なのです。だったら——もう一つ、気付きませんか？　髑髏畑百足が張り続けていた——伏線に」

「伏線——」

「髑髏畑百足の文章には一切誤植がない」

私は——言った。

「——今や髑髏畑百足の本に、誤植があると思う読者は一人だっていないでしょうね」

「誤植《ごしょく》——あっ！」

ようやく——遅かりし、というほどの鈍《にぶ》さではないが、しかしそれでも、ようやく——理解に至ったようだった。私はそこに畳《たた》み掛《か》けるように、彼女に止《とど》めをさすように——言う。

「髑髏畑百足が使用していたのは——今となっては随分と旧式の、ワードプロセッサのようで——」

「ご——誤へんか」

「スケアクロウの名が出てくれば海藤幼志が出てくることは、髑髏畑百足にとっては予想通り——計画通りだった——でしょうからね」

「か——かいと」

「みなまで言うものでは——ありませんよ」

全く。

最初から最後まで——手のひらの上だ。

彼女も私も、誰も彼も。

謎解きの場面では、日本探偵倶楽部の探偵であれば誰でもよかったのかもしれない——と言ったものの、勿論、そうではなかったのだろう。やはりあのとき私が語ったよう、私が海藤幼志に捕らえられたのは髑髏畑百足の失踪《しっそう》よりも後の話だが、海藤幼志が私を追っていたことは——知ろうと思えば知れることなのだから。知ろうと思って知れないことなど、ない。つまり——髑髏畑百足は、私と海藤幼志の間に、そういう因縁ができることを——予測したのだ。

最初から——

どころか、始まる前からという話になる。

最後まで——

どころか、終わった後まで、だ。

虫原桃生子は——それ以上、声が出ないようだった。

ふむ。

では、そろそろ引き上げ時か。

その原稿は差し上げます、それをどうするかはあなたがたに任せますよ——バックアップはとってありますので、ご心配なく。

私はそう言って、伝票を取って、虫原桃生子に差し出す。原稿の代金として、ここの払いくらいは持ってもらってもよいだろう。

余興《よきよう》はこれにて、おしまいだ。

楽しい余興だった。

さて。

私は——立ち上がった。

行かなくてはならない。

仕事をやり終えに——ゆくとしよう。

役目を果たしにゆこう。

存在を証明しに——ゆくとしよう。

「な——なにを」

背後から——虫原桃生子が私に問うた。

「これから——何を——するつもりです」

それも、探偵としての責務《せきむ》か。

ならば私は答えよう。

私の答を、答えよう。

「私が誰か、お忘れですか？　私は刑部山茶花ですよ——海藤幼志、髑髏畑二葉——まだ二人しか、殺していないじゃないですか」

「え——」

「髑髏畑百足を殺して——やっと私の仕事は、終わるのですよ」

「あ、あああ——」

「気に入らない名ではあるが、そして自分で名乗ったわけではないが——しかし、それも矢張《やは》り、私の一側面なのでしょうからね。トリプルプレイの、スケアクロウ——」

髑髏畑百足を生かしておいて。

万が一にではあるが、これから先、何かを書かれてしまっては——それが最後の作品にならないのだ。

手のひらで踊《おど》らされたことには何の不満もないが——本当に絶対ちっとも間違いなく何の不満もないが、あなたにあなたのスタイルがあるよう、私には私のプライドがある、髑髏畑百足先生。そこまで予測できていたというのなら——さすがにもう、私としては言葉もないけれど。

言葉もなく、殺すだけだけれど。

喫茶店を出て、とりあえずタクシーを拾おうと河原町通りの横断歩道近くまで移動し、そこで日本探偵倶楽部本部ビルを大きく見上げたところで——私はふと、気が付いた。

そういえば私はあの原稿に、タイトルを付すのを忘れていた。

失態だ。

どうしよう。

まあいい、今から考えよう。

まだ全然間に合うはずだ。

虫原桃生子には後で伝えればよい。

そうだな——裏腹亭殺人事件？

否——それでは真っ当過ぎる。

主役の名前でも据《す》える方が、それよりはいいだろう。あの裏腹亭での出来事の主役が誰かなんて——それは考えるまでもないことだ。手のひらの上でもっとも優美に踊った者に決まっているではないか。それくらいの我儘《わがまま》なら髑髏畑百足も認めてくれるだろう。本人に直接頼めばよいことだ。

そして私は再び、日本探偵倶楽部のビルを見上げる。私はかつてこの日本探偵倶楽部を恐れ、海外へと逃亡した。だがそれも、もういいのかもしれない。虫原桃生子で分相《ぶんそう》応《おう》——だとばかり思っていたが、終わってみれば、少々物足りなかった。なんだかさみしかった。第一班の探偵や——幹部連中、あるいは倶楽部総部長などを相手取るのも、考えてみれば面白いかもしれない。そうだ、面白ければいいではないか。今更——何を怖がることがある？　髑髏畑百足の最後の作品を手に入れて、今更何を恐れることがある？　あんな執念を知っておきながら、それ以上のものがあるとでも思うのか？　日本に帰ってきたということは、つまり、それはそういうことではないか。私はきっと導かれたのだ。節操などというくだらないものは捨てて——たとえばこの立派なビルディングを盗むのも、また面白い。面白い。面白い。面白過ぎる。まあまずはとりあえずさっさと髑髏畑百足を見つけて捕らえて殺してしまって、刑部山茶花はそれからのんびりゆっくり時間をかけて、誰と誰と誰とで三人殺すことにするか、じっくりとそしてたっぷりと、考えさせてもらうことにするとしよう。

そして私は右手を挙げて、走っていたタクシーを止め、かつて盗み出すことのできなかった、私の失敗、私の敗北の証《あかし》である、京都駅ビルへ向かってくれと運転手に告げたのだった。そう、私の名は刑部山茶花。三重殺の海藤、スケアクロウである。

（結ぶ）

ダブルダウン勘繰郎《かんぐろう》　講談社ノベルス　2003年3月刊行
トリプルプレイ助悪郎《スケアクロウ》　講談社ノベルス　2007年8月刊行

special thanks

■　■
清涼院流水
■　■
講談社文庫出版部
講談社文芸図書第三出版部
月刊少年シリウス編集部
Veia
■　■

|著者|西尾維新　1981年生まれ。2002年、『クビキリサイクル』にて第23回メフィスト賞を受賞、「京都の二十歳」としてデビューする。

ダブルダウン勘繰郎《かんぐろう》　トリプルプレイ助悪郎《スケアクロウ》

西尾維新《にしおいしん》

講談社文庫

定価はカバーに
表示してあります

2010年1月15日第1刷発行
2010年8月2日第2刷発行

発行者——鈴木　哲
発行所——株式会社　講談社
東京都文京区音羽2-12-21　〒112-8001
電話　出版部（03）5395-3510
　　　販売部（03）5395-5817
　　　業務部（03）5395-3615

デザイン—菊地信義
本文データ制作—講談社プリプレス管理部
印刷———株式会社精興社
製本———株式会社国宝社

Printed in Japan

ISBN978-4-06-276491-9

講談社文庫刊行の辞

二十一世紀の到来を目睫に望みながら、われわれはいま、人類史上かつて例を見ない巨大な転換期をむかえようとしている。

世界も、日本も、激動の予兆に対する期待とおののきを内に蔵して、未知の時代に歩み入ろうとしている。このときにあたり、創業の人野間清治の「ナショナル・エデュケイター」への志を現代に甦らせようと意図して、われわれはここに古今の文芸作品はいうまでもなく、ひろく人文・社会・自然の諸科学から東西の名著を網羅する、新しい綜合文庫の発刊を決意した。

激動の転換期はまた断絶の時代である。われわれは戦後二十五年間の出版文化のありかたへの深い反省をこめて、この断絶の時代にあえて人間的な持続を求めようとする。いたずらに浮薄な商業主義のあだ花を追い求めることなく、長期にわたって良書に生命をあたえようとつとめるところにしか、今後の出版文化の真の繁栄はあり得ないと信じるからである。

同時にわれわれはこの綜合文庫の刊行を通じて、人文・社会・自然の諸科学が、結局人間の学にほかならないことを立証しようと願っている。かつて知識とは、「汝自身を知る」ことにつきていた。現代社会の瑣末な情報の氾濫のなかから、力強い知識の源泉を掘り起し、技術文明のただなかに、生きた人間の姿を復活させること。それこそわれわれの切なる希求である。

われわれは権威に盲従せず、俗流に媚びることなく、渾然一体となって日本の「草の根」をかたちづくる若く新しい世代の人々に、心をこめてこの新しい綜合文庫をおくり届けたい。それは知識の泉であるとともに感受性のふるさとであり、もっとも有機的に組織され、社会に開かれた万人のための大学をめざしている。大方の支援と協力を衷心より切望してやまない。

一九七一年七月

野間省一